四方风杂文文丛

薛蟠的文学观

安立志 著

商务印书馆
2012年·北京

图书在版编目(CIP)数据

薛蟠的文学观/安立志著. —北京：商务印书馆，2012
（四方风杂文文丛）
ISBN 978-7-100-08881-7

I.①薛… II.①安… III.①杂文集—中国—当代 ②随笔—作品集—中国—当代 IV.①I267.1

中国版本图书馆CIP数据核字(2012)第013615号

所有权利保留。

未经许可，不得以任何方式使用。

薛蟠的文学观

安立志 著

商 务 印 书 馆 出 版
（北京王府井大街36号　邮政编码　100710）
商 务 印 书 馆 发 行
三河市尚艺印装有限公司印刷
ISBN 978-7-100-08881-7

2012年4月第1版　　　开本 710×1000　1/16
2012年4月北京第1次印刷　　印张 15 1/2
定价：26.00元

四面来风　八方云起
——序"四方风杂文文丛"

朱铁志

首先必须说明：这套文丛的主编，本来应该是王春瑜先生。今年五月王先生打来电话，说大名鼎鼎的商务印书馆准备放下身段，选编出版杂文作品。王先生在电话里询问我近年来的创作情况，并说他已担任几种丛书的主编工作，希望我来组织这套杂文丛书，具体怎样操作，全由我来做主。我很清楚这是先生对我的提携。作为明史研究专家和杂文大家，王先生和国内知名的杂文前辈有着广泛的联系，经他手选编出版的杂文选集就有若干种，其中尤以老一辈杂文家的作品居多。这次王先生把机会让给我，显然是希望我利用平时与中青年杂文家联系较多的便利，多关注这个群体的创作，尽可能推出他们的作品。我虽愚钝，还是能够体会到王先生对中青年杂文家的关爱，觉得应该把这份责任承担起来。

文丛名曰"四方风"，拜王先生所赐。"四方风"系考古发现甲骨文残片，骨面有刻辞4段，应为28字，实为24字，刻在一片牛肩胛骨上，字体强健有力，是典型的殷商武丁时期（约公元前1200—前1189年）卜辞，记载了代表东西南北四个方向的神与对应的四位风神，现藏中国国家图书馆。

　　"四方风"与四时更迭、草木枯荣以及人类的现实生活息息相关，它类似于"四仲中星"：日中星鸟，以殷仲春；日永星火，以正仲夏；宵中星虚，以殷仲秋；日短星昂，以正仲冬。"四方风"与诗歌和音乐有着千丝万缕的联系，《诗经·邶风·凯风》："凯风自南"，《尔雅·释天》"南方长养万物喜乐，故曰凯风。凯，乐也。"《吕氏春秋》：天地之气合而生风，其风以生十二律：仲冬日短至，则生黄钟。仲夏日长至，则生蕤宾。仲春生夹钟。仲秋生南吕。天地之风气正，则十二律定矣。道家说："上下四方谓之宇，古往今来谓之宙"。虽然春夏秋冬季节变换，时光流逝，可是不变的是亘古恒久的雄风，千百年来依然在宇宙世间不停地吹拂。

　　选择这样一个富含文化底蕴的名字作文丛总称，显然寄托了王先生的杂文观念和对中青年杂文家的厚望。王先生是以史学家身份写杂文的。看他的杂文，如《语录考》、《万岁考》、《花果山上的猴门事件》等，随处可见深厚的学养和老到平和的行文风格。他不屑于"杂三股"式的杂文写作，主张杂文应该言之有物、言之有理、言之有文，应该奉行言路宽、文路宽的写作原则。在长期的接触和交往中，我认同王先生的杂文观念，悉心揣摩、学习他的文风，虽不能至，心向往之。在《关于杂文的零思片想》一文中，我作如是说："真正的杂文家往往不喜欢杂而无文的杂文。在他们心目中，杂文与时评不同，并不是排成楷体字的就是杂文，也不是放在花边里的就是杂文。杂文之'文'是文明之文、文化之文、文学之文、文雅之文。所谓文明之文，是说杂文所昭示的思想观念也许不是最新的，但它必须是符合人类文明精神的。它拒绝正义幌子下的倒行逆施，反对集体名义下的一己私利，排斥文明假象后的野蛮粗暴。一切陈腐的、恶浊的、反人性、反人道的思想主张和集权意志都与杂文无缘。所谓文化之文，是说杂文必须有学养灌注、学理贯通、学问滋润。朱光潜先生说'不通一艺莫谈艺'，即不通晓一门具体的艺术最好不要妄谈美学和艺术规律。写杂文也一样，空怀一腔热血是不够的，必须有自己的精神家园和思想依托。那家园和依托，便是深厚扎实的学问基础。文、史、哲、政、经、法，抑或天文地理、花鸟鱼虫，总要通晓一门，略知其他，这是为文的起码条件。所谓文学之文，是说杂文作为文学的一支，必须遵循文学创作的一般规律，讲究形象思维、框架结构、遣词造句、语言节奏，文章总要体现文学的一般特征，读来不仅有思辨的震撼，也有欣赏的愉悦，让人齿颊生香，回味无穷。所谓文雅之文，是指杂文的一种内在气质，它是文明、文化、文学汇聚发酵酿成的醇酒，是综合作用到一定程度的自然结果，是一种下意识的流露，是不经意的表达，好比腹有诗书的谦谦君子，又好像长于名门的大家闺秀，那种只可意会不可言传的文雅，随意浮现在举手投足之间，是长期修炼、自然积淀的结果，火候不到，是学不来的。东施效颦，徒增笑柄而已。"

  以这样的观念作杂文选本，我逐渐形成了自己的想法。杂文，在中国具有悠久的文化传统。但现代意义的杂文创作，肇始于五四新文化运动，以鲁迅先生为代表。新中国成立后，以十一届三中全会为分水岭，经历了前后两个三十年的不同阶段。从新中国成立初到十一届三中全会前的三十年，由于"四清"、"反右"、"文革"等一系列政治运动的影响，杂文创作就整体而言比较萧条，只有前后三个阶段短暂的"繁荣"期，出现了《"三家村"札记》、《燕山夜话》等代表性作品，就时间而言，累计不过两年而已。

  杂文真正的繁荣是十一届三中全会以后的事，持续时间之长、涌现作者之多、出版文集之众、社会影响之大，都是前所未有的。这当中，有以严秀、牧惠、舒展、秦牧、章明、何满子、老烈、邵燕祥、虞丹、王春瑜等为代表的前辈作家,有以陈四益、李庚辰、李下、王乾荣等为代表的中年作家,有以鄢烈山、李乔、张心阳、杨学武、潘多拉、杨庆春等为代表的青年作家。1989年《人民日报》"风华杯"杂文征文标志着新时期杂文创作的高峰,表现出前所未有的社会影响和高出一筹的创作实力。

从各个角度反映新时期杂文创作成就的文集很多。就我目力所及,较有代表性的是五种,一是曾彦秀(严秀)、秦牧、陶白主编的《中国新文艺大系杂文集(1976—1982)》,1987年由中国文联出版公司出版;二是严秀、牧惠主编的《中国当代杂文选粹》,四辑共40本,1996年之前由湖南文艺出版社陆续出版;三是牧惠、朱铁志主编的《中国杂文大观》第四卷,1989年由百花文艺出版社出版;四是刘成信主编的《中国当代杂文八大家》,1997年由时代文艺出版社出版;五是朱铁志主编的《中国新文学大系杂文卷(1976—2000)》,2009年由上海文艺出版社出版。

"四方风"文丛拟在此基础上,集中选编不同题材、不同风格、不同地域具有代表性的中青年杂文家的作品。每辑四本,陆续推出。第一辑拟选编瓜田、安立志、徐怀谦和本人的作品。瓜田长期供职于党中央机关刊,视野宏阔,立意高远,文风幽默诙谐,意蕴深长含蓄;安立志供职基层工会,熟悉工人生活,了解底层冷暖,慧眼独具,见微知著,尝借古典名著,疏解心中块垒;徐怀谦供职人民日报,作为"大地"副刊主编,常与文化名流往来切磋,形成关注文化热点、剖析社会焦点、关切民生难点的题旨风格;不才忝列其中,算是毛遂自荐。热衷杂文经年,涉猎题材不少,本集所选,以关注人生价值为主,意在追问生活的目的和意义。到底斤两如何,还请读者掂量。

以上四位列第一辑，丝毫不代表其创作排位，仅是某种机缘和巧合的结果。虽然各自具有一定的代表性，但无论我本人，还是其他诸公，都有自知之明，抛砖之举，意在引玉，如此而已。

　　是为序。

2011 年 9 月 20 日

于北京沙滩

目录

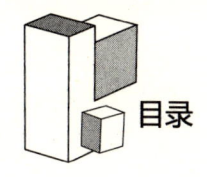

借红楼佳醪 浇心中块垒（朱铁志）
——序安立志《薛蟠的文学观》／001

上医医人 ／007

《好了歌》与"财色诗" ／011

真文物 ／018

得计选任应天府 ／021

贾雨村其人 ／024

贾雨村断案 ／027

焦大的真话 ／030

按书索药 ／033

李贵处理群体事件 ／035

璜大奶奶变脸 ／038

"风月宝鉴" ／041

弄权铁槛寺　/ 044

天然与修饰　/ 047

贾宝玉"面试"　/ 050

薛宝钗的"主旋律"　/ 053

袭人的"政绩观"　/ 057

贾宝玉歪念《南华经》　/ 060

贾政猜谜　/ 063

贾芸"三变"　/ 066

秋纹的奴性　/ 069

奴隶的品类　/ 072

跟薛宝钗"学"处世　/ 075

拉姆斯菲尔德防长与红玉丫环的语言能力　/ 079

薛蟠的文学观　/ 083

"冷美人"薛宝钗　/ 086

论"通灵宝玉"　/ 090

贾政的板子　/ 094

"袭人牌"摄像机　/ 097

贾芸的效忠信　/ 099

海棠诗社　/ 103

贾宝玉的笔名　/ 106

史湘云请客　/ 110

大观园的当代小品　/ 112

大观园里"百笑图"　/ 116

节哀　/ 120

"文学食品"　/ 123

薛宝钗的批评艺术　/ 126

凤姐生日察人情　/ 129

水仙庵里"混供神"　/ 132

棋道与牌规　/ 135

林黛玉的创新意识　/ 138

石呆子也是"钉子户"　/ 141

薛蟠"下海"　/ 144

"怀古诗"的争论　/ 147

大观园的开放意识　/ 150

平姑娘的和谐观 / 153

史太君的创作观 / 156

"时宝钗" / 159

大观园建设"节约型社会" / 162

探春的改革 / 165

薛宝钗的分配政策 / 169

柳嫂子走后门 / 173

秦显家的上任记 / 177

诉讼导演王熙凤 / 180

吞金 / 183

懦小姐的管理经 / 185

大观园的扫黄运动 / 188

晴雯之死 / 191

王道士的疗妒汤 / 194

荣府追查小字报 / 197

贾宝玉与"假宝玉" / 200

骗局中的婚礼 / 203

警惕李十儿之类　　/ 206

人性丢失在急流津畔　　/ 209

谁为荣府被抄负责　　/ 212

赵堂官与西平王谁更可恶　　/ 215

义侠包勇　　/ 218

妙玉的悲剧　　/ 221

巧姐的命运　　/ 224

"人镜"甄宝玉　　/ 227

花袭人的"不得已"　　/ 230

后记　　/ 233

借红楼佳醪　浇心中块垒
——序安立志《薛蟠的文学观》

朱铁志

在杂文写作中，借古典名著阐发"社会批评、文明批评"的见解，总体上可以归入"借古讽今"、"春秋笔法"的模式，对于写作本身而言，或许并不是什么新鲜的创造。远了不说，单就当代中国杂文创作而言，仅牧惠先生一人，就写过《歪批水浒》、《红楼醒梦》、《金瓶风月话》、《古经新说》、《今评新注聊斋志异》等书。至于其他知名不知名的作者，也写过不少类似的著作。因而当立志兄在电话中说他写了一本《薛蟠的文学观》，并希望不才为之作序时，我是有点担心的。我知道，立志并不想凑当下"红学热"的热闹，也无意于做一个"考证派"、"索隐派"的"红学家"。他纯粹是为《红楼梦》独特的文学魅力和深邃的社会价值所吸引，决定在抛弃杂务之后重读经典时自然而然地产生了写作"红楼随笔"的冲动。在这本由60多篇随笔构成的杂文新著中，立志兄或者"就红说红"，或者"借今说红"，或者"以红证今"，总的题旨，无非是借《红楼梦》这部生活的百科全书，展开对楼外世相的发现与针砭，对人性丑恶的揭露与鞭挞。表面上说的是曹雪芹笔下的各色人等、大观园中的浮生百态，实际上让我们隐约看到活生生的当下社会，从而起到揭出病苦，引起疗救的注意之目的。透过红楼，立志果然给我们呈现了一个迥然不同的楼外世界。

通常作杂文的人，往往要为杂文的切入找到一个合适的由头。这个由头可能是一段特别的新闻，可能是一个生僻的掌故，也可能是一件不为人知的逸闻趣事。一般情况下，视作者的知识结构和所从事的行当不同而定。当记者的喜欢从新闻说起，写小说的爱拿故事说事儿，而学者自然三句话不离本行，子曰诗云是他们的拿手好戏。途径虽有不同，目的却很一致，都是为了文章能够"抓人"，能够引人入胜。这既是文章思想内容的需要，也是作文的技巧。高手往往能在精彩由头提供材料的基础上乘势而上，花样翻新，更上层楼。而一般作者由于功力不足，无法从容驾驭原本很好的材料，结果就难免为由头的精彩所掩盖，使文章虎头蛇尾，不成阵势。如此说来，由头越精彩，其实越难驾驭。选择一个神不知鬼不觉的特例材料作为切入点，通常能起到讨巧的作用，而选择一千个读者眼中有一千个贾宝玉的《红楼梦》作为由头，无疑是一种冒险的行径。记得严秀先生在为《中国新文学大系·杂文卷》作序时曾经说过，那种以"从……说开去"为题的杂文需要特别小心。因为能否"说开去"，起码包含两个先决条件：一是对被说开去的材料一定要有充分的了解、深刻的把握、从容的驾驭；二是必须有广博的知识结构、丰富的生活阅历、游刃有余的文字功力，这样才能由点及面、由表及里、信手拈来、左右逢源，从而真正达到"说开去"的目的。这本红外随笔说到底，其实也是一种"说开去"。能否从《红楼梦》这部尽人皆知的古典名著说开去，说出新思想、新见解、新水平，考验的是杂文家的见识和挖掘功夫。恰恰在这一点上，立志没有让读者失望。他借"百科全书"说"世相百态"，既在"梦"中，又在"梦"外，有别于"醒梦"、"后梦"、

借红楼佳醪　浇心中块垒

"惊梦"、"圆梦"之类，自然也有别于红学家们的烦琐考证、无聊比附，而是借红楼佳醪，浇心中块垒，使读者阅读时分会心一笑，从而起到讽喻的作用。

空说无凭，还是拿作品说话——

在《璜大奶奶变脸》一文中，立志由璜大奶奶的变脸，说到川剧中的变脸，再由川剧变脸的秘不传人，说到生活中变脸的代不乏人，从而得出不铲除变脸的社会经济政治基础，就不能终结从"一阔脸就变"到"一退才变回"的奇特转变的深刻结论。

在《焦大的真话》中，立志借助鲁迅先生"焦大是屈原"的论断展开自己的议论，看出焦大的悲剧其实就是中国知识分子的悲剧。这个见解，应该说是很有见地的。从立志的辨析中，我们倒是从焦大身上看出几许杂文家的执著与无奈：真话有用不受用，假话无用很实用。说假话的飞黄腾达，说真话的马粪伺候。处理掉讨厌的焦大，可以暂时维护宁府的繁荣与稳定，但无法摆脱封建王朝的最终覆灭。这是对中国国民性深刻的揭示。不幸的是这种古已有之的痼疾，颇有些于今尤烈的趋势。巴金先生倡导的"文革"博物馆至今杳无音讯，"说真话"的呼吁，也仅仅止于呼吁而已，这是令人感慨的。我们是怎样形成这样一种假话文化的？为什么泱泱华夏容不下几个焦大式的屈原？

在《弄权铁槛寺》一文中，立志从凤姐这个外表漂亮、内里阴毒的女人说开去，说出一番对"弄权"的精辟见解：权力的魅力，也许确可使掌权者感到有权的安全，掌权的尊贵，用权的愉悦，逞权的兴奋，以至于颐指气使之时，体验着人生的快感；纵横捭阖之间，体会着人生的乐趣；钩心斗角之余，体现着人生的智慧；尔虞我诈之际，体会着人生的价值。因此，在她那里，权力不再是一种手段，而已成为目的本身，

薛蟠的文学观

如同"为革命而革命"的异化，这种"为权力而权力"的异化，大抵可称为"弄权"罢。

在《"风月宝鉴"》一文中，立志从贾瑞的"好好恶恶"，看出某些人对所谓"正面"的迷恋，于是引发一段振聋发聩的警世通言：这种鼓吹"正面"，迷恋"正面"，提倡"正面"，讨厌"背面"，嫌弃"背面"，掩饰"背面"的行为和心理，不止贾瑞，在以前和以后的漫长岁月中，不论官场和尘世，不分要员与百姓，一脉相袭，薪火相传。至于"贾天祥正照风月鉴"的可怕后果，已无人顾及。更可悲的是，贾瑞临死还沉溺于"宝鉴"的"正面效应"之中，至死执迷不悟。

借题发挥，是立志在这本新著中常用的手法。不论正话正说，还是正话反说，都运用得十分纯熟。在《袭人的"政绩观"》一文中，他将袭人式的政绩观概括为"三性"，即虚假性、表象性和唯上性。在论述"三性"过程中，立志借袭人之口，说出了至今发人深省的"做官秘诀"：群众影响并不重要，重要的是领导印象，关键不是让百姓看到政绩，而是要让领导看到政绩。而在《贾宝玉歪念〈南华经〉》一文中，立志更是借宝玉之口，大大地发挥了一番其实是他自己的见解："文革"中蓝灰混一的服装色调，并未达到"灭文章，散五采"的水平；"文革"中"八亿人民八个戏"，也未达到"擢乱六律，铄绝竽瑟"的程度；"文革"中"砸烂公检法"的"天下大乱"，也并非没有任何"准绳"和"规矩"。倒是这种社会思想中所体现的"一人化思维"、"一元化体制"、"一律化舆论"，多多少少让人感受到森森寒意，而这，难道就是《南华经》的精华吗？

《贾芸的效忠信》开头貌似闲笔，其实有深意存焉。以自己的不解，状写世事的深不可测，是一种典型的反衬法。在深入文本之后，立志展开自己的议论：写效忠信的元素之一是脸皮要厚，二是心意要诚，三是印象要深。如同所有的势利小人一样,抱粗腿、攀高枝、套近乎、表忠心,是他们急功近利的"钟南捷径"。

在立志的红楼系列中,有多篇构思精巧的佳作。其中《海棠诗社》活脱是当今社会的真实写照,不仅作家协会类乎海棠诗社,其他社会团体甚至政府部门也或显或隐地遵循着海棠诗社的办事规矩。经济的挤压,权势的蔑视,使文化大抵处于无用与无奈的尴尬境地。所有这一切,都被立志写得痛快淋漓、入木三分。

《薛宝钗的批评艺术》一文,是对"批评"的精彩批评,很能见出立志杂文独特的视角和深厚的写作功力。"前置的议论"有悬念,让"我"慢慢道来;"后缀的概括"有结论,容"我"说给你听。前者逻辑演绎,后者系统归纳,而夹杂其中的安式名言,最能体现其思维水准:长期以来,我们多是对被批评者强调"有则改之,无则加勉",而对批评者的要求却宽容得多,客气得多,那就是"言无不尽,言者无罪",至于"言"的效果如何,被批评者一般不大敢于计较,因为批评者的出发点总是"惩前毖后,治病救人"的。如果对批评者的态度、方式、场合、时机等提出异议,就难免有吹毛求疵之意,甚至还有了讳疾忌医的嫌疑,这种情况在政治生活不正常的单位和部门特别明显。

立志的杂文有许多有趣的联想和比喻,在《水仙庵里"混供神"》一文中,他对盲目崇拜的批判就有趣又有味:倘若某人尚健在,就被当作什么"星体"顶礼膜拜,供奉如仪,从而成为事实上的"神",那么,此人不仅不是"凡人",而且很可能就是当世的"猛人"。正常的人,一旦被异化为神,总是因为人们与其产生了某种"位差"。某人的高大威猛,往往是因为人们跪着仰望的结果。这种跪着仰望的姿势,是一切"造神运动"的标准动作。

在《大观园的开放意识》一文中，立志辛辣地嘲讽了今天依然可见的某种"开放观"，即通过开放，发现中国的一切都好，外国的一切都不好。若是中国自己出了问题，则外国的问题更大，中国有臭虫，外国也有臭虫。这种所谓的"开放"，实则是心灵的封闭，是一种貌似开放的真正封闭。而对晴雯之死，立志寄予了深深的同情：古来的教训证明，在中国社会中，"高标峻尚，雅操孤贞"，很难生存。只有磨去棱角，折去锋芒，与庸人共舞，同陋习相尚，方为生存之道。

……

或许不必一一列举了。从我有限的引述中，读者不难看出立志新著的风格与特点。此中佳妙，还是容大家自己去体会吧。

我想多说几句的是：杂文的发展与创新，是近年来谈论较多的话题。借古典名著阐发议论虽然不是"原始创新"，但依然不失为创新一途。其好处，一是借助人们熟知的故事展开现实议论可以省去叙述的繁复枝蔓，易起到"共鸣"的效果；二是经典作品荟萃人文历史等文化因子，由此展开议论可以增加杂文的文化含量，起到"借光"和"增色"的作用；三是可以增加杂文的文学性，《红楼梦》原是文学名著，语言文字非常讲究，加之随处可见的诗词歌赋、妙语楹联，更使其成为文学艺术的集大成者。由此展开议论，无形中就是对提高杂文文学水平的一种促进。立志深谙此道，不避挑战，虽然给自己出了一道难题，但在克服困难的过程中，也使自己的创作上了一个层次，应该说，这是对杂文事业的贡献。

上医医人

《国语·晋语》称:"上医医国,其次医人。"而今我谓"上医医人",岂非抬杠?

过去有句俗语,"舞台小天地,天地大舞台",讲的是生活与艺术的源流关系;与此意思相近的还有一句,"生活就像一部大书",作为它的"逆定理",也可以说大书中蕴涵着一片生活。生活本身五光十色,对一部书的看法也同样见仁见智。一部《红楼梦》,"单是命意,就因读者的眼光而有种种:经学家看见《易》,道学家看见淫,才子看见缠绵,革命家看见排满,流言家看见宫闱秘事……"(鲁迅语)也许正因了该书的博大精深,于是就形成了一门专学,以至于红学路上,"索隐"与"演义"齐飞,"革命"共"流言"一色。

比如说吧,先是有人"发掘",那秦可卿非仅贾蓉之妻,实则皇室血脉。盖皇子争位,禛褆交恶,秦氏厕身贾府,隐下了一段"交易"。因其血统高贵,无异于"红五类",故得到贾府上下一致尊崇。此为"索隐派"之新绩。

后又有人考证,曹家有一梨园女子,芳名竺香玉,被选雍正后宫。

只因香玉、雪芹旧情未了,二人合谋毒死了雍正帝,从而演出了一折"凤仪亭"。比及乾隆即位,东窗事发,曹家被抄,雪芹只得"蓬牖茅椽,绳床瓦灶",躲在家中"披阅十载,增删五次",于是,一部《石头记》成了曹雪芹的血泪史。此可为"演义派"之创举。

然而,事虽至此,并未出奇,出奇的是,有人借用《红楼梦》中"这些小题目,原要寓大意思",也在秦可卿一回上作起了微言大义。一家老年报,刊登妙文两篇,一曰《安邦救国的中药处方》,一曰《为大明江山诊脉》。作者"斗胆",竟称张友士为秦氏开的处方,"那十六味中药,竟是一剂安邦救国的良药"。进而断言:"《红楼梦》原是一部演说明末隐痛的藏谜奇书。"比如,"白术"乃"治国之术","熟地"即"故国山河","香附米"应读"降服米(米指李自成)","醋柴胡"谐音"除豺胡(清王朝)",如此等等。

下面就更玄了,秦可卿即为崇祯帝。何以见得?张大夫称秦氏为"尊夫人","尊"者,至尊也,至尊岂非皇上?"夫"者,丈夫也,隐喻男子"汉",即汉族男子。于是这"尊夫人"就开始了这样的演绎过程:"尊夫人"—"至尊汉人"—"汉人皇帝"—"大明皇帝"—"这'尊夫人',不是崇祯皇帝该是何人"?

秦氏既是皇上,其脉象自然非同小可。"左关沉伏","左关"即"山海关",潜伏着沉沦陷落之危机;"左寸沉数",即山海关外已数次沉沦陷落;"右关虚而无神","右关"即"居庸关",防守兵力空虚;"右寸细而无力",即居庸关外已无力收复。

而这位张友士,亦非凡体,"张友士"即"张有事"、"张友事"、"张酉事"之谐音。"张"者,张望、看见。"有"者,上边乃半个"大"字,下边着半个"明"字,岂非"大明江山丢了一半";"友"者,乃"反"

字出头,"反叛者已经出了头";"酉"者,"至尊"之"尊",无头无脚,隐喻"皇上不得善终"。于是这"张友士"三字,就可翻译成"看到大明江山丢了一半的事",或者"看到反叛者出了头的事",或者"看到皇上不得善终的事",从而他就成了"最擅长为皇上治国平天下"的"相帅之才"。"上医医国,其次医人。"而在曹霑笔下本来只会"医人"的"次医"张友士,终于借这位作者之笔,一跃而成为"医国"的"上医"。

只是这秦可卿一旦成为崇祯皇帝,《红楼梦》中的夫人、小姐、丫环、婆子,地位又该如何摆布?冯其庸、李希凡编了一部《红楼梦大辞典》,其作用无非帮助读者理解小说中的典制、礼俗、诗词和人物,终不成还要编一部《红楼梦隐语大辞典》吧!庄子曰:"医门多病",此之谓欤?

顾颉刚先生74年前序《红楼梦辨》云:"《红楼梦》本身的传播不过一百六十年,而红学的成立却已有了一百年。而这一百年中,他们已经闹得不成样子,险些儿把它的真面目涂得看不出了。"杨淼先生称,红学史上"闹得不成样子"的主要有两次,一次是顾先生所论之当时。当其之际,评点、索隐两大门派,唇枪舌剑,唾星遮月,闹了个乌烟瘴气。再一次就是这几年了。"市"态炎凉,"红楼"独热,上至专家教授,下至无聊文人,"红楼"如鲶,趋之若鹜。只是在这里,对这部经典作品,没有了思想内涵、文化底蕴、艺术风格之探寻,有的只是捕风捉影,望文生义,烦琐考证,滥加比附。一时间,红学路上,红男绿女,摩肩接踵;红学园里,红香绿玉,人声鼎沸。感不到怡红快绿,觉不着绿意红情,抬眼处,"红"潮滚滚,"红"水泛滥,终于出现了红学危机。中国红学会会长冯其庸先生忧心忡忡地指出,猜谜考证之风,是红学研究中一种"非学术非道德的喧闹"。然而,批评尽管批评,闹剧依然上演。龚定盦先生诗云:"何敢自矜医国手?药方只贩古时丹。"在市场大潮之下,只要能邀名取利,"只贩古时丹",又有何不可?"自矜医国手",又有何不敢?我以为,红学界当今急务,主要不是精研学术,弘扬文化,而是从红学界中清除这类"索隐狂"、"演义癖"与"猜谜症",庶几红学有救,文坛有救,世风有救。"医国"另当别论,"上医"当以"医人"为本,此即笔者之初衷。

《好了歌》与"财色诗"

《红楼梦》开卷有一首《好了歌》，似乎在为本书开宗明义，旨在警醒读者，千万别以为本书真系"假语村言"。虽然作者自称"满纸荒唐言，一把辛酸泪"，其实，曹雪芹还是向世人曲折地、隐晦地、批量地制造着"警世通言"、"喻世明言"或"醒世恒言"，这就是他为什么自叹"都云作者痴，谁解其中味"的道理所在。《好了歌》是通过跛足道人之口念出来的，道是：

世人都晓神仙好，惟有功名忘不了！
古今将相在何方？荒冢一堆草没了。
世人都晓神仙好，只有金银忘不了！
终朝只恨聚无多，及到多时眼闭了。
世人都晓神仙好，只有姣妻忘不了！
君生日日说恩情，君死又随人去了。
世人都晓神仙好，只有儿孙忘不了！
痴心父母古来多，孝顺儿孙谁见了？

薛蟠的文学观

这首歌不仅揭示出封建时代全部人生理想的幻灭，而且揭示出这种理想的矛盾与危机。而在我们这个无论文化传统、思想意识还是典章制度仍然不乏封建因子的国家里，人们对于"功名"、"金银"、"姣妻"、"儿孙"的追求，何曾须臾离开过。

为帮助读者理解这首歌，曹雪芹先生又借甄士隐之口作了一番解读。这首"解注"，得到了跛足道人的充分肯定：

陋室空堂，当年笏满床。衰草枯杨，曾为歌舞场。蛛丝儿结满雕梁，绿纱今又在蓬窗上。说什么脂正浓、粉正香，如何两鬓又成霜？昨日黄土陇头埋白骨，今宵红灯帐底卧鸳鸯。金满箱，银满箱，转眼乞丐人皆谤。正叹他人命不长，那知自己归来丧？训有方，保不定日后作强梁。择膏粱，谁承望流落在烟花巷！因嫌纱帽小，致使枷锁扛。昨怜破袄寒，今嫌紫蟒长。乱烘烘你方唱罢我登场，反认他方是故乡。甚荒唐，到头来都是为他人作嫁衣裳。

一首《好了歌》，加上一首"解注"，似乎在告诉读者、告诉世人：世事万端，书中情节，白云苍狗，沧海桑田，离合悲欢，兴衰际遇，韶华易逝，青春难再，"好便是了，了便是好"，任你是烂漫春花，也难免秋风落叶。

《红楼梦》之"脂评"称，曹雪芹"深得《金瓶》壸奥"，因此，《金瓶梅》这部在创作时间上较之《红楼梦》早了一个朝代的作品，在许多情节上为其提供了模仿、借鉴之方便。该书开卷之首也有描摹世态的两首诗。不过，由于它"出道"较早的缘故，其所包含的内容远不如《红楼梦》广泛，仅只"财"、"色"两端，姑且称之为"财色诗"。

《好了歌》与"财色诗"

其一：

豪华去后行人绝，箫筝不响歌喉咽。
雄剑无威光彩沉，宝琴零落金星灭。

其二：

玉阶寂寞坠秋露，月照当时歌舞处。
当时歌舞人不回，化为今日西陵灰。

这首"财色诗"，虽然对"财"、"色"二者的历史功用有着足够的"清醒"，但却缺少《好了歌》及其"解注"的沧桑之感与沉郁之叹。妙的是，《金瓶梅》中也有一首散曲，不仅也是借由佛道口中念出，而且在风格上也为甄士隐的"解注"创造了范例。如果说《金瓶梅》的开卷诗涉及的只是"财"、"色"问题，那么，这首由薛姑子念诵的曲子，则"功名"、"金银"、"姣妻"、"儿孙"一应俱全了（第五十一回）。为了叙述之方便，不妨且将其作为"财色诗"之"解注"。

盖闻电光易灭，石火难消。落花无返树之期，逝水绝归源之路。画堂绣阁，命尽有若长空；极品高官，禄绝犹如作梦。黄金白玉，空为祸患之资；红粉轻衣，总是尘劳之费。妻孥无百载之欢，黑暗有千重之苦。一朝枕上，命掩黄泉。青史扬虚假之名，黄土埋不坚之骨。田园百顷，其中被儿女争夺；绫锦千箱，死后无寸丝之分。青春未半，而白发来侵；贺者才闻，而吊者随至。苦，苦，苦！气

薛蟠的文学观

化清风尘归土。点点轮回唤不回，改头换面无遍数。南无尽虚空遍法界，过去未来，佛法僧三宝。

比较一下《红楼梦》与《金瓶梅》这一巧合之处，是颇有意思的事。虽然《红楼梦》的写作背景在清代，《金瓶梅》的写作背景在明代；《红楼梦》描写的是豪门贵族，《金瓶梅》描写的是市井小民，但这两部书的开卷歌与卷首诗及其两首"解注"散曲，其主旨却有着大致相同的社会主题。这种主旨，不似"三国"，涉及疆场纵横、朝代更替；不似"水浒"，涉及农民起义、朝廷招安；不似"西游"，涉及神魔斗法、正邪争锋，它们所描述的只是世俗生活与人性追求这类"一般通行物"的话题。

其一，人们对于人生理想和现实际遇的追求，是一种永恒的、正常的社会心理。人生在世，奔逐竞营，不都是因为心存理想，意有追求，旨在实现吗？"人不为己，天诛地灭"是一种追求，"人为财死，鸟为食亡"是一种追求，"食色，性也"不也是"圣训"吗？"天下熙熙，皆为利来；天下攘攘，皆为利往。"（《史记·货殖列传》）"功名"、"金银"、"姣妻"、"儿孙"这类东西，其实都是人生追求的正当内容。当然，从价值观上说，并非所有的追求都是正当的、高尚的，且不说不好要求每个人都追求"大同世界"、"共产主义"这类崇论宏议，即使是"恶"不也是"历史发展的动力借以表现出来的形式"（恩格斯语）吗？不好说这些追求格调多么低俗，档次多么卑下，这类追求只是生活中的不得已。在"财色诗"之后，作者曾这样解释人们对财的追逐："假如一个人到了那穷苦的田地，受尽无限凄凉，耐尽无端懊恼，晚来摸一摸米瓮，苦无隔宿之炊，早起看一看厨前，愧无半星烟火，妻子饥寒，一身冻馁，就是那粥饭尚且艰难，哪讨余钱沽酒？更有一种可恨处，亲朋白眼，面目

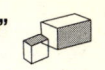

寒酸，便是凌云志气，分外消磨，怎能够与人争气！……到得那有钱时节……趋炎的压脊挨肩，附势的吮痈舐痔，真所谓得势叠肩来，失势掉臂去。古今炎凉恶态，莫有甚于此者。"由此可见，人们的追求，作为一种人生境遇，不宜全盘否定。

其二，人的欲望的无限性，要求人生追求应当知所进退。人们对物质与精神的追求，虽然有着正当性与合理性，但是，即使是正当的、合理的追求，也不能不择手段、不顾分寸、不计后果。实现自己的理想，改变自己的境遇，任何时候都应以不损害他人或社会的利益为界限。对于这一点，在古人的智慧中，可谓俯拾皆是。"成功之道，盈缩为宝"（《管子·势》），"物速成而疾亡，晚就而善终"（南朝梁·萧绎《金楼子·戒子篇》），"荆岫之玉必含纤瑕，骊龙之珠亦有微颣"（北齐·刘昼《刘子·妄瑕》），"哀乐不同而不远，吉凶相反而相袭"（唐·王勃《平台秘略赞十首·规讽九》），这些看起来有些古朴其实十分朴素的道理，都在告诫人们，人生的追求，一定要知所进退，真正明白物极必反，欲速则不达的道理。倘若绞尽脑汁，费尽心机，昧着良心，不择手段，蝇营狗苟，损人利己，以满足自己的无底欲壑，倒很可能缘木求鱼，南辕北辙，饮鸩止渴，自掘坟墓。《好了歌》"解注"称："乱烘烘你方唱罢我登场，反认他方是故乡。甚荒唐，到头来都是为他人作嫁衣裳。""财色诗"之后有云："单道世上人，营营逐逐，急急巴巴，跳不出七情六欲关头，打不破酒色财气圈子，到头来同归于尽，着甚要紧。"就是这些人的真实画像。

其三，人生理想与现实际遇，在一定条件下是可以相互转化的。对于人生际遇的转化，古人其实有着十分深刻的认识。"日中则移，月满则亏，物盛则衰"（《战国策·秦策三》），讲的是自然法则；"甚爱必大费，多藏必厚亡"（《老子》四十四章），说的是物理之道；"昌必有衰，兴必有废"（汉·王充《论衡·治期篇》），论的是社会规律。《好了歌》中的"古今将相在何方？荒冢一堆草没了"，"终朝只恨聚无多，及到多时眼闭了"；《财色诗》中的"雄剑无威光彩沉，宝琴零落金星灭"，"当时歌舞人不回，化为今日西陵灰"；《好了歌》"解注"中的"陋室空堂，当年笏满床。衰草枯杨，曾为歌舞场"，《财色歌》"解注"中的"画堂绣阁，命尽有若长空；极品高官，禄绝犹如作梦"，等等，都充满了事物转化的辩证法思想。联想到刚刚一审被判死刑的济南市人大主任段义和，涉嫌贪污巨款，炸死情妇，不正是一个非常现实的注脚吗？表面上，《金瓶梅》是以谈色、谈淫为主的暴露作品，也是在第一回，有一首被称为"色箴"的诗中说："二八佳人体似酥，腰间仗剑斩愚夫。虽然不见人头落，暗里教君骨髓枯。"这种诗文，闪烁着相反相成的思想毫光，不仅不是什么"诱惑"与"教唆"，而且体现着对于人生的规劝与教化。这也正是张竹坡先生将《金瓶梅》称为"第一奇书"的道理所在。由此想到，曾几何时，只允许省军级以上干部才能阅读《金瓶梅》的规定，曾是多么不可思议。

其四，人生苦短，嗜欲无尽，需要的是疏阔、淡定的人生态度。唐代诗人卢照邻曾有过"寸步千里，咫尺山河"（《释疾文序》）的喟叹，20世纪80年代初叶一位名叫潘晓的青年也曾发出"人生的路为什么越走越窄"的感慨。人生有涯，欲壑无底。古往今来，又有多少真正"想得开"的聪明之士。《红楼梦》中的甄士隐算得上"想得开"之一人，当他听罢跛足道人的《好了歌》，初时批评他："你满口说些什么？只听见些'好''了''好''了'。"那道人笑道："你若果听见'好''了'二字，还算你明白。""明白"了的甄士隐，竟然抢过褡裢背在自己肩上，随瘸腿道人飘然而去。《金瓶梅》的作者也没有更多的招数，也认为："倒不如削去六根清净，披上一领袈裟，参透了空色世界，打磨穿生灭机关，直超无上乘，不落是非窠，倒得个清闲自在，不向火坑中翻筋斗也。"由于时代的视野与社会的局限，当时之人找不到人生的出路，在人生境遇出现矛盾或遭遇逆境时，只有迷惘与悲观，唯一的解脱办法，是逃离尘世，遁身山林。按照作者的观念，《红楼梦》中的甄士隐、贾宝玉与惜春小姐是"想开了"，然而，已然身在佛门的妙玉姑娘，又何曾逃脱得了尘世的苦难。《金瓶梅》中的西门庆、花子虚、应伯爵诸公，倒是受不了那份"青灯古佛"的冷清，狂嫖滥赌，醉生梦死，行同狗彘，这类不以秽德丑行为耻的衣冠禽兽，终不能以人伦视之。

真文物

我曾妄言，曹雪芹的《红楼梦》其要旨就是"真、假"二字。在这部虽不敢说"绝后"但绝对"空前"的文学精品中，不仅有着贾（假）宝玉、甄（真）宝玉的表层人物塑造，而且也有着甄士隐（真事隐）、贾雨村（假语存）的深层意蕴揭示。而曹氏关于这种真假关系的哲学思考，我以为又当以"太虚幻境"中那副题为"假作真时真亦假，无为有处有还无"的对联为最，正是它透露了这部作品以假事敷衍，以真迹点醒，终于以"闺阁儿女"之笔墨写尽了"怨世骂时"之精神。

在中国的楹联学中，很讲究对联的平仄相应和词性对仗。但我以为上述这副对子的神韵绝对不仅仅是诸如此类的技术问题，它体现出来的真假与有无的内涵更多的是反映了"文字狱"阴影中作者无可奈何的社会底蕴。将假说成假，将真说成真，是什么，是"有"；将假说成真，将真说成假，是什么，是"无"（引号内的有和无，只表示肯定判断和否定判断，可理解为真与假的衍义）。将无说成无，将有说成有，是什么，是真；将无说成有，将有说成无，是什么，那是假。"假作真时"，是"有"的幻灭；"无为有处"，是真的死亡。"真亦假"，是"无"的渐漫，"有还无"，那是假的延伸。

我在这里绝非谬参禅理，妄揣玄机，实在是生活中将无说成有，将假作成真的现象还比比皆是。40岁上下的人大都有这样的记忆，作为"不忘阶级苦，牢记血泪仇"的生动教材，四川省大邑县刘文彩的地主庄园的实况教育，可谓浸骨浃髓，深入肺腑。然而，有谁知道，这座庄园中的不少景点，竟然是"太虚幻境"。大抵是为了增强人们对地主阶级的憎恶感，一批极"左"人物以极其"革命"的理由，将刘文彩当年的年货室"改建"成"行刑室"，在他存放大烟的地下室"设计"了原本并不存在的"水牢"，并加上了铁囚笼、三角铁等刑具。当然有更为充分的理由抹去了刘文彩"档案"中曾经修建安（安仁镇）新（新津县）公路、文彩中学及万成堰水利工程这类在评价上易生歧义的历史事实。甚至冷月英坐水牢，姨太太吃鸭蹼的事情也进行了虽不免张冠李戴、郢书燕说但绝对适应"革命需要"的改造。

刘文彩作为一个集地主、官僚于一身的人物，其罪行即不加雕饰，进行阶级教育也已绰绰有余。但在那场以"革命"的名义进行的闹剧中，某些以唯物主义者自诩的角色，其唯心主义行径却猖獗到了无以复加的程度。他们把假的装裱成真的，把无的添加为有的，从本质上讲，这类伪饰已经使这座庄园变成了无法令人信服的假文物。在这样一座假文物面前，几乎所有的受教育者，朴素的阶级感情，真诚的革命信仰，都无一例外地受到了作伪者的戏弄。谁也想象不到眼前这座庄园——反映地主阶级罪恶的"化石"——竟然有那么多假冒伪劣成分。读了3月13日《羊城晚报》的报道，当年在这块"化石"面前接受过精神洗礼的人们，有谁还会相信这苦心孤诣的"教育"效果？看过高洪波先生《复制的历史》（《南方周末》第428期），忆起正副统帅会师井冈山的壮举，以及还有"六十一人叛徒集团"的揭露和刘少奇叛徒、内奸、工贼的认定，等等等等，不知怎么的，我总觉得我们这一代人竟然是那样的轻信和不幸，以至于受了太多的欺骗和蒙蔽，纯真的革命激情就这样遭到了愚弄，甚至在以后的岁月里对一切以实事求是标榜的东西，作为一种"逆反"也不得不半信半疑。

剥去了伪装，方才恍然大悟，我曾一度指责那些"左"得无以复加的家伙制造了太多的假文物，甚至于我也曾天真地同意舒湮先生前几年提出的诸如拆除南京长江大桥上红卫兵塑像之类，才能免除我们的子孙再受欺蒙之苦的"过正"措施。然而，不知何时，我的头脑也开始变得复杂。我再也不会同意某些好心的同志拆除"收租院"的意见，我当然也不赞成恢复它的什么"本来面目"，我甚至建议就是其伪造的现场也应原封不动。因为这种曾骗人于无数的假文物仍有着深刻的教育作用。比如说吧，它虽是假文物（起码添加了毋庸置疑的虚假的内容），但用它来进行反"左"教育，岂不是一件活生生的真文物？我之谓其真，是因为它真实地记录了极"左"路线歪曲历史、愚弄人民的丑恶面目。对这座地主庄园的伪造就是一个抹不去的证据。

以此来看，曹雪芹先生的"格言"——"假作真时真亦假，无为有处有还无"，就有了改造之必要。是否可以改为"假作真时假亦真，无为有处无还有"。从艺术上，这种改造自然不及曹先生，但从假文物到真文物，这作用的演进，如此改动，自以为亦非蛇足。

得计选任应天府

《红楼梦》的开篇人物贾雨村,虽非无能之辈,但却野心勃勃,这有他的联语为证,所谓"玉在椟中求善价,钗于奁内待时飞"。不过,此人仕途并不顺利,虽然靠了甄士隐的接济,考取进士,并荣任县太爷。但因其为官"贪酷"且"恃才侮上",很快被同僚参奏,"不上一年"即遭"革职"。此后他闻知皇上"起复旧员",遂谋求复职。好在此行"福"不单行,官运亨通,不仅复职得酬,而且"不上二月,便选了应天府"。这段潇洒的宦海游历是如何实现的呢?建议所有的"官迷们"都认真研究一下。

在《红楼梦》一书中,贾雨村因贪赃枉法,坑害百姓,寡情薄义,倾轧同僚,有用者靠前,无用者靠后,种种恶行,以至于官场颠沛,宦海沉浮。这一切都说明,尽管他见过智通寺门上的对联——"身后有余忘缩手,眼前无路想回头",而且也知道"这两句文虽甚浅,其意则深",然而,欲壑无边,利索名缰,总难得脱。不过,在为复职而钻营这件事上,似乎并非贾雨村的主动行为,先是"一案参革"的张如圭(谐音"如鬼")得知"起复"信息之后的"四下里寻情找门路"给他以启示,

薛蟠的文学观

再是"最为投契"的都中旧识冷子兴的"献计出力"——令贾雨村近则"央求"林如海，远则"央烦"贾政，可以说是层层相托，环环相扣。

他是如何走通这层层关系的呢？一、贾雨村与作为皇室贵族的贾府因为一笔写不出两个"贾"字，这对于时刻以编织"关系网"为务的人，已经是一笔宝贵财富了。尽管他口头上也说"他那等荣耀，我们不便去认他"，但他是决不会放弃"若论荣国一支，却是同谱"的得天独厚的机会的。于是，精通"厚黑学"、八竿子打不着的贾雨村，果然拿着"宗侄"的名片，到底找到了荣国府。二、贾雨村与林黛玉毕竟有着名分上的师生之谊，这就为贾雨村"央求"林如海创造了直接前提。如果说仅仅因为东汉贾复以来"两千年前是一家"，贾雨村还不便于到贾府夤缘附会的话，如今有了林如海写的"荐书"——而这才是至关重要的"宝贝"——至于什么"德才"、"文凭"、"年龄"，如果那时也作为条件的话，那都是只供参考的指标。三、投靠上司的要领之一是投其所好。冷子兴都知道借贾雨村这大半属于伪装的"斯文之名"，何况平素"最喜读书人"的贾政（谐音"假正"）了。果然他与贾雨村一见面，既是同门同宗，兼有妹丈的"条子"，当然就"优待"有加，"更又不同"了。四、还有一条，也是应当提及的。当彼之时，当官固然不需要真正的人才，但如果阁下的"自然条件"欠佳，獐头鼠目，形象猥琐，而且拙舌笨腮，没法"交代"，也至少难以得到权势者的赏识。也许正是因为贾政对贾雨村"相貌魁伟，言谈不俗"的第一印象，至于他在"本县任上"如何"贪酷"，又没刻在脸上，因此，这种"先入为主"还是颇起作用的。五、官场之上，崇尚"经济政治学"或"政治经济学"有着悠久的传统，所谓"钱能买权，权能换钱"即此之义。贾雨村的请托，之于林如海或贾政，不知做过哪些"文章"，但在林如海给贾政的"荐书"中，即已明确写上了"即有所费，弟于内兄信中注明，不劳吾兄多虑"。可见，"跑官"之道，除了劳"足"之外，用"包"则是尤其少不了的。至于这"包"或这"费"用在了谁的身上，都是次要的。

贾雨村的复职乃至高就，姓氏上的"同门同宗"，爱好上的"酷喜读书"，相貌上的无碍观瞻等，都是"附件"，而要办成这样的大事，相应的"软、硬件"才是不可缺少的。从根本上说，种种错综复杂的社会关系是"软件"，而"权门欲进金作马，官场有缘钱为军"的"金钱"才是"硬件"。从他的学生林黛玉着手，到林黛玉之父——作为兰台寺大夫、钦点巡盐御史的林如海，再及林如海的内兄——荣国公之孙、现为工部员外郎的贾政，处处利用，层层请托，软硬兼施，终于使这个"贪酷"之徒步步得逞。然而，终究本性难改，刚到应天府任上，就对薛蟠打死冯公子冯渊一案，"徇情枉法，胡乱判断"，而且不忘"疾忙"修书二封讨好贾政并京营节度使王子腾，自相表功，以示报答。这就是封建官场相互利用、坑害百姓的本来面目。

研究封建官场的运作机制，需要身历其境地投入，才能有所收获，有所体会。只有那些存在封建官场风气的地方，只有那些存在封建官吏习气的官员，对此才能有着"心有灵犀一点通"的理解。作为"旁观者"的"清"，毕竟极其有限，一介书生，谙于官场游戏规则，无异于门外谈禅。

贾雨村其人

贾雨村无疑是一个投机分子。投机分子为人处世或从政用权的基本特点，就是有用者靠前，无用者靠后，有奶就是娘，朝秦暮楚，翻云覆雨，寡廉鲜耻，薄情无义，心狠手辣，尽得"厚黑学"之精义。

初时的贾雨村，不过是每日卖文作字为生、寄居于葫芦庙里的一介穷儒，多亏了甄士隐先生在经济上对他多方接济，他才有可能进京赶考，得中进士，即此而论，甄先生对于贾雨村是有再造之恩的。对于一个寡廉鲜耻、薄情无义的伪君子，在收了甄先生的五十两白银并两套冬衣之后，他是如何地心安理得，无动于衷，"不过略谢一语，并不介意"，甚至不辞而别（卷一），这样的小过节，对这种人已是无法计较了。

然而，他在应天府上任之后，接手的第一桩案子，就是薛冯两家为争夺一个被拐丫头而打死人命的大案要案。而此案中被拐卖、争夺的丫头不是别人，正是他的恩人甄士隐丢失的独生女儿英莲。不知者当然不为过，但当原葫芦庙的小沙弥、现在的门子说穿真相，这个贾大人居然如同冷血动物，只因为这薛蟠是贾政的亲家，为了讨好权贵，别说恩义，就连是非也都不顾了。他考中进士，当然是甄先生慷慨接济的结果，然而，指望这样一个过河拆桥、卸磨杀驴之辈，去补报当年甄先生的旧恩，是不现实的（卷四）。

若干年后，当贾雨村荣升京兆府尹，这种尴尬的情况又被他碰上了。在一次出差途中，路经知机县急流津，他遇到了已经出家、流落于此、今日的穷道士、昔日的大恩人甄士隐。当此之际，他又如何措置呢？始则佯装不识，继则敷衍了事。敷衍几句，即欲脱身，在他将要渡河之际，甄士隐先生借以栖身的破庙，"烈焰烧天，飞灰蔽日"，而只为"名利关心"的贾雨村，竟然见死不救，虽然派人查看，也只是交代："你在这里等火灭了，进去瞧那老道在与不在，即来回禀。"然后，办完公事，竟自找个宾馆歇下了（卷一〇三）。良心丧尽也就无所谓良心谴责了。

如果说曾经在他的一生遭际中起过莫大作用的甄士隐，只因出身乡宦，财薄位卑，而当自己发迹，就忘恩负义、狗眼看人低的话，那么，对于权门望族的贾政又是如何呢？

我在《得计选任应天府》一文中，曾经专门说过贾雨村是如何夤缘附会，投机钻营，在贾政的"极力帮助"下，原本为了复职知县却"超额实现"了应天府的。就此而言，贾政之于"官欲极强"的贾雨村，也应当说是有提挈之恩的（卷三）。

不能说他对贾政的提挈之恩始终无动于衷。至少在两件事上，他对贾府还是有所表示的。比如，如前所述，在处理英莲被拐卖一案时，他"徇情枉法，胡乱判断"，冤死了冯公子冯渊，放走了真正的杀人凶犯呆霸王薛蟠，是一例（卷四）。在卷四十八中，不正干的贾赦先生不惜重金，搜求古扇，无奈石呆子死活不卖。贾雨村为了曲意逢迎这个世袭一等将军，竟然将这小小的生意纠纷经官动府，"讹为拖欠官银"，将扇子讹来孝敬贾赦，逼得石呆子自尽身亡，是另一例。

薛蟠的文学观

　　如果说他做出这样两件"丧尽天良"的坏事，可以视作他对贾府的报偿，体现为他的"良心发现"的话，其实，即在此间，他的真正动机仍然是可疑的。他之所以这样做，从他的禀性来看，并不是为了知恩图报，而不过是贾家在他眼里仍然具有更大的利用价值。当他认为这种利用价值最终消失之际，也就再找不到报恩的丝毫表示了。

　　果然，当锦衣卫查抄宁国府，贾赦因"交通外官，恃强凌弱"而被皇上"革去世职，发往台站效力赎罪"之际，这时的贾雨村对贾府的态度，一改奉承讨好的故态，反而极力落井下石了。贾府奴才包勇在街上听人议论，这贾雨村"本沾过两府的好处，怕人说他回护一家，他便狠狠地踢了一脚，所以两府里才到底抄了"。好像是说，在这个问题上，贾雨村还是一个"公私分明、公事公办"的典型（卷一〇三）。

　　对当初的贾雨村而言，甄士隐不过是一根"救命稻草"，只具有一用的价值，也就是说，这种"利用"只是"一次性"的。要想往上爬，就要寻找更为可靠的附着物，而贾府则相当于一棵足资依靠的大树，这时的他则如同一株藤萝。他对贾府的卖身投靠，原本不过是为了借用这棵大树向上攀附，一旦攀附上去并搭上了新的附着物，而赖以晋升的原来的大树哪怕陷入岌岌危局，他也会毫不犹豫地将之蹬开。这就是贾雨村的处世哲学和从政逻辑。

贾雨村断案

曾有一个"提法"很著名,我们的干部"95%以上是好的和比较好的"。这个比例是在"文革"时期发明的,用在封建时代不一定合适。在"三年清知府,十万雪花银"的年代,皇上的"臣工"如果也说95%以上"是好的和比较好的",极易产生争议。然而,古代中国也并不是"经常地、每日每时地、自发地和大批地"产生着贪官污吏的。很难想象,在一个贪官遍地、污吏盈野的国度,怎么能够创造出如此辉煌的古代文明。就个体官员而言,他们的变坏,并不总是"每日每时"的行为,大抵总有良心发现的时候。《红楼梦》中的葫芦案就提供了这样一个例证。

贾雨村"官星高照"授了应天府。这个肥差是因做林黛玉小姐的"家教"攀附上贾政才到手的。然而,他流年不利,甫一到任,就遇上了一桩人命官司。此案的裁判结果,此前的说法,大多归咎于门子——原葫芦庙的小沙弥——的"提醒",言外之意,若非门子之故,贾大人很可能会秉公执法的。

由于在县官任上曾有被皇上"即批革职"的前科,贾雨村此次新官上任,是为了重振官声,还是为了报效朝廷,不好说,鉴于前车之覆,

薛蟠的文学观

至少是并不想尽早把"新鞋"打"湿"的。因此,他在听了原告的陈述之后,大怒道:"岂有这等事,打死了人,竟白白走了拿不来的!"立即决定将凶犯家属拿来拷问。此时,在他的心理上,杀人偿命,欠债还钱,这些法理还是"基本面",这些良知尚未泯灭,他所采取的措施,基本上属于秉公办案的范围。

正当他作出"发签拿人"的正确决定之际,一名工作人员——"门子"用眼色发来"短信",意思很清楚,此议欠妥。此时,他先是"心下狐疑",继之"退堂至密室",且"只留门子一人伏侍"。经过一番深入调研,他不仅得知这个门子原系他的"贫贱之交",而且得知被拐卖的女孩恰是他的恩人之女。若依贾大人惯于夤缘附势,专走"上层路线"的德性,无论作为"故人"的小沙弥,还是作为"恩人"的小英莲,他都不会介意,他介意的只是小和尚为他提供的"护官符",而且从中得知本案的被告薛蟠,正是"丰年大雪"之"薛"。"情况明",不仅未能使他"决心大",反而使他陷入心理矛盾之中,是坚持"杀人偿命"的法条,还是遵循"不得罪于巨室"的古训?从贾雨村的为人,这种选择其实是不言而喻的。然而,他这个级别的领导干部,即使想废法徇私,结交权贵,也不能过于露骨,必须在门子面前体现出应有的城府和风度,所以,他故作正经地说:"蒙皇上隆恩起复委用,正竭力图报之时,岂可因私枉法。"倒是这个"故人"对贾大人的官话套话不以为然,反而劝道:"依老爷说,不但不能报效朝廷,亦且自身不保,还要三思为妥。"这番言劝,反映的也许确是社会现实,但也足见这个小沙弥绝非"六根清净"之辈。对于贾雨村来说,小和尚的"坏点子"虽然正中下怀,但他仍然装模作样地表示"等我再斟酌斟酌"。此时的他,不仅心理转变过程,而且案件审理原则都已经确定了。

贾雨村断案

案件的审理细节，曹雪芹先生没有讲，只是说，贾雨村"徇情枉法，胡乱判断了此案"。不过，他在善后的处理上，远比小沙弥考虑得周到。在对上的层面，这边案件一结，他便"疾忙修书二封与贾政并京城节度使王子腾"。这不仅是对通过贾政"活动"得授应天府的投桃报李，也是另一次交易的"先期投资"。曾经吃过甜头的贾雨村自然明白，利用薛蟠一案结好薛蟠家族这样的朝廷重臣与侯门权势，绝对是"双赢"的结局，而这是不需要小和尚调教的。在对下的层面，虽然明知这个小"门子"忠心耿耿、服务到位，但这个整天在身边工作的小和尚太过知根知底，不免碍手扎眼，于是便"寻了他一个不是，远远地充发了才罢"。作为本案受害者之一的小英莲，虽然当初贾雨村穷困潦倒之际，曾蒙其父甄士隐慷慨周济，但当贾某人将国家法度都置之度外时，他的良心早就被狗吃了。由此可见，贾大人考虑问题总是善于把握大局。

焦大的真话

在鲁迅先生的作品中,关于焦大的话题,据我有限的阅读范围,大约有两处,一处见于《二心集·"硬译"与"文学的阶级性"》——"贾府上的焦大,也不爱林妹妹的。"另一处见于《伪自由书·言论自由的界限》——"这焦大,实在是贾府的屈原。"其实,这两个论断是有矛盾的。前者讲的是阶级理论,也就是说,林妹妹与焦大不是一个阶级阵营。后者讲的是统治理论,焦大与贾府虽属同一阵营,但也不能口无遮拦。那么何者才是正确的呢?

整部《红楼梦》,焦大的情节,主要反映在卷七"宴宁府宝玉会秦钟"一节。这里的焦大予人的印象无非两个方面:一者,历史上的焦大对于宁国府今日的风光功不可没。宁国公参与"打江山"之际,他"从死人堆里把太爷背了出来,得了命;自己挨了饿,却偷了东西给主子吃;两日没水,得了半碗水,给主子吃,他自己喝马溺"。像这样与主子出生入死、同甘共苦的奴才,怎么可能成为"阶级异己分子"?二者,现在的焦大对宁国府的腐败忧心忡忡。"那里承望到如今生下这些畜生来!每日偷狗戏鸡,爬灰的爬灰,养小叔的养小叔子,我什么不知道。"

焦大的真话

他不是"虚招实做"地维护"虽未甚倒"的"外面的架子",却不识时务地翻腾已经逐渐朽败的"内囊"。

焦大这些话都不是好话,但并不是假话。"好话"与否,是道德判断,"假话"与否,是事实判断。从焦大与宁国府的关系看,他并不具有对宁国府蓄意诽谤和恶意攻击的动机,当然也没必要无中生有,捏造事实。从小说中的人物塑造来看,焦大的话,只是说了一些不大好听的、但反映了实情的"真话"而已。正如鲁迅先生所说:"焦大的骂,并非要打倒贾府,倒是要贾府好,不过说主奴如此,贾府就要弄不下去罢了。"(《伪自由书·言论自由的界限》)宁国府的统治者陶醉于"祚永运隆之时,太平无为之世",焦大这厮偏偏要揭开秃头,簸扬家丑,这不仅大煞风景,而且是蓄意抹黑。而这正是焦大的"真话"不受欢迎反而招人讨厌的原因之一。人们宁可迷醉于虚假的繁荣,而不愿正视真实的沉疴,这几乎是官场的通病。

历史上的中国,皇朝更迭,王旗变换,所有的统治者"打江山"之际,往往胸襟宽阔,虚心纳谏;"坐江山"之际,则又内心虚弱,以言治罪。闭着眼睛"说瞎话",盲目歌功颂德,每每得利;睁开眼睛"说真话",直面现实弊端,往往倒霉。前朝因堵塞言路而崩溃,后朝又因厌闻直声而衰败。前车覆之,后车继之。因此,历史上,和平时期的"文死谏",并不少于战争年代的"武死战"。

对于焦大这样的"真话",应当怎么处置呢?凤姐出了两条主意:"何不远远的打发他到庄子上去就完了。""还不早些打发了没王法的东西!"分析这两条主意中的动词,一个是"打发到",一个是"打发了",前者还有个去处,后者连归宿都没了。"打发到""庄子上去",有点儿像近代的"五七干校"、"劳动改造"。而这"打发了",则隐藏着森森杀机,比如"失踪"、"暴死"之类。对一个仅仅说了些真话的忠诚家奴采取这样的手段，的确有些残酷，但却是凤姐之类的人物维持贾府秩序的必要手段。由此可见，凤姐说焦大"没王法"并不确，她强调的其实是"咱们这样的人家"的"规矩"，即"家法"。在王熙凤眼里，"家法"是等于"王法"的。因此，焦大说出了"真话"，暴露了家丑，当然就是犯了"王法"。

然而，实施凤姐的主意，毕竟需要一个策划过程，面对眼前的突发事件，如何有效地防止焦大肆无忌惮地说"真话"，最为简单、最为直接的办法，就是就地取材的"马粪堵嘴术"。"马粪堵嘴"，既不卫生也不彻底，因此，在当代史上又有了"断舌"或"割喉"。这些措施相对于"马粪堵嘴"倒是发展了，然而，对于人类社会却是真正的历史倒退。

焦大的嘴没有彻底堵死，在卷一〇五中，当"锦衣军查抄宁国府"时，他号天踏地地哭道："我天天劝这些不长进的爷们，倒拿我当作冤家！……今朝弄到这个田地……"这位贾府中的屈大夫到底发出了"荃不察余之中情兮"的哀叹，而"真话"也到底成了"谶语"，不亦悲夫！"不长进"的视为当然，"说真话"的当作"冤家"；封了焦大的嘴，没有导致宁国府的长盛不衰，反而加速了"树倒猢狲散"的结局。这就是历史的辩证法。

按书索药

"按图索骥"是一个古老的典故,常用来比喻拘泥成规,只知按本本办事,不能结合实际灵活变通的人和事。"按图索骥"不好,但不等于"按图"索什么都不好,如按图"索楼"就仍然是必要的,此所谓"按图施工"是也。

本文所要"按"的,不是"图",而是"书"。这书既不是社会科学的经典名著,也不是自然科学的实验指南,而是所有情节、人物均属虚构的小说。《红楼梦》作为一部中国古典文学名著,称得上一座取之不竭、索之不尽的文学宝库。在这座宝库中,大抵除了航天飞机、激光电脑之类的宇航时代的玩意儿,可说是应有尽有。

首先是"按书索园"。京沪两地都建了大观园,其施工图纸显然都是索之于该书。听说河北某地也建了一座"荣国府",据称已经恢复了该府"本来的'钟鸣鼎食之家,翰墨诗书之族'的富丽堂皇的真面目"。

其次是"按书索宴"。据新闻媒介报道,在北方某大城市,"红楼宴"已正式投产,听说其中还有一道使乡巴佬刘姥姥叹为观止的用十来只鸡和茄子配制而成的名叫"茄鲞"的名菜。

薛蟠的文学观

前有"红楼园林系列",后有"红楼饮食系列",据闻,"红楼美容系列"及"红楼婚丧系列"也即将粉墨登场,热热闹闹,蔚为大观。但是,《红楼梦》尚未开垦的"处女地"所在多有,如果比照书中的配方,"按书索药"就远比拘泥《本草》来得新奇。有这样一个方子:

春天开的白牡丹花蕊心十二两,夏天开的白荷花蕊十二两,秋天的白芙蓉蕊十二两,冬天的白梅花蕊十二两,将这四样花蕊于次年春分这日晒干,和成在末药一处,一齐研好。又要雨水这日的天落水十二钱,白露这日的露水十二钱,霜降这日的霜十二钱,小雪这日的雪十二钱,把这四样水调匀,和了龙眼大的丸子,名曰"冷香丸"。

且莫小觑了这丸药,此乃"红楼医药系列"中最为名贵之中成药,此药系宝二奶奶薛宝钗女士亲自监制,独家享用。此药的药用价值极佳,对年轻女性之健美与"慧中",尤有奇效,"蜂皇精"、"青春宝"与之相比,皆不可作同日语也。不知何故,医药界诸君对此竟无动于衷,置若罔闻。倘若哪家医药公司或制药厂拨出专门经费,设置研究机构,热心开发,古为今用,填补一项国内兼国际空白,当是没有问题的。

笔者一直认为,文学作品源于生活且高于生活,此论极是。小说中的园林建筑、菜肴烹饪、药品配制之高于生活一筹或两筹,自然也是情理中事。只要生活中人悉心按书索之,无不如愿。前两年盛行"宫廷秘方",而今也大可开拓"红楼医药",只要我们谨遵配比,按书索药,至于文化的雅化或俗化,进化或退化,原是无关紧要的。

"购买'冷香丸',是您的最佳选择!"

李贵处理群体事件

李贵此人在《红楼梦》中不是什么主要人物,在荣国府中也只是一介仆人。虽然此人无足轻重,在该书卷九"训劣子李贵承申饬 嗔顽童茗烟闹书房"中,他在处理贾家义学一起"学潮"时的表现,倒是令人刮目相看。

这起"学潮",虽然主体是学生,但并非为了什么政治、文化、教育问题,而是一起涉及男色风化的群体事件。这起事件有两个主要当事人,一个是肇事者金荣,一个是受害者秦钟。其实,事件涉及的人物,远比表面现象复杂,在这场风波中,不仅有赤膊上阵的(茗烟),也有摇鹅毛扇的(贾蔷),不仅有"淘气不怕人"的(贾菌),也有"省事儿"的(贾兰),而且,贾宝玉和贾瑞各自作为一方的支持者,其实也是当事人。

事件的性质是严重的,从"讲政治"的高度说,这场风波严重破坏了尊卑有序的封建社会的道德规范。从本书说来,参与这一事件的人数之多,成分之杂,也是前所未有的,不仅有当事双方,也有被"殃及池鱼"的贾兰、贾菌,何况还有一些旁观者。事件的后果也是严重的,不仅砸坏了砚台,碰碎了茶碗,污损了书本,而且还导致了一场流血事件——秦钟的脑袋被打破了。

对于这样一场错综复杂的群体事件,李贵是如何处理的呢?

首先,他必须确立处理此一事件的政治立场。立场正确是处理好这一事件的基本前提。李贵须臾也不曾忘记,在这群孩子中,贾宝玉的身份居于至高无上的地位,他自己只是贾府的一名仆役,要想在贾府生存下去,就必须维护贾府的现有秩序,而在现场也就是要维护贾宝玉的地位和声誉。尽管在事件中,作为奴才的茗烟敢于无视"金相公"的存在而大声喝骂:"姓金的,是什么东西!""你是好小子,出来动一动你茗大爷!"但是,他敢于无视此一主子的存在,是以更有地位的主子为依靠的。可见,在这一点上,虽然表现形式不一,但在根本问题上,他们是有共识的。

其次,他必须控制事件中的骨干分子和激进分子。在介入事件之初,他听到里边闹翻了天,于是,"都进来一齐喝住",使这乱哄哄的局面得到控制。在这起事件中,贾瑞作为学校的临时负责人,起了很坏的作用。要平息这一事件,必须消除贾瑞的嚣张气焰。李贵身为仆人,不得不采取柔中带刚、绵里藏针的方针,婉转地批评道:"这都是瑞大爷的不是,太爷不在这里,你老人家就是这学里的头脑了……如何等闹到这步田地还不管?"茗烟是这起事件中的激进分子,李贵与他身份相同,且年岁稍长。本来李贵的"消防"工作已见成效,由于茗烟又跳将出来,使已将熄灭的残薪又迸出了火星,李贵毫不客气地喝骂茗烟:"偏这小狗养的知道,有这些嚼蛆!""仔细回去我好不好先捶了你,然后回老爷、太太,就说宝哥全是你调唆的。"茗烟才不敢做声了。

再次,他必须采取"那里的事情那里了结"的方针。从这起风波的因果关系来看,宣扬出去,对贾府上下并没有什么光彩。因此,必须采

李贵处理群体事件

取就地解决纠纷、避免矛盾上交的策略。李贵针对气急败坏的宝玉作出的"李贵，收书！拉马来，我去回（汇报、报告之意——笔者）太爷去"的指令，明确提出了"那里的事情那里了结"的方针，耐心相劝："太爷既有事回家去了，这会子为这点子事去聒噪他老人家，倒显的咱们没礼似的。"初时的解劝，效果并不明显，以至于宝玉反复强调："我必回明白众人，撵了金荣去！"李贵心下明白，这一事件，绝对不能层层汇报，扩大影响，以免给问题的解决造成困难。此时的贾瑞，自己本来不干净，经过李贵开始时的工作，也生恐事情闹大，只得委曲求全地求情，方才使宝玉收回了"成命"。

又次，事件的处理结果，必须确保宝玉成为事件处理的胜利者。在李贵眼里，宝玉与贾瑞，秦钟与金荣，都是主子，但主子与主子也有地位悬殊、身份差别。让金荣给秦钟赔礼磕头，也就是给宝玉赔礼磕头。赔礼原是宝玉不向上汇报的底线，"不回去也罢了，只叫金荣赔不是便罢"。金荣先是不肯，李贵的劝说可谓义正词严："原来是你起的端，你不这样，怎得了局。"作为肇事者的金荣，没有了退路，只得向秦钟赔礼磕头。而金荣呢？以挑衅开始，以失败告终。他在此一事件中要吸取的教训是，闹事的结果，并不能改变既定的身份地位格局，反而只是对既定的身份地位格局的确认和强化。

然而，这次事件的处理，有着严重的缺陷，那就是放跑了真正的元凶——贾蔷。这个躲在幕后挑拨离间、"摇着鹅毛扇"的人物，才是导致事件升级的主要责任者。李贵不去追究他的责任，是情况不明还是能力不济，作者并未说明。

037

璜大奶奶变脸

变脸,本来是川剧艺术之一种,演员的五彩脸谱,在闪展腾挪之间,转身即变,作为一种国粹艺术,至今仍然"版权所有",秘不传人。前不久,网上报道,香港艺人刘德华虽然向彭登怀行了拜师礼,但因部文收回,学习变脸仍难如愿。

川剧的变脸,是娱乐圈内的事,然而,"天地大舞台",社会上的变脸原是不需学的。鲁迅先生的"一阔脸就变"(《鲁迅诗稿·赠邬其山》),说的就是社会现象。由于人的面部表情十分丰富,加之社会生活十分复杂,人们不仅阔了要变脸,穷了也会变脸;见了"下人"会变脸,见了"上人"更要变脸,以至于"看身份下菜碟,按地位换脸谱"这类社会陋习仍然司空见惯。可见,生活中的变脸比起川剧的脸谱,论起款式和品种,不知丰富多少倍。

《红楼梦》卷九"训劣子李贵承申饬,嗔顽童茗烟闹书房",描写了发生在贾家义学中的一场"学潮"。这场"学潮",涉及贾宝玉、贾蔷、秦钟、金荣等人。按照过去的"斗争理论",有人曾经认为,"义学风波"的实质,反映了"贫下中农子弟"与"地主贵族子弟"之间尖锐的"阶级斗争"。一上升到"讲政治"的高度,就有点高屋建瓴的意思,笔者眼拙,看不出这么多微言大义,只是从表面认为,这只是贾氏宗族孩子们之间的顽皮和打架行为。

按说,一场混战之后,作为肇事者的金荣向秦钟"赔了不是","磕了头",这个事件也就有了结果。金荣的母亲是一个清醒的"经济人",孩子在贾家义学读书,一因自家请不起先生,二来能节约"茶饭"开支,而且金荣能在那里就学,这已经是贾家的面子。在此情况下,受点委屈,息事宁人,在"经济"上是绝对划算的。

然而,金荣的姑妈——贾璜的老婆,即璜大奶奶却不,一听此情,"怒从心上起",脸上马上风云突变,阴云四合,她不管什么"成本核算",只考虑"面子效益"。她的理由是:"这秦钟小子是贾门的亲戚,难道荣儿(金荣)不是贾门的亲戚?"在她看来,秦钟与金荣,不光同为贾门亲戚是平等的,就是同为贾门也是平等的。

然而,她忘了,虽然一笔写不出两个贾字,但是,贾珍之门与贾璜之门虽同属玉字辈,却有着天壤之别。贾珍是当朝"世袭三品爵威烈将军",而她和老公只是"守着小小的产业",靠荣宁二府的接济,"方能如此度日"。由此可见,她并没有与对方一较短长的基本资格。心理越是自卑,行为越是自尊。她自认为世道不公平,自以为"有理走遍天下",为了讨个说法,讨回自尊,"那里管的许多",于是唤人备车,风尘滚滚,怒气冲冲,杀奔宁府而来。此时璜大奶奶的脸上,一定是乌云密布,电闪雷鸣。人们一定会担心,此时的宁府已经处于风雨交加的前夜。

然而,当她进了这"敕造宁国府",也许侯门宦海具有天然的威慑力,及至见了珍大奶奶(贾珍之妻),在这个"高干"家属面前,似乎忘了为金荣的事"叫她评评这个理",却像瘪了的气球,蔫不拉唧地变形了。不但没有怒气冲冲地发脾气,反而"未敢声高"地叙寒温;刚才的登门问罪,似乎变成了专程请安。可以想象,此时的金寡妇,其表情一定是阴转多云,局部放晴。令人担心的是,尤氏竟然主动提到了秦钟告状之事,"不知那(哪)里附学的学生,倒欺负了他(秦钟),里头还有些不干不净的话"。并特别提到,秦钟的姐姐秦氏为"那狐朋狗友,搬弄是非,调三惑四"而气恼。自己未曾开口,反倒受到责骂——虽然在有意敲打或无意闲话之间。如果璜大奶奶神经正常,此时此刻,早就勾起了她行前的三昧真火、五窍邪烟。

然而,她却把那"一团要向秦氏理论的盛气","吓得丢到爪哇国去了"。特别是当贾珍"从外进来",作为她这个身份难得见到的领导人,对她一句不冷不热的"招呼",似乎给足了脸面,捞回了自尊,于是,她侄儿(金荣)的事不仅"提也不敢提了",而且马上"转怒为喜"。恍惚之间,她忘了来时的使命和任务,只是"说了一会子闲话,方家去了"。璜大奶奶走出宁府时的心情,早已风平浪静,云淡风轻了。

璜大奶奶从气壮如牛到胆小如鼠的"变脸"四步曲,如忽云忽雨的夏日天气,经此一事,她对自己出门前阐述的"人都别要势利了"的重要思想,一定有了新的体会。

荣、宁二府发生这类事情并不奇怪。时至今日,如果社会上仍然通行人分三六九等、脸扮生旦净丑这类社会怪象,显然反映了专制社会的历史惯性。我们不能要求璜大奶奶具有什么"平等"、"自由"、"民主"精神,这应当是当代国民的基本素质。然而,"应然"转变为"实然",臣民转变为公民,需要一个漫长的过程,只有这个过程完成之日,"变脸"才会退出社会界,仅只作为川剧艺术保留在舞台上。

"风月宝鉴"

在《红楼梦》卷十二中,作者虚拟了一种似乎有些虚妄但却极为重要的道具——"风月宝鉴"。这东西似乎专为贾瑞治病而设,但从《红楼梦》这部书原初的书名即为《风月宝鉴》来推测,这"宝鉴"似乎又不仅仅是一种"医疗器械",内中可能大有深意存焉。

书中的"风月宝鉴",是跛足道人为病人贾瑞提供的。而这位重病缠身的贾瑞,也特别显示了对它的迫切需要。那么,贾瑞得的是什么病呢?在上卷的回目中有"见熙凤贾瑞起淫心",可见,淫欲即为贾瑞致病之主因。"食色性也",为求得片刻欢娱而心猿意马,对于贾天祥这样的年轻人,"犯病动机"应该是成立的。只是在这以"单相思"为特征的病理过程中,相思的主体和客体存在着并不因贾瑞嬉皮涎脸叫上几声"亲嫂子"就可弥合的许多方面的巨大差距。王熙凤是何许人,看官多是知道的,那么,这贾瑞呢?他不过是贾府塾师贾代儒的孙子,只是一支与贾府八竿子打不着的族亲而已。这样一个浪荡子,却欲在王熙凤身上找便宜,这中间的确存在着能所不及、力所不逮、位差悬殊、势比云泥的现实距离。由于这个距离的不可跨越性,贾瑞的"单相思",也就无异于

薛蟠的文学观

"癞蛤蟆想吃天鹅肉"。然而,贾瑞小子不仅不肯正视这个距离,反而自我感觉良好,于是,屡次的碰壁也就在所难免。只因欲望与现实之间的巨大鸿沟,加之外有债务所逼,内有学业负累,终于导致"身体失衡",从此一病不起,于是这跛足道人和"风月宝鉴"的出现也变得合于情理。

这位自称"专治冤业之症"的道长,对于贾天祥这个"重病号"说来,他所提供的并不是什么岐黄之术。而是比"××元气袋"、"××神灯"更为奇妙的另一类"医疗器械"。如同一切江湖庸医一样,在"风月宝鉴"的出处上,跛足道人不免弄玄,如称此物"出自太虚幻境空灵殿上"之类。然而,他又不同于江湖庸医,不仅他的"医嘱"至为恳切,而且还有着返回以收取"宝鉴"的勇气。如何看待曹雪芹这段描写呢?首先,古镜治病,其实并非虚妄,而是其来有自的。《本草纲目·金石部》有"古镜,气味辛,无毒,主治惊痫、邪气、小儿诸恶……"曹雪芹写作此书,或有所本,亦未可知。其次,跛足道人在"医嘱"中称,此"宝鉴"专治"邪思妄动之症",而该症似乎并非单指生理上的病态,好像思想上的病态也具有这种特征,如小资产阶级的狂热症等。道长称此物有"济世保生之功",也可看出,这"风月宝鉴"并非单为"保生",似乎更在"济世"。其三,他特别关照:"千万不可照正面,只照他的背面,要紧,要紧!"这句话倒是此卷之文眼,这从回目中"贾天祥正照风月鉴"可见一斑。由此我想,这"风月宝鉴"也许不是什么"医疗器械",倒可能是别一种物象,另一种表征。开头笔者认为,"内中可能大有深意存焉",曹氏究竟"深意"何在,自然仁者见山,智者见水。或许这道人医治贾瑞的(或压根儿就不仅仅是医治贾瑞的)原本就不是什么"古镜",而可能是别一种"以古为镜,可以知兴替"的物象或表征,而"不看正面,只看背面",这或许即是"今人不见古时月,今月曾经照古人"之类的某种深沉的人生体验。

然而，这位贾公子，如同一切好好恶恶、喜颂厌谏的人物一样，面对这"风月宝鉴"，早忘了跛足道人的劝诫，也忘了自己命在须臾的残生，厌恶"背面"，只看"正面"，在他的心理上，"粉面含羞威不露，朱唇未启笑先闻"的美人形象，总是赏心悦目的，而丑陋、阴森、恐怖的骷髅，总是令人败兴的；与凤姐的巫山之会、云情雨意，得到的尽管是虚幻的，也总是心理、生理的满足，而与骷髅相处，又是多么令人讨嫌、令人生厌、令人恶心。于是这种鼓吹"正面"，迷恋"正面"，提倡"正面"，讨厌"背面"，嫌弃"背面"，掩饰"背面"的行为和心理，不止贾瑞，以至于在以前和以后的漫长岁月中，不论官场和尘世，不分要员与百姓，一脉相袭，薪火相传。至于"贾天祥正照风月鉴"的可怕后果已似乎无人顾及，更其可悲的是贾瑞临死还沉溺于这"宝鉴"中的"正面效应"而抓住"宝鉴"不放。在这样一种情况下，无论是道人、儒人、古人、今人的劝告都是毫无用处的。

"风月宝鉴"没能救了贾瑞的命，责不在"宝鉴"，而只关"风月"。由此我想起了泰山石刻上的"虫二"二字，多少年来无人解得。据说郭沫若将此解为去掉"外部结构"的"风月"二字。可见，"风月"总是靠匀称的外表、丰满的轮廓来诱人的，除去这外表和轮廓，也就什么都不是了。沉溺于"正面"的"风月"者，追求的无非是表层上的"迷人"而已。

弄权铁槛寺

《红楼梦》卷十五中有一节,"王凤姐弄权铁槛寺",其实这个情节并非发生在铁槛寺,而是发生在本名水月寺、别名馒头庵的尼姑庙中。

抛弃权力的来源不谈,权力的运用,为公或为私,总是达到某种目的一种手段。而"弄权"一词,似乎失去了运用权力的本来意义,而这恰是掌权人的"至高境界"。王国维先生谓宋人张先句"云破月来花弄影":"着一'弄'字,而境界全出矣。"此项评价,对凤姐的"弄权"差可类比。

对于凤姐这样的人物,"执政为民"之类的理念是谈不上的,"以权谋私"对于她来说倒是司空见惯。这个年轻漂亮的女人,心计刻毒,权术深湛,不光在荣国府执掌大权,而且,在协理宁国府的过程中,确实体现了过人的管理才能。权力的魅力,也许确可使掌权者感到有权的安全、掌权的尊贵、用权的愉悦、逞权的兴奋,以至于颐指气使之时,体验着人生的快感;纵横捭阖之间,体会着人生的乐趣;钩心斗角之余,体现着人生的智慧;尔虞我诈之际,体会着人生的价值。因此,在她那里,权力不再是一种手段,而已成为目的本身,如同"为革命而革命"

的异化,这种"为权力而权力"的异化,大抵可称为"弄权"罢。当然,将手段作目的,并不影响"弄权"的同时,顺便捞点"外快",此所谓"搂草捎带打兔子"。

老尼净虚的请托,是一个难缠的案子,财主之女张金哥已许长安守备之子,但长安府李衙内又苦苦求娶。虽然只是一桩"争亲"纠纷,但其中涉及多名领导干部,处理起来难度肯定不小,此其一;此事与凤姐毫无关系,也确无必要参与其间,此其二;老尼为了达到目的,先后运用了"求"、"激"、"捧"三种手段,而这同时,也为凤姐逞强弄权提供了舞台。起初,净虚求的是太太(王夫人),只不过让凤姐就便"示下"而已。而这对于素来逞强的凤姐看来,无异于对方"小瞧"了她的掌中权力,于是她接道:"这事倒不大,只是太太再不管这事。"这个封口战术,迫使老尼迅速改口,转请凤姐"主张"。在凤姐这只雌猫面前,这老尼就像一只被她俘获的老鼠,捉捉放放,欲擒故纵,玩弄于股掌之间。凤姐强调:"我也不等银子使,也不做这样的事。"点出银子,不是为了银子;点出不办,不是不能办。这样的难题,抛给老尼,至少让她动了"半晌"脑筋。"打去妄想"的老尼,无奈之下,只好改"求"为"激":"只是张家已知我来求府里。如今不管这事,张家不知道没工夫管这事,不希罕他的谢礼,倒像府里连这点子手段也没有的一般。"这一招果然奏效。这对于"素性好胜"、"男人万不及一"的王熙凤而言,无异于贬低与嘲弄。正是老尼的"激将法",勾起了凤姐显示权力的强烈欲望:"你是素日知道我的,从来不信什么阴司地狱报应的,凭是什么事,我说要行就行。你叫他拿三千两银子来,我就替他出这口气。"这段话不仅体现了凤姐杀伐决断的性格,而且体现了她心狠手辣的德行。不要以为凤姐喊出三千两银子的"报价",仍是"以权谋私"的老套,"我比不得他们扯篷拉牵的图银子。这三千两银子，不过是给打发去说的小厮们作盘缠……我一个钱也不要"。不图银子，图什么呢？对于这样一桩涉及官府的疑难官司，凤姐需要的不是钱，而是显示地位与权力，体现能耐与手段，在摆平矛盾与纠纷的运筹中获得"心理满足"。老尼就坡下驴地"捧"字术，请她"明日就开恩"的催促经，又给凤姐提供了表白其大权在握、日理万机的话头："你瞧瞧我忙的，哪一处少了我？"在一些人眼里，"忙"似乎就等于"权"，越忙权越大。于是，在老尼"能者多劳"的奉承下，以嗜好权力、热衷权力、迷恋权力、玩赏权力为生活常态的凤姐，心理上"越发受用"。

凤姐的忙，绝对赶不上美国国务卿赖斯的水平，她次日即着来旺儿将此事办妥。经此一事，凤姐的办事水平和办事效率得到充分展示，从而也见识了她玩弄权柄、技艺老到几至炉火纯青。凤姐办事并没多少新招，无非是以势压人、以大欺小，迫使长安守备退回定礼。其结果，不仅使重约的小姐悬梁自尽，也使重情的公子投河身亡。这边厢，张李两家人财两空，凄风苦雨；那边厢，凤姐却"安享了三千两"，春风得意。当然，银子不是凤姐的追求，如同两条人命一样，只是权力运行的附带效益。

顺便说一句，此事虽然并非发生在铁槛寺，但铁槛寺与馒头庵也确实有些联系，宋范成大有诗云："纵有千年铁门槛，终须一个土馒头。"（《重九日行营寿藏之地》）即是说，无论阁下如何富贵，到头来只是一抔黄土、一座坟头。荣宁二府如此，凤姐也同样如此。

天然与修饰

　　天然是这样一种境界："'天然'者，天之自成，而非人力之所为也。"——大观园的清客们这样说。如果不因人废言，这自然有些道理。当然，天然还可引申为事物的真实面目或客观存在，总之，是反映了"造物主"所赋予的本来形态。

　　天然，其实又不以自然形态为限，赋诗作文、居室摆设、庭园布局、社会氛围、政治生活等，统统可以列入天然与否的圈范。金人元好问《论诗绝句》（之四）有云："一语天然万古新，豪华落尽见真淳。"他说的是赋诗作文、居室摆设、庭园布局、社会氛围、政治生活等方面吗？他没有说，我以为大体也可作如是观，因为"宇内形形色色，以天然为贵。云章霞采，木理花容，皆天然不假修饰"（《乡言解颐》卷五）。这后一句，当然又是比喻。

　　可见，天然与修饰（包括雕凿、文饰、化妆、造作、加工等）是相对而言的。一般说来，人们爱修饰者众而爱天然者少，即使东坡先生这样的达人，也把由海湾隔绝而形成的潟湖——西湖，当作可任意"淡妆浓抹"的西施姑娘。可见，疏远天然而偏爱修饰这样的习尚至少在宋代

薛蟠的文学观

就已存在了。当然，通过对天然的修饰而获得某些自然美感一般不应非议，尽管这里不包括下列情况：讨得一只秦鼎，磨光青锈，灭其古朴以见"时髦"；将3岁的幼女烫发描眉，去其稚纯以见其"新潮"。然而，天然与修饰的悖反，也并不都是如此简单。而化天然为修饰，冒修饰为天然的又以"稻香村"为最。在那"花柳繁华地，温柔富贵乡"，故作"贫下中农"本色，以为数楹茅屋、几树桑榆、一架辘轳、几只鸡鹅的"天然"，就淡化了侯门官府的气象，甚至勾起了老爷们的"归农"之意，实在不啻自欺。"远无邻村，近不负郭，背山山无脉，临水水无源，高无隐寺之塔，下无通市之桥"，生生造出一处"假景"，贾政说，此系"人力穿凿"，信矣哉！

制造这"假景"（如果这"假景"不是田庄，而是前述的"社会氛围"或"政治生活"之类）的固然可恶，对这"假景"尽力叫好的清客们就高尚吗？在《红楼梦》卷十七中，未交代这帮清客的姓名，不知那些为"詹光"（沾光）而"单聘仁"（善骗人）且"卜固修"（不顾羞）的相公们现今何在？这样的一群对此类"假景"连称"妙极"也在情理之中。

在情理之中的还有贾宝玉。作为这个家族的叛逆，他倒有点儿崇尚天然，而极不赞赏这种"假景"。尽管有来自上头——贾政——的压力，有来自周围——清客们——的暗示，但他认为这种田庄乃穿凿扭捏而成，毫无天然之实，"非其地而强为其地，非其山而强为其山，即百般精巧，终不相宜"。

"终不相宜"的也的确撼拾皆是。天然是一种境界，装饰是一种境界，"伪天然"而"真修饰"又是一种境界，即以后者而论，枯水季节，为讨得上司的欢心，竟不惜在上游开闸放水，制造出人工瀑布；"节日

天然与修饰

搭台",就可以花费巨款往涸河里输水撒鱼,亦不愧"银子唱戏"。为了邀功请赏,先不妨伪造政绩,管什么同义于"天然"的"真实面目"、"客观存在"和"本来形态"。这种剿灭"天然"、大肆"修饰"、批量制造"假景"的行为,较之"稻香村",无论质和量均可倍计,哪还有什么"不及"!

贾宝玉"面试"

干部的新老考核体制,区别在哪里?有人给定了两个概念,一个叫"相马",一个叫"赛马"。"相马"代表了旧体制,"赛马"代表了新体制。

《红楼梦》卷十七有一节"大观园试才题对额",这里的"试才",有点像目前通行的干部"面试"。那么,这种考核属于"相马"呢,还是属于"赛马"?应当说,进入"面试"现场——大观园——的一干人,除了贾政和贾珍,余者都是贾府豢养的门客幕友。虽然他们中间不乏"善骗人"(单聘仁)、"不顾羞"(卜固修)这类角色,但不可能都是吃干饭的。如果他们与宝玉同台竞争,从考核机制上讲,大抵还可以算作"赛马"的。只是由于这帮清客相公一个个老奸巨猾,"早知贾政要试宝玉的才,故此只将些俗套来敷衍"。于是,这"面试"就变成了没有竞争者的单独审查,如此一来,"赛马"是不可能了,因此,只剩下"相马"一种机制。

不过,"相马"是有条件的,"相马者"应大抵具备伯乐的水平和心态,不然,就有可能闹出伯乐之子"按图索骥"最终"相"出个"癞蛤蟆"的笑话。那么,我们的"相马师"——贾老先生的水平如何呢?先听他这段自白："我自幼于花鸟山水题咏上就平平……纵拟出来，不免迂腐古板，反使花柳园亭因而减色。"我们没有理由认为这是贾老爷子的"伟大谦虚"，从整个考核过程看，这位"伯乐"先生，除了在后来被宝玉命名为"蘅芷清芬"处，仅只萌生了"拈须沉吟，意欲也题一联"的"创作冲动"之外，在大观园的全部活动，并没有留下任何一句可被称作匾额或对联的作品。再看贾老先生的心态。小说中的贾政与宝玉本是亲生父子，然而，在看官眼里，却形同猫鼠，势如君臣。唐太宗李世民延揽人才后，满怀欣喜地说了句心里话："天下英雄入吾彀中矣。"而这贾老先生的胸襟比起李世民到底差远了。在贾政眼中，宝玉的所有作品几乎一无是处，他的评价，或者不置可否，或者无端否定，或者恶语训斥，或者恼羞成怒，其评语多为"也未见长"、"岂有此理"、"更是胡说"、"管窥蠡测"，或者干脆喝骂"畜生，畜生"之类。"面试"过程中，他一会儿强调"先说出议论来，方许你作"，一会儿又指责"他未曾作，先要议论人家的好歹"，这样前后矛盾的要求，对于被考核者，简直无所适从，且动辄得咎。

然而，在这样的情况下，作为被考核者的贾宝玉，其临场发挥却可圈可点。贾元春视察大观园，对宝玉所题联额多所肯定，足资证明。然而，宝玉本身也的确缺点多多。其一，不善抱朴守拙。譬如，他们行至一个所在，只见许多异草，"味金气馥，非凡花之可比"。不好说贾政如何孤陋寡闻，但他对这些异草的确"不大认识"。而其他清客则"薜荔"、"藤萝"地乱猜一气。在此情况下，要紧的是，懂也应装作不懂，方显得态度谦虚。然而，宝玉却做起了"导游"："红的自然是紫芸，绿的定是青芷"，什么"霍纳姜汇"、"纶组紫绛"，出于什么《吴都赋》、《蜀都赋》，以至含蓄地批评人家："如今年深岁改，人不能识，故皆象形夺名，渐渐地唤差了，也是有的……"如此一来，岂非显得自己比"考官"还高明。其二，不会顺风承旨。行至某处，青溪泻玉，有亭翼然。有人题曰"翼然"，有人题曰"泻玉"。贾政作为"主考官"，本来已经拍板："竟用他（《醉翁亭记》）这一个'泻'字。"何况清客们附声就气、舆论一律："是极，是极。"惜乎宝玉不会顺情逢迎，却称："今日此泉也用'泻'字，似乎不妥。……用此等字，亦似粗陋不雅。"此等用语足以让"考官"面子尽失。其三，不当顶撞"考官"。不肯逢迎，也就罢了，含蓄批评，尚可原谅，最不谙世故的是，宝玉竟然公开顶撞"考官"。书中说道，贾政对"人力穿凿"的田园风光，竟然"入目动心"。宝玉竟然不顾清客们"更妙"、"妙极"的一致定评，反而反驳道："此处置一田庄，分明是人力造作而成……非其地而强为其地，非其山而强为其山，即百般精巧，终不相宜……"恼羞成怒的贾政气得喝命："叉出去！"如此看来，宝玉的"面试"显然是不合格的。

眼下的干部考核，除了"笔试"、"面试"，"民主测评"也是重要程序。书中的宝玉是荣国府的贵公子，也是相公们的少主子，因此，在所有的评价中，我们看到了这样的众口一词："是极，妙极"、"领教，妙解"。在拍马成风、"屁颂"高扬的氛围中，不可能成就有用之才。假如贾宝玉不是这样的尊贵地位，假如相公们也是考核对象，凭才能不是对手，论本事先天不济，清客们会如何对待这个竞争者呢？凭这些人的德行，完全可能结成同党，通同作弊，背对背反映一段"莫须有"，黑对黑填上几张"不称职"。由此可见，在结党抱团、邪气横行的局面中，也不可能造就任何杰出之士。可惜宝玉年少，尚未启蒙，"世事洞明皆学问，人情练达即文章"，学习研读尚且来不及，哪里还顾得上讨厌和憎恶。

薛宝钗的"主旋律"

荣国府的大小姐、贾政的大女儿贾元春,被皇上"晋封为凤藻宫尚书加封贤德妃",这件事情放在今天,属于什么性质?如今的一些贪官,大都拥有"情妇"或"二奶",有的还不止一个,如陕西省政协副主席庞家钰就拥有情妇11名,只因无法雨露均沾,11名情妇集体"造反",终将庞扳倒。(2007年9月7日《南方日报》)贪官的情妇是隐蔽的、有限的,而皇帝的嫔妃则是公开的、众多的。因此,这个贾元春,在后宫三千粉黛中大约只相当于皇帝老儿的"N奶"而已。即使如此,贾政一家已经是五体投地、感激涕零了。这个没出息的贾政跪在女儿面前含泪奏道:"臣,草莽寒门,鸠群鸦属之中,岂意得征凤鸾之瑞。"一家子忽然都变成了鸟纲动物,仍然倍感荣幸:"今贵人上锡天恩,下昭祖德,此皆山川日月之精奇,祖宗之远德钟于一人,幸及政夫妇。"只是贾元春回家探亲这么一件稀松平常的事,也是"今上启天地生物之大德,垂古今未有之旷恩"(卷十八),由此可见,荣国府对元春归省该有多么重视了。

就为了元春归省这样一个探亲仪式,贾府大兴土木,大肆铺张,无边靡费,无尽奢华,打造了大观园这样一个精品工程。以今天的眼光来看，这个工程是典型的"献礼工程"、"面子工程"、"腐败工程"。这个耗费巨资、奢侈豪华的工程，只为了元春仅仅不到一天的省亲与视察。而这个"如今外面的架子虽没很倒，内囊却也尽上来了"的"赫赫扬扬，已近百代"的贵族府第，竟然在其崩溃之前，又上演了一幕过眼云烟、瞬间豪华，以至于元妃本人不止一次地叹道："太奢华过费了"，并强调指出，今后"不可如此奢华靡费"。而荣国府这个崩溃前的"烈火烹油，鲜花着锦"式的短暂繁荣，就是薛宝钗等人在诗中着力赞颂的"盛世"。

大观园启用之日，正是贾元春省亲之时。在一系列省亲仪程之余，贾元春临时召开了一个以大观园题咏为主题的赛诗会。在这个诗会上，虽然元妃娘娘自谦"我素乏捷才，且不长于吟咏……今夜聊以塞责，不负斯景而已"。毕竟身份所系，于是，抛砖引玉，先题一绝云：

　　衔山抱水建来精，多少工夫筑始成。
　　天上人间诸景备，芳园应锡大观名。

在最高领导或其身边人员莅临的任何场合，极力营造欢乐祥和的盛世氛围，似乎是亘古不移的习惯动作。贾皇妃所主持的诗会更是如此。且说这大观园题咏，本为"应制体"所限，且为"颂圣诗"所拘，所以，参加诗会的所有成员都必须突出"主旋律"。不知是为贾妃的谦虚所感动，还是为创作体裁所束缚，排在前面的迎春、探春、惜春、李纨诸人的作品，应当说都相当地不理想，不论"旷性怡情"，或者"万象争辉"，还是"文章造化"诸题，或绝或律，均只局限于"名园"、"楼台"、"山水"、"景物"之类的老生常谈。排在后面的，无论是林黛玉的"世外桃源"还是她为宝玉捉刀的"杏帘在望"，就诗而论，自然比前面诸作高出薛宝钗的"主旋律"

一筹，且宝玉还因"杏帘在望"一首而得到贵妃娘娘的格外嘉许。然而，黛玉的这两首虽然也提到了"盛世"与"宫车"，也有"何幸邀恩宠，宫车过往频"这种礼节性的赞誉，但其赞颂的重点，却放在了自然山水与世外仙境。应当说，宝玉的三首，"有凤来仪"、"蘅芷清芬"、"怡红快绿"，写得不错，但其存在的问题是与前面诸首犯了同样的错误，这错误却是本质性的，那就是没有"讲政治"。好在同胞姐弟，并无大碍。

在诗会活动中，应当特别指出的是薛宝钗小姐，她的高度"政治意识"及其高扬的"主旋律"，为此次诗会增色不少。也许这与宝钗小姐的经历有些关系。首先，她出身于"皇商"家庭，不仅受到专门的正统教育，而且对利益算计同样精通；其次，她此次随母进京，原本是为皇宫备选，以冀"充为才人赞善之职"。从其出身到追求，都与"皇"字有关。而此次与皇妃近距离接触，皇妃的尊崇、高贵、显达，她不免心生艳羡之情，虽不能至，亦心向往之。正因如此，即使在这虽然规模不大但规格甚高的诗会上，她就会轻车熟路地高举起"主旋律"的创作旗帜。

请看宝钗小姐的这首"凝晖钟瑞"。她不惜堆砌歌功颂德的奢华辞藻，刻意粉饰庄严隆重的省亲氛围，既表现了对皇室贵族的诚惶诚恐，也流露出对皇室生活的向往之情。首联称，大观园建在帝城之西，直接受到皇上神奇光辉的笼罩（芳园筑向帝城西，华日祥云笼罩奇）。颔联说，喜庆黄莺从幽谷飞到高柳之上，以喻元妃出闺阁进封贵妃；时刻等待凤凰飞到竹林中来，喻指元妃回贾府省亲（高柳喜迁莺出谷，修篁时待凤来仪）。颈联谓，从贵妃游赏之夕，朝廷的文风便大为昌明；自元春归省之时，封建的孝道应更加隆盛（文风已著宸游夕，孝化应隆归省时）。尾联则以极为谦恭的口吻称颂元妃的诗才，说什么瞻仰了娘娘的非凡才华，我自惭形秽，怎敢再题咏呢（睿藻仙才瞻仰处，自惭何敢再为辞）。

薛蟠的文学观

　　如果将这个诗会看作一个由高层领导主持的文化沙龙的话，那么，聚集在这个沙龙中的文化人充斥着相当一批"马屁精"，而在这些"马屁精"中，水平存在差距，档次也有不同，但尤以宝姑娘的拍术独到、拍技最高。一首短诗，七言八句，不仅歌颂了皇上，讨好了贵妃，而且传播了圣道，弘扬了皇风，甚至最后又自轻自贱，直接奉承元妃的这首劣诗。在这次诗会活动中，只有她这篇作品才真正体现了此次诗会的舆论氛围，才真正体现了当时社会的"主旋律"。至于薛姑娘来京路上，她哥哥如何打死冯公子冯渊，如何抢走了可怜的小英莲，贾雨村对其兄的罪责如何徇私枉法，都不可能出现在她的字里行间。也许"主旋律"对她的要求就是这样的，永远是皇上圣明，永远是政治清明，至于社会如何黑暗，百姓如何痛苦，她是永远不会形诸笔墨的。

　　皇家是不会亏待忠诚于他的臣民的。尽管黛玉的诗写得好（她为宝玉写的"杏帘在望"，被贵妃娘娘评为"四首之冠"），但由于她只注重了艺术标准，而没有同样注重政治标准，即没有很好地体现"颂圣"之旨，没有很好地体现"主旋律"，在此后的种种待遇方面，就与宝钗拉开了显著的距离。比如，大观园分配住房，宝钗的"蘅芜院"，"五间清厦连着卷蓬"，而林黛玉的"潇湘馆"，却只有"小小三间房舍，两明一暗"（卷十七）。如以今天的房价来计算，这亏岂不吃大了！如果说分配住房尚有个人选择的因素，那么，元妃赏赐的端午礼品，显然体现了娘娘的本意。该书卷二十八，袭人为宝玉领回贵妃赐的"上等宫扇两柄，红麝香珠二串，凤尾罗二端，芙蓉簟一领"，并告诉宝玉："你的同宝姑娘的一样。林姑娘同二姑娘、三姑娘、四姑娘只单有扇子同数珠儿，别的都没有。"开始宝玉还以为弄错了，想想皇家的事体，怎么可能出错。

袭人的"政绩观"

《红楼梦》中的大丫环花袭人不是什么理论家,她既不会造出"政绩"之类的时髦词汇,当然也没有能力立论与著述。然而,在《红楼梦》卷十九中,她在劝喻贾宝玉时所讲的道理,倒与前年已在本埠执行死刑的安徽省副省长王怀忠的一些说法相差无几。

王怀忠的"政绩"自然与身为丫环的袭人不同。丫环的"政绩"应当体现在哪里呢?作为她们的本职工作,服侍好老爷、太太、少爷、小姐,大概是丫环们创造"政绩"的基本领域,而且袭人姑娘颇有自知之明地指出:"那伏侍得好,分内应当的,不是什么奇功。"不过,这"伏侍得好"是否包括她与宝玉"初试云雨情",不大好说,更为重要的是,要按照主流意识形态的要求,十年苦读,蟾宫折桂,挂印封金的路径,劝喻宝玉发展符合贾政要求的"仕途经济"。

袭人深知,只有这项工作做好了,在荣国府的主子——贾政和王夫人眼中,才是一件够上分量的"政绩"。而这种"政绩"的重要性绝对不可小觑,它是袭人姑娘成为"副小姐"乃至"姨太太"的晋身之梯。

那么,袭人姑娘是如何实施这项"政绩"工程的呢?奴才对主子做思想工作，难度可想而知。她只能从奴才的实际地位出发，采取矫揉造作、虚嗔假怒这样的"软泡"办法。这套办法，对于贾宝玉这样一个从小生活在裙衩队中、吃胭脂口红长大的公子哥儿，似乎具有特殊的效果。

袭人姑娘的"政绩观"并不具有"为公"、"为民"的性质，她的"政绩观"有哪些特点呢？一是虚假性。她的"政绩观"缺乏求真务实的价值，没有道德正义的追求。她劝喻宝玉读书，既不要求他十年寒窗、闻鸡起舞，更不要求他凿壁偷光、囊萤照雪，"你真喜读书也罢，假喜也罢"，只要看上去是在读书就行。二是表象性。袭人姑娘要创造的"政绩"是，要求宝玉为读书而读书，只要形式，无须实质，用现在的话说，就是"形象工程"。她只要求宝玉把握好"在老爷跟前"和"在别人跟前"这样两个重要环节，"在老爷跟前"，是"领导印象"问题；"在别人跟前"，是"群众影响"问题。只要这两个环节把握好了，哪怕"只作出个喜读书的样子来"，也就达到了预期的社会效果。三是唯上性。袭人劝宝玉读书，表面为了宝玉，其实为了自己，即把宝玉作为一种"道具"，携"政绩"以邀宠。"政绩"得到认可，宠幸才能到手，而这个"利益链条"的终端，完全掌握在老爷、太太手中。宝玉读书甚至可以装模作样，可以假招假式，在这里，"群众影响"并不重要，重要的是"领导印象"，即如何满足老爷的心理需要，"教老爷少生些气，在人前也好说嘴"。这与王怀忠生前曾经说过的"关键不是让百姓看到政绩，要让我（领导）看到政绩"，是不是极其相似？

袭人追求的"政绩"，既然以虚假性、表象性、唯上性为内核，因此，在创造"政绩"的过程中，其一，必然以"领导"的好恶为指归——由于她的命运由"老爷、太太"所决定，因此，她至少从表面上与"老爷、太太"保持高度一致，然而，这样的"唯上性"往往伴随着阳奉阴违与似

袭人的"政绩观"

是而非（尤为可怪的是，某些"政绩工程"竟是"老爷"所怂恿）。其二，必然以表象的感人为特征——制造"政绩"的本意，就是给人看的，尤其是给"老爷、太太"看的，虽然"花气袭人"，毕竟"花期苦短"，只能干点儿出力不多、收效奇快的"露水政绩"，只有傻瓜才会干那些投资大、见效慢的"长线工程"。其三，必然以虚假的"内囊"为基础——刻意制造的"政绩"，十之八九具有虚假性，这几乎成为普遍规律。"政绩"之花往往开在检查之时，"政绩"之果常常结在视察途中，作为袭人"政绩"的宝玉读书当然也是做做样子。其中的悲剧主角，既有领导者，也有旁观者，唯有"政绩"的制造者保持着十二分的清醒，一个农村买来的丫环，竟然拿到了姨娘的"份例"，虽然是一种带括号的待遇，我们应当为袭人的精明赞美，还是应当为袭人的虚伪叹息？

一部《红楼梦》，袭人的"政绩工程"从篇头建到书尾，且不说作为其"政绩道具"的贾宝玉终于遁入空门，跳脱红尘，随了茫茫大士、渺渺真人不知所终，也不说作为袭人"政绩"验收者的贾政老爷不是"外放"就是"被参"，乃至"查抄"，在其上一层次的"政绩"验收者的眼中，显然不是一个合格者的角色，就是这个为了改变自身命运，一心制造"政绩"，而且工于心计，精于谋划，不惜出卖色相，靠打"小报告"赢得信任的袭人姑娘，最终嫁给了一个当时叫做"戏子"、现在叫做"表演艺术家"的琪官蒋玉函。可悲也夫！

贾宝玉歪念《南华经》

经被念歪，不仅有和尚的责任，就是"后备和尚"有时也在所难免。《红楼梦》卷二十一"贤袭人娇嗔箴宝玉"一节中，"预备役和尚"贾宝玉就扮演了一次这样的角色。

在这一节中，宝玉因袭人、麝月等人站在官方立场上，不时规劝他要读书上进，要发展"仕途经济"，搞得他心情苦闷，精神不爽，无聊之中，翻阅《南华经》，偶有所感，写了一段"续言"。

这篇"读后感"，不仅表达了他十分厌恶这种频繁说教，而且也十分讨厌这类"混账话"，于是，他要"焚花散麝"，"戕宝钗之仙姿，灰黛玉之灵窍"，他以为只要将袭人、麝月、宝钗、黛玉等人的仙姿、灵窍一并毁灭，使得闺阁之内，"美恶相类"，才能没有"参商之虞"、"恋爱之心"、"才思之情"，才能使自己摆脱"迷眩缠陷"，才能使心灵得到平静和解放。

然而，他在这里却是非不分，误将黛玉当作"同案犯"，一并归入宝钗、袭人一类，似乎黛玉也同钗、袭一样，都对他"张其罗而穴其邃"。正因如此，在黛玉发现他这篇"续言"后，哭笑不得，遂题绝句一首："无端弄笔是何人？剿袭南华庄子文。不悔自家无见识，却将丑语诋他人！"

先秦时期的中国，是一个多元化的时代。政控松弛，文网阙如，思想文化领域呈现出诸子百家竞相发展的昌盛景象，在公元前的几百年内，群星璀璨，蔚为壮观。《南华经》作为老庄学派的代表作，与作为孔孟学派代表作的《论语》、《孟子》一样，并不就是意识形态的制高点，它只是诸子百家之一家。但自汉武以降，独尊儒术，老、庄二位先生留下的竹帛篾片，也就成为一种任人评说的闲书。

宝玉翻看《外篇·胠箧》，"意趣洋洋"，看来是颇为欣赏。庄周先生认为："绝圣弃智，大盗乃止；擿玉毁珠，小盗不起。焚符破玺，而民朴鄙；剖斗折衡，而民不争。"这种思想显为当今时代所不取。而这"圣"、"智"、"玉"、"珠"、"符"、"玺"、"斗"、"衡"之类，作为社会的精神载体、物质财富和制度规范，如果不分青红皂白地一概弃置，世界倒是清静了，社会倒是无为了，这同时岂不也意味着一个社会的苍白、匮乏和无序吗？何况，此类情状并非社会发展的自然状态，其中的"绝"、"弃"、"擿"、"毁"、"焚"、"破"、"剖"、"折"这样一组动词，即意味着这也是一项"人造工程"。而这组动词的主语，也十分可疑，似乎在庄周先生的语境里，自觉或不自觉地存在着一个凌驾于社会之上的"先觉"和"智者"，而数千年的历史证明，这种人们期待的"先觉"和"智者"，因其凌驾于社会之上，往往会嬗变为"暴君"和"独裁者"。

当今世界，早已不是茹毛饮血的野蛮时代，也已不是刀耕火种的蒙昧时期，一个没有音乐、失去色彩、缺乏规范的世界，也许只存在于月亮之类的外空星球，以至于在非洲、南美洲的国家公园都难以寻觅。在此种情况下，搅乱了音阶，销毁了乐器，天下之人怎么能反而更"聪"（有了灵敏的听觉）了呢？消灭了文章（错杂的色彩或花纹），散掉了五彩，天下之人怎么能反而更"明"（有了敏锐的视力）了呢？毁绝了钩（定曲线的工具）绳（定直线的工具），抛弃了规矩，天下之人怎么能反而更"巧"（有了高明的技艺）了呢？

按照这种逻辑，如果将其作为某种社会的理想模式，不仅大观园不符合标准，就是桃花源也存在差距。这反而使人想起了奥威尔在《一九八四》、扎米亚京在《我们》中所描述的虚拟的社会模式，想起了"文革"中所展现的真实的社会场景。"文革"中蓝灰混一的服装色调，并未达到"灭文章，散五采"的水平；"文革"中"八亿人民八个戏"，也未达到"擢乱六律，铄绝竽瑟"的程度；"文革"中"砸烂公检法"的"天下大乱"，也并非没有任何"钩绳"和"规矩"。倒是这种社会思想中所体现的"一人化思维"、"一元化体制"、"一律化舆论"，多多少少让人感受到森森寒意，而这难道就是《南华经》的精华吗？

宝玉在"续言"中提出的具体措施，包括"焚花散麝"，只是形象化的比喻而已，包括"戕宝钗之仙姿，灰黛玉之灵窍"，其所"戕"所"灰"的对象，并非钗、黛本人，而是抽象的"仙姿"和"灵窍"。虽然宝玉的游戏笔墨带有酒后使性的性质，然而，他这种毁灭差异、隔绝参商、划一而治、一元管理的思维轨迹，倒是非常可怕的，因为这不仅是他规划大观园的理想，恐怕也是适用于"天下者也"的模式。

向来的红学家往往强调贾宝玉如何背叛封建传统的一面，然而，《红楼梦》中的事件和人物都不可能脱离它所处的时代和环境。试图让贾宝玉接受一个多元的、竞争的、民主的、法制的大观园，既不可能，也不现实。

笔者谫陋，不揣冒昧，春节假期，妄议经典。或许这也是歪念《南华经》之一例。

贾政猜谜

　　猜谜是我国民间一种历史悠久的文化现象。猜谜并不简单，"谜语甚典博"，举凡天文、地理、飞禽、走兽、昆虫、器物，"上自经文，下及词曲，非学问渊博者弗中"（清阙名《燕京杂记》）。其次，猜谜也要有技巧。在猜谜行家中，很讲究谜格，如卷帘格、顶真格、凤尾格等。对于这一文化现象，如果用最挑剔的眼光来看待，大概属于既无益也无害的娱乐形式；如果从积极面来考察，倒不失为一种充满智慧、知识、技巧、想象力和反应力的文化活动。在猜谜这个问题上，贯穿着两个原则，那就是智慧的公平竞争和谜面面前的人人平等。在曹雪芹笔下的荣国府，养了一批"富贵闲人"，自然少不了这类游戏。该书卷二十二"制灯谜贾政悲谶语"，表现的就是这方面的内容。《红楼梦》作为封建社会的"百科全书"，书中刻画的荣国府是一个旧时的官宦之家，也是行将没落的封建王朝的缩影，以至于即使如猜谜这样的娱乐活动，也可看出那个时代的巧施心机、屈身献媚、察言观色、承欢邀宠之类的形似官场的社会流弊。在这个问题上，能属得上经验老到、炉火纯青的恐怕要推员外郎贾政了。请看这段描述——贾母出谜道："'猴子身轻站树梢——打一果名.'贾政已知是荔枝,故意乱猜,罚了许多东西,然后方猜着了。"这就奇了,不就是猜谜嘛,为何明知却"故意乱猜"呢?这正是贾政巧费心机的地方。因为谜面是贾母出的,贾母既是贾政的母亲,也是荣国府实际上的最高权威。如果一猜即中,自然会反衬出老太太出的谜水平不高;而"故意乱猜",以自己的不及来反衬老太太的博深,无形中就维护和提高了老太君的威信和自尊。"然后方猜着了",是又一个环节上的心机,如屡猜不中,岂不显见做儿子的甚或做下属的是一介庸才吗?

在刻画贾政这个人物时,曹雪芹书写到这里,并未收住,于是又让贾政念了一个谜语给贾母猜——"身自端方,体自坚硬,虽不能言,有言必应——打一用物。"谜面既出,能不能猜得出,则事关老太君的面子,在这里,"准备工作"就要做到头里。贾政"说毕,便悄悄地说与宝玉,宝玉会意,又悄悄地告诉了贾母。贾母想了想,果然不差,便说:'是砚台。'"其实,她不用想也不会差的。贾政"说毕",便通过"耳报神"——宝玉——传过去的信息,怎么会有伪劣假冒?在作过上述铺垫之后,讨好的时机已臻成熟,贾政马上呈上一句:"到底是老太太,一猜就是。"回头说:"'快把贺彩献上来。'地下妇女答应一声,大盘小盒,一齐捧上",而且都是"新巧之物"。贾母当然"心中甚喜",遂命:"给你老爷斟酒。"贾政果然得到了老太太的"赏识"。

巧费心机,溜须拍马,为权势者承欢作乐,在《红楼梦》中,贾政本来算不上什么人物,但在这里,却极反常。封建社会,即便在庭院之内,即便如猜谜这样的小玩意儿,用心之处,也不受"谜德"限制。曹雪芹举重若轻,比比如是也。

据庚辰本脂批,贾母的灯谜,其寓意即"所谓树倒猢狲散是也",而贾政的灯谜谜底为"砚","砚"、"验"同音,此谓"树倒猢狲散"一定应"验"之意。曹雪芹先生在这里已经预示了"白玉为堂金作马"的贾府注定败亡的历史命运。怪不得贾政在看了薛宝钗的灯谜"梧桐叶落分离别,恩爱夫妻不到冬"之后,"大有悲戚之状,只是垂头沉思"。沉思什么呢?此卷回目有"制灯谜贾政悲谶语","谶语"者,即为不祥的预言。封建社会的败亡已然成为史实,谁能说这与散发着霉味的献媚邀宠、逢迎承旨的社会流弊没有关系?

贾芸"三变"

贾芸在《红楼梦》中不是主要人物,但在曹雪芹笔下,照样有血有肉。这个早年丧父,守着一亩地、两间房,与寡母共度时艰的"后廊上住的五嫂子的儿子"(贾琏语),虽然已年届十八,但仍是待业青年,对于他来说,当务之急是解决就业问题。

《红楼梦》卷二十四"醉金刚轻财尚义侠"一节,介绍了贾芸找工作的经历。本来他找了本家叔叔贾琏,想在贾府从事"第三产业",机会倒是来了,偏偏被王熙凤插手,转手给了贾芹。贾芸终于明白了,贾府真正的"当家人"不是叔叔贾琏,而是婶娘王熙凤;而且,在贾府不论办什么事,都离不开必要的经济和感情投资。经过一番磨折,也算是增加了一段阅历。

在经济投资方面,应当说,小小年纪的贾芸还是颇有算计的。他知道,端阳节之际,王熙凤需要香料。于是,他找到开药铺的舅舅卜世仁,想赊点冰片、麝香,作为与凤姐的见面之礼。不料,他这个"不是人"的舅舅,不但没赊给他,反而派了他"一遭儿不是"。倒是醉金刚倪二酒后慷慨,借给他十五两银子,这件事才有了着落。

在感情投资方面,他明白自己的身份,在贾府办事必须放矮身段,拉近距离。于是他处处小心,事事在意。既着眼长线钓鱼,又注重临门一脚,终于学会了看人说话,且应变自如。

大小之变。一般说来,求人的人,大抵是职卑位低、部属下级或平民百姓,倘若没有特殊关系,在被求者面前,绝大多数是直不起腰来的,张嘴小了一辈,进门矮了一头,哪怕你年近花甲,哪怕你两鬓飞霜,也得恭敬如仪,千恩万谢。但像贾芸一样,听了宝玉一句玩笑,"倒像我的儿子",马上接过话头,"俗语说的,'摇车儿里的爷爷,拄拐棍儿的孙子'。虽然年纪大,山高遮不住太阳。……若宝叔不嫌侄儿蠢,认作儿子,就是侄儿的造化了"。有理论,合情理,毕竟也是本事。虽然贾芸对宝玉没有明确的求助事项,但贾芸已是18岁的男子汉,宝玉还只是13岁的小男孩,宝、芸虽是叔侄,但二人毕竟有着四五岁的差距,贾芸甘心做宝玉的儿子,而这一切恰恰是由于宝、芸之间的地位差距所致。

买送之变。大约十年前,求人送礼,时兴送"茅台酒"、"中华烟"。当时有一句俗语:"喝(吸)的不买,买的不喝(吸)。"意思是说,喝"茅台"、吸"中华"的,大都不是自己买的;买"茅台"、购"中华"的,大都不是自己喝(吸)的。求人办事,总要送些自以为贵重、高档的东西,以期引起被求者的欢心与注意。而求助者本人也许本就穷困潦倒、手头拮据,而且这也可能就是求人办事的原因之一。在此情况下,如果当被求者了解了这些礼品的来历,将会产生什么样的心理反应,的确是一个社会学上的"纳斯卡线条"。由此看来,贾芸本来借了醉金刚的银子,花了大钱买来的冰片、麝香,送到凤姐面前,却改口变成了开香铺的朋友,捐官赴任,"象这贵重的,都送与亲友",所以,"我得了冰片、麝香","故此孝敬婶娘",也就可以理解了。这一方面显得自己既有人缘，又有身份；另一方面也使凤姐心安理得，心里受用。

远近之变。有经验的人，求人办事特别讲究能否找到关键人。找对了人，好钢用到刀刃上，难办的事情也能迎刃而解；找错了人，跑了冤枉路，花了冤枉钱，反而办不成事。贾芸找工作，起初求的是贾琏，以至于受到凤姐的嘲笑："你们要拣远路儿走，叫我也难。早告诉我一声儿，什么不成了，多大点儿事，耽误到这会子。那园子里还要种树种花，我只想不出个人来，你早说不早完了。"大概在凤姐眼里，贾芸有些不明事理，放着近道不走，偏要绕远路。贾芸的"伶俐"之处也体现在这里，听了凤姐的话，他笑道："求叔叔的事，婶娘别提，我这里正后悔呢。早知这样，我一起头就求婶娘，这会子也早完了。"贾芸由远而近的"乖巧"，不仅反映了为人处世的经验，而且也体现了人生经历的艰涩。该书卷五秦可卿房中有一副对联："世事洞明皆学问，人情练达即文章。"贾宝玉在这方面有些迂腐，贾芸却从中悟出了不少道理，并正式在大观园里开始了他栽花种树的"环保"生涯。

秋纹的奴性

《红楼梦》中的丫环群体（包括已被收入房中的丫环），总体上讲，基本上属于奴隶阶级。尽管如此，曹雪芹这样一个"具有资本主义萌芽性质的初步民主主义的理想"（冯其庸《论红楼梦思想》）的作家，仍然对她们抱以同情和赞美，比如，在前八十回的回目中，就有"贤袭人"、"勇晴雯"、"慧紫鹃"、"俏平儿"、"美香菱"的称呼，其中袭人与晴雯都属于怡红院的编制，然而，作家对于贾宝玉的另一个丫环秋纹在文字上就没有如此慷慨了。

这个秋纹，出身不详，相貌不清，才艺不明，基本上是个符号。既是符号，就有一定的代表性和普遍性。鲁迅先生将中国历史直截了当地概括为两个时代："一、想做奴隶而不得的时代；二、暂时做稳了奴隶的时代。"而秋纹大抵属于"暂时做稳了奴隶"的一类。倘然只是奴隶也就罢了，然而，秋纹却安于奴隶的生活，且自我感觉良好，不仅"从奴隶生活中寻出'美'来"（鲁迅《南腔北调集·漫与》），而且把这已经"升华"为"奴才"的生活，作为"既得利益"，唯恐别人抢夺了她的饭碗。在该书卷二十四，在秋纹、碧痕外出抬水之际，只因另一位丫环小红为

069

贾宝玉倒了一杯茶，即激起了秋纹姑娘的无名之火。尽管小红解释，如何顺路经过赶巧，如何宝玉无处找人，秋纹不由分说，"兜脸啐了一口，骂道：'没脸面的下流东西！正经叫你催水去，你说有事，倒叫我们去，你可做这个巧宗儿。一里一里的，这不上来了！难道我们倒跟不上你么？你也拿那镜子照照，配递茶递水不配！'"在秋纹看来，"递茶递水"不是奴才的营生，而是一项重要的革命工作，并不是所有奴才都有资格从事这项工作的。具备资格（配）的去"递茶递水"，是本分；不具备资格（不配）的去"递茶递水"，是僭越。在她眼里，能为贾宝玉这个级别的主子直接服务，是一种身份，一种脸面，一种待遇。即使是奴才，也比其他奴才高出一个级别，重出一个量级。因此，她坚持认为，小红侵占了她的"既得利益"，享受了她的"高等待遇"。

鲁迅先生在揭示奴才的心理时指出："就是为了一点点犒赏，不但安于做奴才，而且还要做更广泛的奴才……"（《准风月谈·我谈"堕民"》）在这一点上，曹雪芹先生与鲁迅先生似乎"心有灵犀一点通"，不过在表现手法上，一个是通过杂文，一个是通过小说。在小说卷三十七，秋纹在谈到宝玉指派她给贾母和王夫人送桂花时，竟然因为老太太和太太给她的几百钱和两件旧衣裳感激涕零。"你们知道，老太太素日不大同我说话，有些不入他老人家的眼；那日竟叫人拿几百钱给我，说我'可怜见的，生的单弱'。这可是再想不到的福气。几百钱是小事，难得这个脸面。""及至到了太太那里……太太越发喜欢了，现成的衣裳就赏了我两件。衣裳也是小事，年年横竖也得，却不象这个彩头。"照理说，秋纹只是贾宝玉的直属奴才，而贾母、王夫人则是秋纹更高级别的主子，秋纹这个级别的奴才本来是无缘为贾母、王夫人这个级别的主子服务的。即使是偶然的机会吧，能够为更高级别的主子尽忠一遭，偏又受到青睐与

秋纹的奴性

奖赏，那该是多么有脸面的事情呵！其实，做奴才的就是这点出息，只要是主子，不分级别（当然级别越高越好），只要有奉献愚忠的机会，特别是有缘得到一点残汤剩饭或者一根肉骨头，立马会产生为之"赴汤蹈火"的心情。在这时，她就不仅是某个特定主子贾宝玉的奴才，而已成为荣国府这个家族的奴才，推而广之，她同时也是清王朝这个"家国"的奴才。正是从此刻开始，她才取得了"更广泛的奴才"的资格。

鲁迅先生对奴才问题的揭示，远不止此，他以极其深邃的历史眼光指出："做主子时以一切别人为奴才，则有了主子，一定以奴才自命：这是天经地义，无可动摇的。"（《南腔北调集·谚语》）秋纹本来只是一介奴才，她原本就不会成为什么主子，至少在本书中，她已没有成为主子的任何可能。然而，秋纹却有一套关于"奴才资格"或者"奴才级别"的"学说"。该"学说"认为，配"递茶递水"的是一个级别，不配"递茶递水"的是一个级别，而且前者要高于后者的级别。她从为贾母、王夫人曾经送过一次桂花的"隆遇"进而推断，为级别高的主子尽忠的奴才，在级别上理应高于为级别低的主子服务的奴才。正是从这一"学说"出发，高级别的奴才，在低级别奴才面前，自然就会产生"准主子"的感觉。她不会将这一"学说"束之高阁，而是非常切实地与奴才实践相结合了。该书卷五十四，贾府过元宵节，宝玉小解后，两个小丫头备好沐盆、手巾，在那里久等。秋纹试了一下水温，训斥道："你越大越粗心了，那里弄得这冷水？"正巧一个老婆子提着一壶滚水路过。小丫头便说："好奶奶，过来给我倒上些。"那婆子因是贾母泡茶用水，不肯行方便，秋纹教训道："你这么大年纪，也没见识，谁不知是老太太的！要不着的就敢要了。"在这里，秋纹已俨然一副"二主子"的神态。

奴隶的品类

王蒙先生研究《红楼梦》提出一个重要命题,他认为,大观园的丫环们似乎有着一种"不奴隶,毋宁死"的情结。该命题一出,就引起了张蔓菱(女士?)的异议。其实,大观园中的奴隶,也有着种种的不同与差别,既有小厮这样的男奴隶,也有丫环这样的女奴隶,就是女性奴隶,也有大丫环、小丫环的不同待遇,既有袭人这样低眉顺眼、践踏同类的死心塌地的奴隶,也有晴雯这样忠诚正直、仗义执言的不肯屈服的奴隶。

如果我们将视野移出大观园,直接观照整个中国社会,奴隶的范畴就丰富和复杂得多了。在"普天之下,莫非王土;率土之滨,莫非王臣"的皇权专制社会,无论是作为工部员外郎的贾政,还是作为京营节度使的王子腾,甚至上溯到荣、宁二公,他们在皇帝老儿面前,不也是奴隶吗,他们只是不同于袭人或焙茗的"高级奴隶"而已。在这一问题上,鲁迅先生的见解尤其深刻与透辟,他写道:"中国人向来就没有争到过'人'的价格,至多不过是奴隶,到现在还如此,然而下于奴隶的时候,却是数见不鲜的。"他以"直截了当的说法"指出,一部中国人的历史,无非是两种情况:"一、想做奴隶而不得的时代;二、暂时做稳了奴隶的时代"，历史只是两种时代的循环往复而已。(《坟·灯下漫笔》)先生所论及的奴隶，主要指政治、制度、社会意义上的奴隶，其实，除此之外，还有一种奴隶，那就是思想、文化、精神意义上的奴隶。社会奴隶是以人身依附为特征的，逆来顺受、忍气吞声、毫无尊严、毫无自由地苟且偷生。人身依附关系的解除，并不等于奴隶命运的解除。精神奴隶是以思想依附为特征的，这类奴隶，通常是头脑禁锢、思想僵化、人云亦云、行尸走肉、泥塑木雕式地苟活于世。

前些年，我在《奇怪的组合》(2000年第三期《同舟共进》)一文中，曾对"文革"中将思想体系完全对立的《东方红》与《国际歌》在同一场合播放或演奏的荒唐现象作过分析。前者是对"大救星"("救世主"的中国式称呼)的赞颂("他为人民谋幸福，他是人民大救星")，后者则是对"救世主"("大救星"的西方式称呼)的摒弃("从来就没有什么救世主，也不靠神仙皇帝")。《东方红》是通过对"大救星"的赞颂从而制造了新的奴隶，《国际歌》则是通过对奴隶的唤醒从而崛起了新的主人。二者是根本不同的历史观。为什么会出现如此荒唐的社会文化现象，其原因在于，当时的中国社会，个人迷信盛行，个人崇拜猖獗，人们匍匐在领袖的光环之下，完全丧失了独立思维的机能，在本已摆脱人身依附之后，却又沦为精神依附的奴隶。

前些年，我曾多次参与组织一些重要会议(起码是省级规格吧)，在这些会议上，通常开幕时要演奏国歌(即《义勇军进行曲》)，闭幕时要演奏《国际歌》，时间既久，习以为常。及至我脱离了这种工作环境，重新打量这两首歌，竟然产生了新的感受。从歌词来看，这两首歌针对的都是奴隶，国歌的首句是："起来！不愿做奴隶的人们！"而《国际歌》的首句则是："起来，饥寒交迫的奴隶。"两个首句，其实有着相当不同的意蕴。《国际歌》要唤醒的是所有的奴隶。而国歌呼唤的则是"不愿做奴隶的人们"。二者的差异何在呢？我以为，差异即在于奴隶也有不同的品类。

如同大观园的奴隶有着种种不同，大观园外的奴隶，品类也是不同的。鲁迅先生对此曾作过入木三分的分析。他认为，但凡奴隶，大约可分为三类，一类是"不平着，挣扎着"或"'意图'挣脱以至实行挣脱"的奴隶，这大约就是国歌所呼唤的"不愿做奴隶的人们"；另一类"就是真正老牌的奴隶，也还在打熬着要活下去"的奴隶，这大约可称为"无奈做奴隶的人们"；再一类是"从奴隶生活中寻出'美'来，赞叹，抚摩，陶醉"的奴隶，这类被鲁迅先生斥为"万劫不复的奴才"的一群，大约可称为"热衷做奴隶的人们"。指出奴隶品类的差异有意义吗？有的。先生进一步指出："就因为奴群中有这一点差别，所以使社会有平安和不安的差别，而在文学上，就分明的显现了麻醉的和战斗的不同。"（《南腔北调集·漫与》）

正如我在前面说过的，奴隶可分为社会奴隶与精神奴隶。不过，即使在"文革"时代，虽然一些同胞习惯跪拜于权威与"神灵"面前，但仍把他们称为社会奴隶，或存争议，然而，就思想观念与精神文化来说，显然一些同胞并未走出奴隶的行列。按照鲁迅先生的分类，回溯"文革"整个历程，"无奈做奴隶"和"热衷做奴隶"的人们，显然比"不愿做奴隶"的人占有更大的比例。这恐怕就是自"文革"以降党中央反复进行拨乱反正、反复强调解放思想的根本原因。列宁说："（巴黎）公社被镇压了……但是鲍狄埃的《国际歌》却把它的思想传遍了全世界。"的确，《国际歌》早已传到我国，然而，如何尽快走出精神奴隶的行列，绝不取决于在重要会议上如何高奏《国际歌》的旋律，而在于如何按照《国际歌》的宗旨，真正"让思想冲破牢笼"，而这不仅仅体现在思想的解放，而且决定了一些人如何尽快走出奴隶的行列。

跟薛宝钗"学"处世

《红楼梦》卷五有一副对联:"世事洞明皆学问,人情练达即文章。"如何才能"洞明""世事"这一"大学问",怎样才能"练达""人情"这篇"大文章",要找到入门的捷径或求知的老师,不妨向薛宝钗小姐学一手。

薛宝钗这个人物,在《红楼梦》中是被荣国府的统治阶级作为楷模高度推崇、隆重推出的,不仅探春作为"代总经理"在荣国府临时施政时她即被王夫人赋予了协理家政的重要责任,而且最终她又被内定并扶正为荣国府"接班人"贾宝玉的"贤内助",从而为掌管荣国府内政创造了根本条件。正是在这个意义上,有人称,薛宝钗是荣国府的"女贾政",也有人说她是清王朝的"女孔子"。称其为"女孔子",谓其思想体系的传统性;称其为"女贾政",谓其政治风格的正统性。那么,这位从小姑娘到"宝二奶奶"一步步走到贾府核心层的宝钗小姐,在为人处世方面有哪些独到之处呢?

薛宝钗刚进荣国府不久,就给贾母留下了好印象,贾母"喜他稳重和平",而且决定亲自捐款以超出黛玉的规格破例为其过生日。值得注意的是下面这个情节:"贾母因问宝钗爱听何戏,爱吃何物。宝钗深知贾母

薛蟠的文学观

年老人，喜热闹戏文，爱吃甜烂之物，便总依贾母素喜者说了一遍，贾母更加喜欢。"（卷二十二）聪明如薛宝钗者，自然明白贾母在荣国府的地位，贾府这位德高望重的"老祖宗"，也是这个豪门望族的最高领导者。在领导者面前，投其所好，顺其所愿，而且不露形迹，是其为人处世的过人之处。应当指出的是，宝钗小姐同时具有高度的政治敏感性，甚至在重大场合也绝对不会"掉链子"。皇妃贾元春归省之际，薛宝钗的一首《凝晖钟瑞》博得了元妃的高度赞赏："芳园筑向帝城西，华日祥云笼罩奇。高柳喜迁莺出谷，修篁时待凤来仪。文风已著宸游夕，孝化应隆归省时。睿藻仙才瞻仰处，自惭何敢再为辞？"（卷十八）这首远胜《屁颂》的"颂圣诗"，即使捷才如林黛玉，无论如何也作不出来。正因如此，元妃赐予的端午节礼，宝钗的一份，无论数量和质量都比黛玉高出一个等次。（卷二十八）这也是无可奈何的事情。这是薛宝钗与"领导"相处时的基本要领。

宝钗扑蝶是许多《红楼梦》画作的一个典型镜头。殊不知这个故事本身隐含着宝钗为人不齿的处世哲学。芒种节期间，大家在大观园游玩，姐妹们中独独缺了林黛玉，薛宝钗自告奋勇"去闹了他来"。途中遇到"一双玉蝴蝶"，宝钗意欲用扇子扑来玩耍。追赶蝴蝶之际，听到滴翠亭里"喊喊喳喳有人说话"。此时的薛宝钗如同女间谍，窃听了小红和坠儿的全部谈话，内容无非是贾芸如何捡到小红的手帕子，坠儿如何要求小红给她和贾芸谢礼。这个事情在今天实在算不了什么，但在当时因事关男女大防，却是十分敏感与严重的。为防隔墙有耳，小红突然决定打开亭窗，以致宝钗躲避不及。为了避免窃听的嫌疑，以免这个"素昔眼空心大"、"头等刁钻古怪"的丫环小红无端"生事"，并落得"没趣"，她急中生智，使个"金蝉脱壳"之计，一面故意放重脚步，一面故意笑着

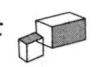

叫"颦儿",一面故意迎着亭子喊"我看你往那里藏","一面故意往前赶",一面故意反问小红二人"你们把林姑娘藏在那里了",一面故意说林黛玉"别是藏在里头了",接着又"故意进去,寻了一寻"。如此之多的"故意",显然不是如同一些论者所说的"无意",以至于"小红听了宝钗的话,便信以为真"。如此绘声绘色、天衣无缝的编谎,小红无法不"信以为真"。当"宝钗去远,便拉坠儿道:'了不得了!林姑娘蹲在这里,一定听了话去了!'坠儿听了,也半日不言语"(卷二十七)。二人真的开始担心"又爱克薄人,心里又细"的林黛玉"倘若走露了"的后果。一个小小的手腕,就把窃听他人谈话的嫌疑转移到了林黛玉的身上。对照一下薛宝钗对史湘云请客的"周到"安排(见拙作《史湘云请客》),这位心机叵测、城府甚深的薛姑娘,一方面沽名钓誉甚至盗名窃誉,另一方面则避嫌远祸甚至栽赃陷害。薛林本是姐妹,由此推及,倘是兄弟、同学、战友、同事,如此做派,岂不可怖!这是薛宝钗与"同事"相处的基本原则。

凤姐患病期间,探春小姐临时主政荣国府,这位"生于末世运偏消"的姑娘,虽然只是临时代理家政,仍然尽力"兴利除宿弊"(卷五十六)。在这一过程中,改革动议由她提出,改革方案由她制订,改革措施由她推动,改革进程由她掌控。然而,在这个当口,宝钗小姐却提出了一系列"配套措施",这些措施当然有着堂而皇之的理由,什么"他们既辛苦了一年,也要叫他们剩些",什么"虽是兴利节用为纲,然亦不可太啬",什么"失了大体,也不像",既怕承包者"太宽裕了",又怕未承包者"抱怨不公",以至于"抬轿子,撑船,拉冰床"的,都是"分内该沾带些的"。这些所谓的"小惠全大体"就是那些"没营生"者自己也不好意思:"他们辛苦收拾,是该剩些钱贴补的;我们怎么好'稳吃三注'

呢？"这些以"平均主义"、"利益均沾"为特征的"配套措施"，其实在不同程度上抵消了改革的动力。不特如此，宝钗小姐甚至专门召开新闻发布会："我姨娘（王夫人）亲口嘱托我三五回，说：'大奶奶（李纨）如今又不得闲，别的姑娘又小，托我照看照看。'我若不依，分明是叫姨娘操心。……我原是个闲人，便是街坊邻居，也要个帮忙的，何况是姨娘托我。（她自己俨然变成了改革的主导者，不仅有'尚方宝剑'，而且有'高风亮节'。——引者注）……所以我如今替你们想出这个额外的进益来，也为的是大家齐心，把这园里周全的谨谨慎慎……也不枉替你们筹划进益（一句话挑明，这些'好处'是我给你们的，以免下人感谢错了对象。——引者注）……"小恩小惠，收买人心，广结善缘，捞取"选票"，这是薛宝钗与"下属"相处的基本技巧。

拉姆斯菲尔德防长与红玉丫环的语言能力

看了两篇有关语言表达能力的例子，有些意思，整理出来，茶余饭后，聊作谈资。

美国国防部长拉姆斯菲尔德辞职了。人事变动，远隔重洋，本来无须关心，既不必为其因共和党中期选举败北被迫辞职而幸灾乐祸，也无意为其成功颠覆萨达姆政权"战功卓著"而"盖'官'论定"，回忆一下拉氏的从政经历，对于他的语言能力倒是印象深刻。伊战前夜，伊拉克是否拥有大规模杀伤性武器，曾是焦点话题，于是他在一次新闻发布会上"明确"回答记者：

"据我们所知，我们已经知道一些，我们知道我们已经知道一些，我们还知道，我们有些并不知道，也就是说，我们知道有些事情我们还不知道，但是还有一些，我们并不知道我们不知道，这些我们不知道的，我们不知道。"

拉氏的确具有超人的语言天赋，一个具有高度敏感性、政治性的外交话题，在他的嘴里竟然变成了一首"朦胧诗"。美国幽默作家哈特·西利慧眼识珠，马上意识到拉氏这篇"答记者问"的市场价值，于是将其一字不改地编成自由诗,并与拉氏其他"精彩"语言一起汇集成册,冠以书名《情报诗:唐纳德·拉姆斯菲尔德的存在主义诗歌》出版发行。我国北宋时期曾有"凡有井水处,皆能歌柳词"的说法,是说柳永的词写得好,被广泛传唱。在这一点上,拉氏显然也毫不逊色,至少不会比时下流行中国的"梨花诗"差到哪里去。旧金山钢琴家兼作曲家布赖恩特·江就为这首"情报诗"亲自谱曲,女高音歌唱家艾兰德·沃尔则粉墨登场。当拉氏得知歌曲传唱的消息时,说:"一个甜美的女声在高唱我的新闻发布会。"不特如此,在美国的盟国——英国——评选年度公众人物时,拉氏凭借这篇"精彩"演讲,轻而易举地击败了加利福尼亚州新任州长阿诺·施瓦辛格,"荣膺"当年的"不知所云奖"。

　　因了现代录音、录像技术的高度发达,拉氏的语言能力被"高保真"地记载并广泛传播,在中国古代,其实也不乏口齿伶俐的优秀人才,仅据文字记载(可惜没有录音、录像资料),《红楼梦》的红玉丫头就具有不可多得的好口才。该书卷二十七"滴翠亭杨妃戏彩蝶,埋香冢飞燕泣残红"中,小红在向凤姐汇报工作时,也曾表现出极其难得的语言能力:

　　我们奶奶问这里奶奶好。原是我们二爷不在家,虽然迟了两天,只管请奶奶放心。等五奶奶好些,我们奶奶还会了五奶奶来瞧奶奶呢。五奶奶前儿打发了人来说:舅奶奶带了信来了,问奶奶好,还要和这里的姑奶奶寻两丸延年神验万金丹;若有了,奶奶打发人来,只管送在我们奶奶这里。明儿有人去,就顺路给那边舅奶奶带去的。

　　对于这云山雾罩的"奶奶词",不仅《红楼梦》的作者一时弄不懂,就连书中的当事人也陷入了五里雾中。书中说,小红话未说完,李纨女

拉姆斯菲尔德防长与红玉丫环的语言能力

士就懵了："嗳哟哟！这些话我就不懂了。什么'奶奶''爷爷'的一大堆。"凤姐笑道："怨不得你不懂，这是四五门子的话呢。"说着又向红玉笑道："好孩子，难为你说的齐全。"伶牙俐齿往往是实现某种目的的有利条件。小红这个不安于二等丫头地位的奴才，也与其他丫头一样，希望利用自己的天赋攀上高枝，以争取更好一些的待遇。小红的目的其实已经部分达到，她之能够成为凤姐身边的"工作人员"，显然与她借此得到了凤姐的赏识有关。

拉氏是美国的高官，小红是贾府的奴隶，前者的口才表现是为了在新闻界取得美国对伊战争的合法性；后者的口技表演是为了在主子面前获得某种赏识。其间差别，判若云泥，没有什么可比性。芸芸众生，三教九流，究竟哪个行当语言能力最为称道？有的说是演员，有的说是商贩，也有人说是新闻发言人，见仁见智，无关宏旨。最近从凯迪网络看到一篇网文，道是美国总统布什口误连篇，而中国（我意此处应植入"部分"二字）官员政治口才表现完美，不管身处大会还是面对媒体，讲起话来，古今中外，洋洋洒洒，士农工商，无所不能！交际场所，不分中外，不论大小，中国官员高超的语言能力，堪称奇迹！前年，我曾在《南方日报》发表过一篇《不是不会说话》的短文。这篇短文的写作由头也是一篇报道，不过看法却恰恰相反。《联合早报》的报道称，"中国市长不会说话"，是因其在"国际场合套话连篇"。其实，前述网文与这篇报道，在对中国官员语言能力的判断上，却是殊途同归。只不过前者赞美的"完美口才"，恰恰是后者的"套话连篇"，而后者批评的"不会讲话"，恰恰是前者分析的负面原因：人人皆知或正确得不能再正确的废话，常常倒背如流；只要拥有不念白字的知识层次，只会照"稿"宣科，各种会议精神千篇一律，应付起来轻车熟路，如此等等。

薛蟠的文学观

　　我们不需要拉姆斯菲尔德式的逻辑错乱、不知所云,为了摆脱窘境而耍嘴皮子的政客技巧,我们也要警惕小红式的巧舌如簧、口吐莲花,为了邀功请赏、讨好主子以显示其"了如指掌"、"心中有数"的官场老套。古人云:"话须通俗方传远,语必关风始动人。"(《京本通俗小说·冯玉梅团圆》)又云:"风流不在谈锋胜,袖手无言味最长。"(黄升《鹧鸪天》)然而,历史的镜鉴仅为"远虑",小红的经验则是"近忧"。现实如此,岂不悲哉!

薛蟠的文学观

薛蟠这个人物在《红楼梦》中知名度较高，他打死冯公子冯渊，拐走本名英莲后称香菱的民间女子。然而本文不想深究他的这段呆霸王行径，而是想研究他的文学观。

所谓薛蟠的文学观，实际上包含作为读者的文学鉴赏和作为作家的文学创作这样两个方面。先说他作为读者的文学鉴赏。在《红楼梦》卷二十八"蒋玉函情赠茜香罗"一节，贾宝玉、冯紫英、蒋玉函、云儿和薛蟠一行五人饮酒作乐，贾宝玉酒喝得不尽兴，在提议行令之后，按照事先约好的程式，率先行了一支酒令："女儿悲，青春已大守空闺；女儿愁，悔教夫婿觅封侯；女儿喜，对镜晨妆颜色美；女儿乐，秋千架上春衫薄。"

其实，怡红公子这篇作品——如果酒令也可称为作品的话——远上不了"阳春白雪"的"雅文学"层次，但在包括薛公子在内的这个小"沙龙"里，也可以算"上乘之作"了。为便于叙述起见，姑且抬举一下，称之为"雅文学"吧。对于这篇作品，圈子内的人是如何评价的呢？"众人听了，都说道：'好。'"这就是"沙龙"中多数人对贾作的总体肯定。然而，薛蟠却"独扬着脸"，摇头道："不好，该罚！"他的全称否定判断的政治标准和艺术标准是什么呢？——"他说的我全不懂，怎么不该罚？"就实而论，贾宝玉这种"逢场作戏"之作，根本不是"写给二十一世纪"的玩意儿。薛蟠的"不懂等于不好"的政治、艺术标准，首先说明了他自己的鉴赏水平。当薛公子之流对一种算不上"雅文学"的"雅文学"压根儿看不懂的时候，那么，"雅文学"在这样的读者群中也就压根儿不可能引起"轰动效应"。在这个"沙龙"里，薛蟠水准的读者固然是少数，但如果在这个"沙龙"之外存在一个规模足够大的类似的读者群，则"雅文学"要想出版并有较多的印数，就不可能了。

那么，他在作为作家的文学创作方面呢？如果说薛蟠压根儿就没有任何创作细胞——尽管他也深知这是他的弱项："我不来，不算我。这竟是玩弄我呢！"——那实在是湮没了这"一代英才"。不过，他的"作品"都是些什么货色呢？如果说他的"女儿悲，嫁了个男人是乌龟；女儿愁，绣房钻出个大马猴"（恕不续引，再引下去就不堪了）是正宗的黄色作品，宜令"有司"明令取缔的话，那么，剩下的就只有他引以自得且自诩为"新鲜曲儿"的代表作《哼哼韵》了："一个蚊子哼哼哼，两个苍蝇嗡嗡嗡。"这既是其中的警句，也是他的全部作品。可见，无论什么人都可以成为作家，无论什么人都可以有自己的作品，无论什么人都可以出书的——如果这也算是作品并能印成书的话——甚至还可以获得甚为可观的订数。不过，"沙龙"中人对这种"作品"并不欣赏——"免了吧，倒别耽误了别人家"，即是明证。但是，在这个小圈子里没有读者，并不等于在更大的圈子里没有一个与薛蟠水准不相上下的读者群。按照这个标准，用一句足够"文雅"的说法，那就是"萝卜白菜，各有所爱"了。

小说是以典型塑造为特点的，如果把薛蟠这个人物置入文学圈中，

薛蟠的文学观

由上述分析可以看出，他简直是一个两栖典型，既是一个读者典型，又是一个"作家"典型，一身而二任焉。在这一点上，曹雪芹真不愧为大家手笔，两种身份，一副面孔，统一于一个角色之身而又不著形迹，实在是一代文学巨擘。然而，文学巨擘也好，大家手笔也罢，这位伟大作家的不朽名著在当今的书摊上也遭到了冷遇。在一个存在着为数不少的相当于薛蟠水准（与其人的品行无关）的读者群的文化氛围中，《哼哼韵》也许仍有其存在的合理性，同时，也只有薛蟠水准（或为了几个铜钱自我降格为该水准）的"作家"创作出来的《哼哼韵》之流的作品才能获得较多的印数，在这样的背景下，电影《都市奇缘》中的王老赶不走红才是怪事！

"冷美人"薛宝钗

据说美人也有种种,"冷美人"就是其中之一。历史上著名的冷美人应推周幽王的王后褒姒,"裂缯"难买一笑。就为了博得这一笑,烽火戏诸侯,竟然酿成了西周、东周嬗递的重大历史事件。《红楼梦》中的美人摇曳多姿,各具神韵,人们通常将惜春这个小姑娘看作"冷美人"。一个矢志与"青灯古佛"做伴的人,自然有些"冷意"。其实,"冷美人"并非唯惜春小姐独占冰姿,另一位"美人"薛宝钗,也"冷"得很是可以。

不好说"冷美人"是褒称还是贬称。既然说薛宝钗是"冷美人",那么,她自然也兼有"美"与"冷"两个要素。先说其"美":在贾宝玉眼里,薛小姐"脸若银盆,眼同水杏,唇不点而红,眉不画而翠,比林黛玉另具一种妩媚风流"(卷二十八);再说其"冷":薛宝钗为治积年的病根,常服的药叫做"冷香丸",而她在大观园的下榻之处"蘅芜院","进了房屋,雪洞一般"(卷四十)。"雪洞"焉能不"冷"!

当然,这些都是表面现象,不能说明问题。一般说来,宝钗与惜春同为"冷美人",但"冷"的内涵是不同的。惜春之冷是谓冷僻,外冷内冷,冷得内外一致、真实彻底;宝钗之冷是谓冷酷,外热内冷,冷得表

"冷美人"薛宝钗

里不一、虚假无情。尽管薛宝钗小姐"罕言寡语，端庄自重，城府深严，恪守礼教"，宛如大家闺秀的代言人，而她内心深处的这份冷酷，却是所有把薛宝钗作为择偶标准的大男人都会感到恐惧的。

在金钏投井问题上。金钏是王夫人身边的丫环，仅仅因为贾宝玉与之几句言语调笑，被王夫人打了一掌并被逐出贾府，金钏忍辱不过，投井自尽。对于这样一个年轻生命的无端屈死，就是王夫人自己也受到良心的谴责，"岂不是我的罪过"。薛宝钗是如何看待的呢？为了帮助王夫人解除内心的罪愆，首先，她对金钏之死轻描淡写，毫无根据地归因于金钏本人的失足，"据我看来，他并不是赌气投井，多半他下去住着，或是在井跟前玩，失了脚掉下去的"（卷三十二）。其次，不问青红皂白，对已经死去的金钏进行人身攻击。"他在上头拘束惯了，这一出去……岂有这样大气的理？纵然有这样大气，也不过是个糊涂人，也不为可惜。"（卷三十二）至于金钏因何而"出去"，她避而不谈，金钏又因何"有这样大气"，她更是讳莫如深。而且"笑道"："不过多赏他几两银子，发送他，也就尽主仆之情了。"（卷三十二）一个十几岁的女孩子，对于另一个年龄相差无几的女孩之死，虽然有主奴之分，但却毫无同情、怜悯之心，反而认为她死了"也不为可惜"，这与"死了活该"几乎同样的用语，反映的是多么可怕的冷酷心态。

在尤三姐自杀问题上。由于柳湘莲的悔婚，导致了尤三姐的自刎；因为尤三姐的自刎，导致了柳湘莲的出走。这是《红楼梦》中一出荡气回肠、可悲可泣的婚姻悲剧。由于柳湘莲曾对薛蟠施以援手，听到此事，就是薛宝钗的母亲也表达了同情之心。薛姨妈对宝钗说道："我的儿，你听见了没有？你珍大嫂子的妹妹三姑娘，他不是已经许定给你哥哥的义弟柳湘莲了么，不知为什么自刎了。那柳湘莲也不知往那里去了。真正奇怪的事，叫人意想不到。"（卷六十七）而薛宝钗听了，"并不在意"，先是将这幕悲剧归因于命该如此，"俗话说的好，'天有不测风云，人有旦夕祸福'。这也是他们前生命定"（卷六十七）。既然"前生命定"，自然也就无所谓悲与喜。于是，悲伤、同情也就成为多余。与此同时，却将她哥哥经商事宜的安排，作为"压倒一切"的"头等大事"，她说道："如今已经死的死了，走的走了，依我说，也只好由他罢了。妈妈也不必为他们伤感了。倒是自从哥哥打江南回来了一二十日，贩了来的货物，想来也该发完了。那同伴去的伙计们辛辛苦苦的回来几个月了……也该请一请，酬谢酬谢才是。别叫人家看着无理似的。"（卷六十七）一边是"死人"，一边要"请客"；一边是"出走"，一边要"洗尘"，薛宝钗在此问题上所表现的冷漠与冷酷，竟然不如她的哥哥——呆霸王薛蟠。薛蟠在与几个伙计饮酒时谈及此事，尚且"长吁短叹、无精打采"，"不过随便喝了几杯酒，吃了饭，大家散了"。相比之下，薛宝钗面对柳、尤二人的不幸遭遇，其表现无异于冷血动物。

在钗黛婚姻问题上。"金玉良缘"是续书中的重头戏，"掉包计"是这幕悲剧的核心内容，而薛宝钗则是这幕悲剧的女一号（卷九十七）。在这幕由错误人物导演、由错误人物演出的错误婚姻中，贾宝玉是不明真相的"受骗者"，林黛玉是被人假冒的"受害人"，除了贾母、王夫人和王熙凤的家庭意志之外，没有谁比薛宝钗更清楚这场错误婚姻的荒唐性质。她明知林黛玉的生命系于"木石前盟"，她明知贾宝玉的内心并不稀罕"金玉良缘"，然而，她却心安理得、恬不知耻地鹊巢鸠占，什么"苦绛珠魂归离恨天"，什么"病神瑛泪洒相思地"，似乎都是局外之事、局外之人。在她那里，所有正常人的悲天悯人，均被抛在九霄云外。总而言之一句话，冷酷无情且又极端自私——只要能达到一己之私，只要能

"冷美人"薛宝钗

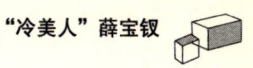

成就"金玉良缘",在她眼里,林黛玉的命运,与尤三姐、金钏她们并无二致,无非也是"死的死了,走的走了"。然而,这个在婚姻上自以为得计的"冷美人",婚后却遭到贾宝玉的"冷遇",其婚姻生活的冷漠、冷淡、冷峭就不消说了,贾宝玉的终于离家出走、弃她而去,想必薛宝钗自己也会冷暖自知的。

论"通灵宝玉"

《红楼梦》是从甄士隐（真事隐）、贾雨村（假语存）开篇的，为此，曹雪芹先生玩了许多玄虚，并设计了多种道具，如金锁、麒麟和宝玉之类。且放下这金锁、麒麟，单表这"通灵宝玉"，它作为一种符号，一种象征，与书中的男主角如影随形，贯穿全篇。故此，有人将之称为理解《红楼梦》"唯一的钥匙"，也是警示荣国府"神圣的诫命"。

作为主体的"通灵宝玉"，本是女娲补天剩下的"边角余料"，被茫茫大士、渺渺真人携入人世，听听这个所在——"大荒山无稽崖"；听听这些人名——"茫茫大士、渺渺真人"，"满纸荒唐言"果然不虚。作为客体的"通灵宝玉"，却被其主人贾宝玉称为"什么罕物，还说灵不灵呢"（卷三）。然而，这个被宝玉称为"劳什子"的东西，却被贾母视为"命根子"。可见，即使是同一事物，在不同身份、不同阅历、不同观念的人看来，也有着截然不同的态度和立场。

为论证某种事物具有先天的优越性，禀赋天然的正当性，甚至根本谈不上什么"优越"与"正当"，仅仅是与他者相区别的种种不同，往往要创造出一些惊世骇俗、标新立异的起源与根据。由于"通灵宝玉"

是贾宝玉"落草"时从胎里带来的物事，而这就是宝玉之所以异于贾珠、优于贾环、胜过贾珍、赛过贾琏，并为荣宁二府阖府钟爱的基本证据。"通灵宝玉"的真面目是通过薛宝钗的眼睛揭示的。且不论这块玉如何"大如雀卵，灿若明霞，莹润如酥，五色花纹缠护"，只就玉上的文字而言，就已具有天书、谶语或神授的性质。"通灵宝玉"的正面，不仅有"莫失莫忘，仙寿恒昌"的美好祝福，其反面，也有"一除邪祟，二疗冤疾，三知祸福"的功能介绍（卷八）。如何看待这"通灵宝玉"呢？赞之者或认为，这"宝玉"如同哪吒三太子胎里带来的乾坤圈和混天绫，投机老手贾雨村就说"只怕这人来历不小"；忧之者如政老前辈，却"错以淫魔色鬼看待了"，遂有了"将来是酒色之徒耳"（卷二）的忧虑。

一个先天优越的事物诞生了，一个天然正当的事物降临了，由于其优越性是先天的，由于其正当性是天然的，因此，其地位就是毋庸置疑的，甚至是不容置疑的。这种优越性和正当性，既是由"通灵宝玉"所赋予，因此，为保证其优越性或正当性的"仙寿恒昌"，就要为之赋予某些前提，那就是必须切实做到"莫失莫忘"，这句话翻译成白话，大概就是坚持到底、永不动摇的意思吧。后来的中国近代史曾有慈禧太后坚持"祖宗之法不可变"，张南皮强调"中学为体，西学为用"的"邯郸学步"，"通灵宝玉"之于贾宝玉，也许类同于"祖法"之于老佛爷，类同于"中学"之于张之洞吧？如此，这"通灵宝玉"真如贾母所说，的确成了贾宝玉——不——整个荣国府的"命根子"了。

所谓"命根子"，大抵相当于今之"精神支柱"吧。有了它，就是一个高等灵长类；没了它，就是一个低能臭皮囊。似乎贾宝玉的一生，既不是自然科学上基于先天的基因遗传，也不是社会科学上基于后天的人生历练，只靠一种本属异体的"外在之物"或被异化了的"伴生之物"，

薛蟠的文学观

就可保证其"仙寿恒昌"了。而这种"异体"或"异物",既非果腹之食,亦非蔽体之衣,而是来路不明的神祇或圣明。而这就是要求贾宝玉"莫失莫忘"的全部内容。而这些,却使我想起了《西游记》中的"三藏真经",来自西方的天竺国大雷音寺、被其发明者炒作为拯救大唐众生的"修真之径,正善之门"的,不正是这类货色吗?正是"通灵宝玉"这一虚幻的"精神支柱",正是这一贯穿全书始终的"命根子",不是作为拯救者,而是作为旁观者,见证了荣国府由盛转衰的历史悲剧。

那么,如何保证贾宝玉乃至荣国府的"仙寿恒昌"呢?如果说"莫失莫忘"属于"通灵宝玉"曲突徙薪的事前预防的话,那么,标在玉石反面的三种功能,就是亡羊补牢的事后补救了。这些功能是否具有马到成功、屡试不爽、放之四海而皆准的功效呢?先看前两项:"一除邪祟,二疗冤疾。"该书卷二十五"魇魔法叔嫂逢五鬼,通灵玉蒙蔽遇双真",赵姨娘勾结马道婆用魇魔法试图害死凤姐与宝玉。在这一过程中,宝玉不仅罹患"冤疾",而且是遭逢"邪祟"了,那么,在这危急时刻,这"邪祟"除掉了吗?这"冤疾"疗好了吗?这"宝玉""通灵"了吗?显然都没有。最后也只能依靠不知来自何方的癞头和尚、跛足道人解决问题。何以如此呢?卷中有诗云:"粉渍脂痕污宝光,房栊日夜困鸳鸯。"书中说凤姐显为"货利"所困,宝玉乃为"声色"所迷,显而易见,宝玉之患,非天道也,乃人事也,这是"通灵宝玉"所以失效的根本原因。将解决复杂的、现实的社会矛盾,寄托于遥远的"大荒山无稽崖"的指令,寄托于茫茫大士、渺渺真人的拯救,这种指令与拯救,无异于子虚、乌有与亡是公三人的"集体决定"。再看后一项:"三知祸福"。该书卷八有一首嘲顽石诗,其中有句云:"好知运败金无彩,堪叹时乖玉不光。"是不是这"通灵宝玉"原本就不具备这项功能?似乎不是。从诗中可知,大概与这"劳什子"因"运败"、"时乖"而又未能"与时俱进"有关。这说明，即使是"通灵宝玉"，其功能也必须随时间、时机、时代的转移而转移，而不能成为百术之源、万法之宗，以不变应万变，更不能成为包打天下、包治百病的万应灵丹。

三项功能均处于失灵状态，并非由于贾宝玉未能谨遵"莫失莫忘"要求，如上所述，宝玉遭遇邪祟与冤疾之际，"通灵宝玉"见见在焉而并未丢失。为此贾政还曾质疑道："小儿生时虽带了一块玉来，上面刻着'能除凶邪'，然亦未见灵效。"癞头僧的解释是这样的："那'宝玉'原是灵的，只因为声色货利所迷，故此不灵了。"由此可见，仙界管不了凡间，远水救不了近火。这就是曹公告诉人们的道理。且据脂批："通灵玉除邪，全部百回只此一见，何得再言？"后半部原稿中曾有"通灵宝玉"被"误窃"、"凤姐扫雪拾玉"等情节，但并未引起风波。这说明，在曹雪芹先生的创作思想中，作为其笔下的艺术形象，贾宝玉的归宿应当是一个社会历史过程，而不是神秘兮兮、奥妙玄玄的神怪故事。倒是高鹗续书在卷一百十五写宝玉病危，眼看无望，又有和尚送通灵玉将他救活，如此不厌其烦地效颦前部情节，实与曹公原意相悖。在曹雪芹先生的原作中有两首关于"通灵宝玉"的诗偈，其中不仅有"无材可去补苍天，枉入红尘若许年"（卷一）的暗喻，还有"失去幽灵真境界，幻来新就臭皮囊"（卷八）的冷嘲。在封建王朝如"忽喇喇似大厦倾，昏惨惨似灯将尽"（卷五）的历史规律面前，曹雪芹先生作为本书作者，也只剩下叹息和无奈，就是他本人也不相信只靠了一块"宝玉"就可"通灵"的。

贾政的板子

有高人说，一部《红楼梦》，描写的是一个封建家族的兴衰史。其实，家族不论高低贵贱，家族之中即便出点事，也不过杯水微澜，不可能发生伊拉克战争，更不可能发生"9·11"事件。而在该书卷三十三"不肖种种大承笞挞"一节，贾政暴打贾宝玉，对于荣国府这个家庭来说，已经是一个重大事件了。

这次事件的直接起因是，宝玉与琪官关系败露，加之贾环对金钏投井自杀添油加醋，以致暴力终于不可避免。贾政作为严父，盛怒之下，不明事实真相，不辨是非情由，只喝命："堵起嘴来，着实打死。""小厮们不敢违，只得将宝玉按在凳上，举起大板打了十来下。""贾政还嫌打的轻，一脚踢开掌板的，自己夺过板子来，狠命的又打了十几下。"

在这起事件中，宝玉的罪名是作者概括的："在外流荡优伶，表赠私物；在家荒疏学业，逼淫母婢。"作为历来以"棍棒底下出孝子"为信条的国人来说，使用暴力教训儿子，并无什么不合理，连对宝玉万千疼爱于一身的贾母都认为："儿子不好，原是要管的，不该打到这个分儿。"

然而，历来人们读"红楼"，并不仅仅将其视为一部小说。贾政与宝

贾政的板子

玉并非书中的严父与逆子,而是属于两种不同的文学形象和人物类型。贾政要求宝玉的是读书做官,光宗耀祖;而宝玉恰恰把这些视为"沽名钓誉"、"国贼禄蠹"。因此,在一些学问家眼中,贾政与宝玉的矛盾,其实是不同世界观、不同人生观的分歧和冲突。贾政无论作为朝廷命官,还是作为生身父亲,自然以"正统"、"主流"自居,对于宝玉的离经叛道,当然是不能容忍的。

但是,思想领域的问题,只能采用思想领域的方式,板子的批判,不能代替批判的板子。以此看来,贾政先生在对宝玉的教育和管理上,未免失之简单。宝玉上学之初,他就专门强调:"什么《诗经》古文,一概不用虚应故事,只先把《四书》一齐讲明背熟,是最要紧的。"明确强调了"正面教育"的重要性。虽然"正面教育"并非全是令人信服的"绝对真理",但这却是防止宝玉离经叛道的第一道防波堤。

荣国府并非"世外桃源"。虽然彼时没有互联网,但是社会的联系,信息的沟通,人员的往来,书刊的流传,仍然是不可避免的。且不说《西厢记》和《牡丹亭》这类"禁书"在大观园中早已流行,就是在荣国府之外,宝玉不是也与薛蟠、琪官、冯紫英等三教九流频繁往还吗?他从内心里讨厌"峨冠礼服",厌恶"贺吊往还",但是,他的聪明灵秀,他的才情横溢,乃至他的泛爱精神,他的平等意识,在大观园中都得到了充分展示。而这种精神和意识,却为当时的社会环境所不许。

贾政的板子自然是冠冕堂皇的,他作为主流社会的"卫道士",宝玉追求平等、自由的自觉或不自觉,一律被视为大逆不道,则是必然的。在任何社会中,文化的传播,思想的嬗变,都是不可避免的。一种旧的思想文化僵化了、衰落了,一种新的思想文化诞生了、成长了,大抵是一种客观规律。其实,在《红楼梦》诞生之前,斥腐儒、贬六经的李卓

薛蟠的文学观

吾，分君权、公天下的黄宗羲，作为明清之际的思想家，在当时社会已然产生了很大影响。然而，新的思想文化诞生之初或成为主流之前，往往被原有的思想文化视为"异端"，必欲禁之而后安，必欲除之而后快。贾政的板子所起的作用，大体上就近于这种"除"和"禁"的作用。

然而，板子只能批判宝玉的屁股，并不能批判宝玉的思想。诚如李大钊先生所说，"禁止思想是绝对不可能的"，"你怎样禁止他、制抑他、绝灭他、摧残他，他便怎样生存、发展、传播、滋荣，因为思想的性质力量，本来如此"（李大钊《危险思想与言论自由》）。以此来看，贾政的板子，作为一种符号、一种象征，不仅仅是三尺木板，而是一种制度的、技术的"铁丝网"，一种思想的、文化的"防火墙"，也是一种阻止、扼杀新生思想文化的暴力。使用暴力钳制、束缚、禁止、隐藏某种"社会行为"，并不能有效地消除"思想异端"。小说中的贾政是如此，社会上的"真正"也是如此。

从后来的情节发展来看，贾政的板子打得不可谓不狠，但并没有打掉宝玉的"乖张心性"、"偏僻行为"。通过这场风波，宝玉反而赢得了宝钗的关爱与怜惜，加深了黛玉的理解与支持，强化了园中姑娘们的同情与友谊。这有宝、黛送来的丸药和题帕诗为证。更重要的是，贾母对贾政身边亲随小厮的吩咐，至少为宝玉提供了几个月的保护与自由，使得他在大观园内任意纵性游荡，"真把光阴虚度，岁月空添"，而这似乎从反面说明了贾政板子政策的失败！

"袭人牌"摄像机

在曹雪芹笔下，袭人是个有着双重人格的女性。她在王夫人、贾宝玉面前，是丫环，从进贾府之日起，即命定了"下愚不移"的奴隶地位；而在其他丫环眼里，她又享受着副小姐的待遇，且处处以亚主人自居。

所谓"袭人牌"摄像机并不是说就有一种摄像机以袭人姑娘的芳名作为商标标牌，这只是一种借喻，所指的不过是从事摄像职业却具有袭人姑娘上述品性的某些记者先生。

摄像这一行当，作为新闻手段之一，原极普通，只是因为某些行业中人精熟了袭人姑娘的攀附之术，才变得十分风光。在初级阶段的中国，哪些人物具有最可靠的新闻价值，哪些片子具有最把握的播出可能，新闻视角的选择，需要十分的精明。

正是出于种种精明的考虑，有些人才会竟日尾随着权贵势要、富豪大亨、当红女星；有些人才会整天附着在主席台前、盛宴桌畔、演播厅旁；有些人才会干脆寄生于金碧辉煌、富丽典雅之所，轻歌曼舞，如蝇逐臭，如影随形。改革的大业，火热的生活，生动的实践，人民的疾苦，在他们的镜头里从来看不见。想想看，这号人像不像有幸置身于"花柳繁华地，温柔富贵乡"，虽然不是货真价实的名门闺秀，但却凭自己的心机获得了"准姨娘"待遇的袭人姑娘？

那些恬不知耻、一身臭汗、上赶着抢拍当红女星玉腿丰臀却被纤纤素手赏了一耳光仍然厚着脸皮制作什么"名人效应"的人像什么？像不像贾府里那个整日价邀幸取宠、仰人鼻息的大丫环？

那些瞅着大亨的钱袋馋涎欲滴，只要能沾到一星残唾就不惜奉献"特写镜头"的人物，他们在那些丢出几枚铜子儿就可播出几分钟"光辉形象"的"企业家"眼里，像什么？像不像得着王夫人赠与的几件旧衣裳就感激涕零的花袭人？

那些整日价围着当地电视新闻节目几位"主角"抢镜头的"摄像机"们，不管人家去工厂还是下农村，去开会还是赴盛宴，屁颠屁颠，尾追不舍，他们在那些"政坛演员"眼中又像什么？"去，把他们叫来报道报道。"如果一不小心，摄入该"演员"治下的另外"一个指头"，马上就有电话兴师问罪，你说他们像不像在王夫人身边虽拍马有术但仍然担心摸错蹄子的袭人姑娘？

袭人姑娘之所以会取得"准姨娘"的待遇，是因为她在侍奉主子方面较之其他丫环更胜一筹。这"袭人牌"的摄像机在这一点上更是得天独厚。他有本事在摄像机里"填补国内空白"，他有能耐在录像带上"创造历史纪录"，不管是授意还是自愿，也不论是真实还是虚构，只要上荧屏，出镜头，制作出"政绩"、"名气"等效应，"大哥大"、采访车、酬劳金……一点儿也不亚于王夫人和老太太特批的"份例"和"厚赠"。

袭人这个人物的确有些独特。在《红楼梦》中，王夫人亲切地把她唤作"我的儿"，而众丫环却把她称作"西洋花点子哈巴儿狗"，至于这"袭人牌"摄像机呢，大概在名流、大亨、权要和众人的眼中也有着不同的名目吧。

贾芸的效忠信

1977年，我所在部队驻军徐州。其时，江青集团（通称"四人帮"）已于上年10月被粉碎。部队机关曾就一名干事给江青写"效忠信"，召开批判会。这封"效忠信"出笼的背景是，毛泽东逝世未久、尸骨未寒，"中国向何处去"在当时已成为"天字第一号"的问题，当此之际，出现个把讨好"第一夫人"江青以捞取"政治稻草"的"小爬虫"，实在算不得稀奇。此后不久，社会上又传出某某曾经威风八面的高级干部，也干了类似"效忠"或"劝进"的事情，当时只觉得匪夷所思。某些经历过枪林弹雨、政坛风云、颇有历练、道行高深的人物，怎么也干出如此卑劣之事，由此可见，"林子大了，什么鸟都有"这句话颇有些道理。

写"效忠信"这种方式，限于视野，不知在中国的哪朝哪代出现过，以中国史籍之浩繁，一定会有史可征、有案可稽的。我在史籍中没发现此类案例，读《红楼梦》卷三十七倒是真的看到一封"效忠信"。

写信人"不肖男芸"是"后廊上住的五嫂子的儿子芸儿"，即贾芸。受信人"父亲大人"是荣国府的公子贾宝玉。应当交代的是，虽然宝玉长贾芸一辈，然则在年龄上，宝玉却比贾芸小了四五岁（卷二十四）。

薛蟠的文学观

这个贾芸系贾府近支,但由于并非嫡系,虽属贾门,但名贵实微。如同所有的势利小人一样,抱粗腿、攀高枝、套近乎、表忠心,就是他们急功近利的"钟南捷径"。而在贾芸眼里,贾宝玉是荣国公的嫡派子孙,又是贾老太君的掌上明珠,对于荣国府这样一个"根正苗红"的"当然接班人",进行感情与物质两个方面的前期投资,无论如何都是一本万利的买卖。

据书中介绍,这贾芸"生的容长脸儿,长挑身材,年纪只有十八九岁,生得着实斯文清秀,倒也十分面善"(卷二十四),然而,知人知面不知心,这个看似"十分面善"、"斯文清秀"的年轻人,其实已经是个"老油条"了。实际上,能够运用"效忠信"这种手段的人,哪一个也不是笨蛋,书中说他"最伶俐乖巧",正说明他有着过人的聪明。这从他通过向凤姐行贿谋得一个在大观园栽花种草的"包工头"的差事,可见一斑。

然而,这种人又是十分粗俗的。在本回目中,紧接这封"效忠信"的,是探春小姐递给"二兄文几"的花笺,"幸叨陪泉石之间,兼慕薛林雅调。风庭月榭,惜未宴集诗人;帘杏溪桃,或可醉飞吟盏"。对于这一组建"诗社"的"高雅"倡议,贾芸之辈累死也写不出来。但凡贾芸这类人大都没有什么真本事,凭真本事吃饭,就不会屑于这种"马屁精"的营生。然而,喜欢"马屁精"的权势者往往如过江之鲫,因此,拍马屁作为一种生存技巧,往往比靠本事混得更滋润。这就是从古至今、历朝历代不乏这类龌龊小人的社会原因。

虽然我曾参加过有关"效忠信"的批判会,但并未亲眼见过"效忠信"或类似文本。不知那些曾经对江青表态"劝进"和"效忠"的写信人,是否曾以贾芸这封信作为蓝本?仅就这封信来说,虽然贾芸的文化

贾芸的效忠信

水平不高，但其为表达"效忠"所需要的基本元素已经一应俱全。

元素之一是脸皮要厚。"不肖男芸恭请，父亲大人万福金安：男思自蒙天恩，认于膝下，日夜思一孝顺，竟无可孝顺之处。"贾芸的"效忠信"，开门见山，一上来就达到了极其无耻的程度。虽然贾宝玉与贾芸是"八竿子也许够得着"的叔侄关系，但贾芸这个已达"公民"年龄的小伙子，居然毫不脸红地称呼一个十三四岁的小男孩"父亲大人"，如果没有足够的脸皮，如果没有十分的勇气，如果没有相当的肉麻，如果没有积久的无耻，这样的称呼无论如何是说不出来也写不出来的。从这个意义上，所谓"效忠信"，其实就是"孝忠信"，即对受信人表达"尽孝尽忠"之意。

元素之二是心意要诚。写"效忠信"的目的是为了输诚，为了巴结，为了讨好。只有受信人真正感到这份"孝心"，才能达到目的。因此，在巴结、讨好的事项上，一定要表现得空前绝后、史无前例。请看贾芸的表现："前因买办花草，上托大人金福，竟认得许多花儿匠，并认得许多名园。前因忽见有白海棠一种，不可多得，故变尽方法，只弄得两盆。大人若视男是亲男一般，便留下赏玩。"贾宝玉是"雅人"，不同于贾芸这样的"俗人"，因此送礼也要"雅"，送花就是上好的选择。"认得名园"，言其高贵也；"不可多得"，言其稀缺也；"变尽方法"，言其不易也；"视男是亲男"，言其诚恳也。话不在多，"字字珠玑"。

元素之三是印象要深。大概给江青写"效忠信"的人，无论是"变色龙"还是"小爬虫"，都是希望能在首长面前留下深刻印象，甚或有幸获致"亲切接见"的吧。终不成信白写、态白表，岂不浪费了"感情"。情境不同，道理则一。贾芸虽说"因天气暑热，恐园中姑娘们不便，故不敢面见"，但还是希望能让宝玉亲知写信者是谁，送花者是谁，倘能拨

101

冗接见——"面见"，才能巩固并发展写信的效果。至于"奉书恭启，并叩台安。男芸跪书"云云，贾芸是古人，自然使用古语。给江青写信，大概要用"革命旗手"、"万寿无疆"这样的说法吧。写信是挂号，送花是钓饵，根本在于有所求，求升迁，求重用，求赏识，求机会，信写了，礼送了，印象深了，才能有求必应。

然而，写"效忠信"的根本元素，是要看清对象。《红楼梦》中的贾芸与"文革"末期的某些人都看错了受信人。当然，错的情况不一样，贾芸错在"其人"，即贾宝玉并非名利场中人；某些人则错在"其时"，没料到江青倒台如此之快。呜呼哀哉！

海棠诗社

　　大观园里曾先后成立过两个文学社团——诗社，一个叫"海棠社"，一个叫"桃花社"。"桃花诗社"由于其社长林黛玉小姐的命运，终于未成什么气候，故不去说它。这里主要说一下"海棠诗社"。"海棠诗社"既然是一个群众性的文学社团，当然要有一套符合其结构原则的组织路线，并应根据这条路线组成一套像模像样的组织机构。在宗法社会中，论资排辈是一种天然合理的用人制度，而在一个本应毫无衙门习气的文学团体中，似乎也难逃如此等等的窠臼。在李宫裁女士看来，尽管她的"自知"足以达到"之明"的程度——"我又不会做诗"，只因"序齿我大"，仍然要当仁不让地"我自举我掌坛"，而且在既未通过投票选举又未经过民意测验的民主程序的情况下，竟自摄取了社长之职，并宣布了组阁名单及施政纲领（见卷三十七）。大约这在李纨看来都是天经地义的。谁又能说她是一个"心如枯井"的孀居女人呢？

　　在这里我们不能不提及李纨的组阁原则。在她的组阁名单中，除了她这位自封的社长之外，另外还有两名副社长和一位"监社御史"，以此构成了诗社领导（李纨、迎春、惜春、凤姐）与诗社社员（黛玉、宝钗、探春、宝玉、湘云）四比五的畸形结构。在这个结构中，就才情而论，李纨只能说是粗通诗文，但由于她也系名宦出身，所以在贾妃省亲之际，还能"勉强凑成一律"。而另两位分管"出题限韵"和"誊录监场"的副社长——迎春和惜春如同社长一样，在海棠诗社的整个活动史上竟可怜到没有一件作品，只是早在诗社成立之前，由于元春的指令性计划，才不得不各自写了一首称之为诗的东西，而且一个以直露见长，另一个则以套话著称。而那位"监社御史"更可悲。在卷四十五中，凤姐有这样一句"笑道"："我又不会做什么'湿'的'干'的"，态度相当坦诚。正如我们所看到的，在《红楼梦》一书中，这位伶牙俐齿、颇具官场才干的"二奶奶"，不光连一首可称为诗的东西也找不出来，而且竟然是一个文盲，以至不得不请宝玉、彩云辈去代她宣布并认读名册和账单。而组合在这个诗社的其他成员呢？林、薛二位不消说了，就是作为诗社倡议者的探春小姐，其诗才也远在这个领导班子的其他成员之上。然而有什么用呢？在这个"外行领导内行"的领导体制中，在用人问题上还有一个绝对不可小觑的神来之笔，那就是凤姐被聘为"监社御史"。

这凤姐是什么人？看过《红楼梦》的人都很清楚。她作为荣国府权力机构的实际掌权人，集该府政治、经济权力于一身，可谓地位显赫，炙手可热。作为一个群众性的文学社团，请这样一位毫无专业特长的实权人物做"监社御史"，其深意何在哉？对于这一层，书中未曾说明，我以为用意有二：其一，在具有两千多年悠久历史的官本位制的社会中，办理任何事情都要讲究一个"名分"，以不违"名不正则言不顺，言不顺则事不成"的圣训，而解决这一问题最为便捷的途径，就是聘请掌权者到这种群众性组织中挂上种种虚职，这样，既可免去非法结社之嫌，又可在社会上占一地盘。倘明白这一层，作为诗社发起人的探春小姐，也完全不必为没能当上社长而耿耿于怀。其二，诗社作为一个文学团体，既无生钱之道，又无发财之源，唯一的或最可靠的渠道就是由官银中获得财政拨款。而具有此类审批权的又离不开王熙凤这一类角色。其实在这一点上，王熙凤女士也真不愧为一个"水晶心肝玻璃人儿"，对于李纨免费赠与的"监社御史"的虚衔，一眼就看穿了其背后的心机："哪里是请我们作'监社御史'，分明是叫我作个进银的'铜商'，你们弄什么社，必是要轮流做东道的。你们的钱不够花，想出这个法子来勾了我去，好和我要钱。"应该说，在这方面，李纨的心机确没白费，凤姐当下拍板，大慷"公家"之慨："明日一早就到任，下马拜了印，先放下五十两银子给你们慢慢做会社东道。"李宫裁女士发表就职演说时称："你们都要依我的主意，管教说了，大家合意。"果然不谬！不要说"领导无才便是德"，外行自有外行的优势。这或许就是曹雪芹笔下塑造出的人物形象的又一典型意义。

贾宝玉的笔名

中国人是重名的,"名不正则言不顺",因此,在一些大城市,就有了专门为他人起名的门面与摊点。中国人的名是复杂的,姓名之外,还有字号,比如三国人物,姓关名羽字云长;姓张名飞字翼德。再比如水浒人物,姓林名冲,绰号"豹子头";姓李名逵,人称"黑旋风"。文人免不了舞文弄墨,于是就有了笔名。笔名的出现,有的是为了躲避文网之灾,鲁迅的许多笔名就是为此而起,但更多的则是为了追求风雅或者附庸风雅。

《红楼梦》卷三十七,大观园成立"海棠诗社",首先是黛玉提议:"既然定要起诗社,咱们就是诗翁了,先把这些'姐妹叔嫂'的字样改了,才不俗。"李纨马上附和:"极是。何不大家起个别号,彼此称呼则雅。"别号也就是笔名。这个提议得到了众人的响应。起笔名本无一定之规,大观园中人通常是以居住地来命笔名的,如林黛玉住在潇湘馆,就被探春姑娘命名为"潇湘妃子",薛宝钗住在蘅芜院,就被李纨女士封为"蘅芜君"。按照这一不成文的规则,就是不大作诗的李纨、迎春、惜春以及后补的史湘云,也分别起了"稻香老农"、"菱洲"、"藕榭"和"枕

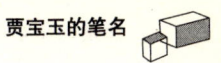

霞旧友"的笔名。

探春的笔名倒是有点意思。本来根据上述原则,她将自己命名为"秋爽居士",但却遭到宝玉的反对:"'居士'、'主人'到底不确,又累赘。这里梧桐芭蕉尽有,或指桐蕉起个倒好。"于是探春就改为"蕉下客",却又被黛玉取笑,道是庄子有云"蕉叶覆鹿",探春"可不是一只鹿了"?要把她牵了去,"快做了鹿脯来"!

其实,大观园这些诗人或准诗人,她(他)们的笔名虽然花样百出,但最值得研究的还是贾宝玉的笔名。虽然他的正式笔名,其命名规则也同他人一样,叫做"怡红公子",但在开初,薛宝钗倒是为他起了两个很别致的笔名,一个叫"无事忙",一个叫"富贵闲人"。宝姑娘还特意对后者作了解释:"天下难得的是富贵,又难得的是闲散,这两样再不能兼有,不想你兼有了,就叫你'富贵闲人'也罢了。"

宝钗称宝玉为"无事忙"或"富贵闲人",并非毫无根据。该书卷三有两首专门描写贾宝玉的《西江月》,其中有句云:"无故寻愁觅恨",可作"无事忙"的印证;另句称:"富贵不知乐业",可为"富贵闲人"的注脚。诗社成立前夕,贾宝玉"每日在园中任意纵情游荡,真把时光虚度,岁月空添"。由此可见,这"富贵闲人"主要体现了这个膏粱子弟锦衣玉食、呼奴唤婢、养尊处优、空虚无聊、饱食终日、无所用心的人生状态。

在曹雪芹先生笔下,许多名物都被赋予特定涵义,那么,这"富贵闲人"呢?

就生活层面来说。在古人看来,"富贵而骄,自遗其咎"(《老子·九章》),"习闲成懒,习懒成病"(《颜氏家训》),前头提到的《西江月》也有句云:"寄言纨绔与膏粱,莫效此儿形状!"可见,这"富贵闲人"是贬义。其实，优越的物质条件，富足的生活境遇，既能使人沉沦，也可使人释放。由劳而富，由富而闲，大概是一种规律，而不大可能相反，其中的关键是生产水平的提高和剩余产品的增加。衣食终生无忧，不须竟日劳作，这就为解放人的情感、智慧创造了前提。富而且闲，固然可能饱食终日，无所用心，斗鸡走马，骄奢淫逸，同样，也只有富而且闲，才有可能产生琴棋书画、诗词戏曲、建筑审美、体育竞技。《西江月》指宝玉"潦倒不通庶务，愚顽怕读文章"，其实也是偏颇的，他"不通"的是官场应酬的"庶务"，他"怕读"的是仕途经济的"文章"，在此之外，他也与各色人等交往，他也翻阅古文词赋。正因为这样的雨滴露润，耳濡目染，他对社会和人生才产生了独立的思考和判断。这不仅可以使得宝玉对"文死谏，武死战"这类封建社会的正统体制进行自觉的批判，也导致了他对厕身其间的封建秩序不自觉的消耗与背弃。他的离家出走，他的削发为僧，正是这种"自觉"与"不自觉"的必然结果。

文学方面也是如此，恩格斯曾说过："人们必须首先吃、喝、住、穿，然后才能从事政治、科学、艺术、宗教等等。"（《在马克思墓前的讲话》）衣不蔽体、食不果腹，终日为生计奔波，毕生为口腹忙碌，也可能产生文学上的"杭育杭育派"，却不可能产生《红楼梦》这样的高端批判作品。富足的生活条件，解除了生活的羁绊，跳脱了发展的樊篱，使人摆脱了物质劳动的束缚和局限，却又为人们从事精神劳动提供了可能和条件。"劳心者治人，劳力者治于人"，是统治阶级的哲学，然而，生产技术的提高，确能改善人的生存处境，解放人的发展潜能。假如宝玉也像石呆子一样经商糊口，也像狗儿一样务农养家，他哪里还有闲情逸致吟咏什么海棠和菊花，哪里还会凄楚哀婉地赋诵什么《芙蓉女儿诔》。文学固然来自生活，但文学并非生活的摄影或复制。复制石呆子的经商店铺肯定不是诗歌，拍摄狗儿的务农场景绝对不是小说。有"钱"且有"闲"，既"富贵"且"闲人"，对于普通人当然只是奢望。虽然曹先生今日"茅椽蓬牖，瓦灶绳床"，但他毕竟曾经亲历过"锦衣纨绔之时，饫甘厌肥之日"；虽然他有愧于"背父兄教育之恩，负师友规谈之德"，但他毕竟曾经拥有过享受"教育"与"规谈"的优越条件。如果没有这些前提和条件，《红楼梦》这部伟大作品的问世，显然是不可能的。

史湘云请客

在《红楼梦》的一则请客新闻中，我们研究的主要是怎样请客和谁请客的问题。

在程甲本卷三十七，刚被增补为"海棠诗社"社员的史湘云，好不容易争得了一次设东拟题的权力。尽管其诗才敏捷且承青莲之风，然而，在请客问题上却显得十分笨拙。她把做东的计划说了半日，宝姑娘认为皆不妥当，于是不得不为之指点迷津。既做东，必要请客，而请客，则必需一定的经济能力。这在湘云就有三大不利：一是她在家中做不得主；二是她的"月薪"不敷花费；三是这种请客又是"没要紧的事"。财政尽管拮据，她既不敢回家伸手，又不便向亲戚借贷，事情庶几近于"山重水复"的境地。

然而，摆脱"山重水复"，达至"柳暗花明"，这却正是宝钗小姐的过人之处。在她看来，这次请客包含着邀请对象、物品来源、客人嗜好、请客时机这样几个子系统，而她的大系统则体现了怎样请客的运作过程。

首先是邀请对象。湘云为"海棠诗社"做东，照理说，邀请的范围当以诗社成员为是，然而，宝钗却以为不然。她告诉湘云："你如今且把诗社别提起，只普统的一请。"只此一句，此次请客的性质即发生了质变。这"普统的一请"，首先将贾府的权势者贾母、王夫人、王熙凤囊括净尽，于是这年轻人的"沙龙谊"就变成了权势者的"交际场"。

邀请对象一定，接踵而来的便是请客物品的准备问题，如果宝钗依仗其虽然已经荒落然而毕竟曾家资百万且又领取过内帑钱粮的家世，这自然算不得十分本事，既"要自己便宜，又要不得罪了人"就是她的宗旨。在这里，她使用的是最令人厌恶的官场末技，即转赠贿礼。她的索贿对象是她家当铺里的一个"下人"，索取的财物是人家田里自产的螃蟹。这强索硬要的"八足将军"竟成了她讨好权贵的道具。

然而，这种选择通常是有一定风险的，即满桌菜肴是否合于客人口味的问题。但是，薛小姐决不会作出那种盲目的决策，她对邀请对象的嗜好通常是事先进行了深刻了解的。"现在这里的人，从老太太起，连上屋里的，有多一半是爱吃螃蟹的。"这似乎就是宝姑娘巧施心机、投其所好的预约契机。一旦准备工作全部妥当，最为重要的因素是什么呢? 那就是请客的时机，所谓"万事皆备，只欠东风"是也。延后了，自然无异于雨后送伞，超前了，亦可能成为无效投资，宝姑娘当然是深谙此道的。

曹雪芹是高手，关于谁请客的问题并未明白示出，而是隐含在宝姑娘对婆子的一段吩咐中："照前日的大螃蟹要几篓来，明日饭后请老太太、姨娘赏桂花。……好歹别忘了，我今儿已经请下了人了。"在这道指令中，如果说第一个"请"没有主语的话，那么第二个"请"前已经加上了"第一人称"。有趣的是，没脑子的湘云还以主办人的身份向贾母介绍："这是宝姐姐帮着我预备的。"殊不知这种通报，在宝钗看来，正好入我彀中，怪道贾母当着湘云的面单单表扬宝钗道："我说这个孩子细致，凡事想的妥当。"而做东的湘云却未能享受到这一殊遇。可悲的是，湘云在起初听了宝姑娘的计划时，竟还极赞她"想的周到"，可惜"周到"的东人已偷梁换柱，湘云自己竟还蒙在鼓里。

大观园的当代小品

《红楼梦》中的大观园，只是一处"花柳繁华地，温柔宝贵乡"，在设计上，其实是有缺陷的。虽然园子里有一处"稻香村"，其中的主人自称"稻香老农"，而且刻意种几架瓜果，养几只鸡鹅，然而，这些只是赝品。因此，需要一些真正的农村生态作点缀，于是就创作了刘姥姥这样一个人物。

从刘姥姥在荣国府的初次亮相，到在大观园的首度登场，种种行状，总让我想起当代的电视小品。从小品创作的需要出发，剧中人物，语言必然土里土气，见识必然孤陋寡闻，行为必然充满笑料，而且作者极力发现、制造、创作、利用这种反差，通过对乡下人的嘲弄，对城里人的取悦，来制造一种所谓的太平盛世。

城里人与乡下人的对比、反衬、映照，是小品创作的主要手段。刘姥姥初进荣国府，见到"堂屋中柱子上挂着一个匣子，底下又坠着一个秤砣般一物"，挂钟一响，即被"唬了一跳"。（卷六）这是以乡下人的土里土气，说明城里人的文明时尚。平儿谈到宝钗设的螃蟹宴，刘姥姥道："这样螃蟹……再搭上酒菜……这一顿的钱，够我们庄家人过一年的了。"（卷三十九）这是以乡下人的家境贫寒，对比城里人的优裕富足。在大观园，见到"长出凤头儿"的"黑老鸹子"，不禁赞道："谁知城里不但人尊贵，连雀儿也是尊贵的。偏这雀儿到了你们这里，他也变俊了，也会说话了。"却不知这是"八哥"。（卷四十一）这是以乡下人的孤陋寡闻，反衬城里人的见多识广。凤姐让她尝尝荣国府的"茄子"，喂她吃了一口用十来只鸡配的"茄鲞"，刘姥姥笑道："别哄我了，茄子跑出这个味儿了。我们也不用种粮食，只种茄子了。"（卷四十一）这是以乡下人的少见多怪，映照城里人的习见不鲜。

也许正因了乡下人的这些特点，受到城里人的捉弄与耍笑，也就不可避免了。刘姥姥戴花，一位70多岁的老太婆，竟然被凤姐横三竖四插了一头，"打扮成了老妖精"。（卷四十）刘姥姥吃饭，竟然"特地"为她准备了一把"老年镶金象牙筷子"，"专门"为她上了一碗鸽子蛋。筷子沉重，鸽蛋圆滑，不出洋相才怪。（卷四十）刘姥姥喝酒，"黄杨根子整刓的十个大套杯"，虽没让她"吃遍一套"，但一大杯下去，也就难逃后来的"醉卧"。（卷四十一）刘姥姥行令，她忙摆手道："别这样捉弄人！"虽然如此，"大火烧了毛毛虫"、"花儿落了结个大倭瓜"（卷四十一），就艺术的真实性而言，并不输给螃蟹诗冠军薛宝钗的"水荇牵风翠带长"。

虽然贾母有言在先："别拿他取笑儿，他是屯里人，老实"（卷三十九）；虽然捉弄并非都是恶意，然而，在大观园主人的眼里，仍然充满了厌恶与鄙视。这种取笑，黛玉小姐最有代表性，文雅一点的，如"当日圣乐一奏，群兽率舞，如今才一牛耳！"（卷四十一）俗一点的，则成了"母蝗虫"。（卷四十二）

不能说大观园的主人们对刘姥姥就是刻意捉弄，从而体现了城里人、

113

薛蟠的文学观

"上等人"对乡下人、"下等人"的鄙视与嘲笑,实际上也有乡下人、"下等人"对城里人、"上等人"的讨好与奉承。这里,充满了校短衡长、利益算计和互相利用。城里人、"上等人"耍弄乡下人、"下等人",将他人的呻吟当作音乐,将他人的血泪视为桃花,从而获得精神上的满足与慰藉;乡下人、"下等人"取悦城里人、"上等人",丑化农民以赚得他人的欢笑,侮辱同类以满足他人的好奇,从而获得物质上的好处和利益。不要说荣国府门第高贵,在利用刘姥姥,其实,这个"久经世代"的"老寡妇"也决非等闲之辈。贾母设宴大观园,从凤姐"递眼色"予鸳鸯,到鸳鸯"递眼色"予刘姥姥;从鸳鸯"悄悄的嘱咐"刘姥姥,到刘姥姥的"姑娘放心"(卷四十)。导演、演员精心设计,精心施工,配合默契,天衣无缝,相互利用而已。

如果说从"递眼色"的顺序来看,刘姥姥只是不得不尔、被动接受的话,那么接下来的一个情节就相当主动了。就餐之前,贾母一声"请",刘姥姥即刻站起身来,高声说道:"老刘,老刘,食量大如牛。吃个老母猪,不抬头!"(卷四十)说完,却鼓着腮帮子,两眼直视,一声不语。就这段演技,丝毫不让高秀敏,绝对不次赵丽蓉,从而创造了大观园空前绝后的笑态万端。这个如同被视为俳优的东方朔式的诙谐调笑,到底产生了非同一般的效果。不过,刘姥姥在大观园可能有自侮的情节,有谐谑的表现,但却没有矛头向下,丑化农民的行径。而这一点,却是当今某些小品的格调所不及的。

人物语言这一条不大好说,刘姥姥操何地方言,曹雪芹未作描述,但肯定不是东北话、唐山话,因为当时没有现在的交通便利,即使王熙凤给报销车票也不容易。

曾经混迹于草根阶层的一些现代小品的艺员们,通过与城市生活和

大观园的当代小品

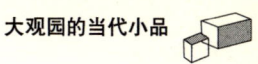

现代传媒的结合,通过贬低自己,丑化农民,以此奉承阔人,讨好市民,已然成为住别墅、驾奔驰的大腕、明星。那么,生活在城郊野外的乡村老太婆,只因结交了荣国府,通过装疯卖傻,博人一粲,竟也赚了上百两银子、数匹绸缎及大量的衣物和药品。人们往往可以从生活中获得文学的灵感,其实,人们也可以从文学中获取生活的启示。

大观园里"百笑图"

前几天，读到一本法国人让·诺安著的《笑的历史》，不由得想起《红楼梦》中的可"笑"镜头。

笑是如何发生的？法国哲学家笛卡尔作了这样的描述：血液从右心室经动脉血管流出，造成肺部突然膨胀，反复多次地迫使血液中的空气猛烈地从肺部呼出，由此产生一种响亮而含糊不清的嗓音；同时，膨胀的肺部一边排出空气，一边运动了横膈膜、胸部和喉部的全体肌肉，并由此再使与之相连的脸部肌肉发生运动……便构成了人们的笑。

笛卡尔描述的主要是笑在皮肤内层的运作方式，而《红楼梦》卷四十"史太君两宴大观园"一节，则描述了笑在皮肤表层的表现形态。

刘姥姥二进荣国府，因与贾母投缘，有了留宿并同乐的机缘。受宠若惊之际，为回报这一隆遇，她刻意制造笑料，故作装疯卖傻，请看以下情节——贾母这边说声"请"，刘姥姥便站起身来，高声说道："老刘，老刘，食量大如牛，吃个老母猪不抬头！"自己却鼓着腮帮子不语。众人先还发怔，后来一听，上上下下都哈哈大笑起来。湘云撑不住，一口茶都喷了出来。林黛玉笑岔了气，伏着桌子只叫"嗳哟"！宝玉滚到贾母怀里,贾母笑得搂着叫"心肝"。王夫人笑得用手指着凤姐儿,却说不出话来。薛姨妈也撑不住,口里的茶喷了探春一裙子。探春手里的茶碗都合在迎春身上。惜春离了座位,拉着她的奶母,叫"揉一揉肠子"。地下无一个不弯腰屈背,也有躲出去蹲着笑去的,也有忍着笑上来替她姐妹换衣裳的。

笑得东倒西歪,笑得前仰后合,笑得颠三倒四,笑得天翻地覆……这些地位高贵、养尊处优的太君太太、公子小姐们,其大笑、狂笑的种种行状,较之笛卡尔仅仅着眼于血液和肌肉运动的描写,其笑的广度、笑的深度、笑的幅度、笑的力度,更上层楼,显然更为精彩,更为传神,更为生活化。这样一种充满了喜气和笑意的"百笑图",似乎为人们呈现了一种和谐社会的画卷。不是吗?他们吟诗作词,他们持螯赏菊,他们行令饮酒,天天衣食无忧,处处欢歌笑语,俨然一派和谐景象。

和谐不等于社会机体的单一性,不等于社会机能的混一性,也不等于社会运作的同一性,更不等于社会价值的一元性。即使笑口常开,笑声盈耳,也并不就是社会和谐了。且说这笑的来历,尚且需要"右心室"、"动脉"、"肺部"、"横膈膜"、"胸部"、"喉部"与"脸部"等不同部位、不同机能的共同作用,何况远比生理运动更为复杂的社会运动了。这与不同树种的集合才能构成森林,不同乐器的配合才能奏出音乐,不同原料的搭配才能烹出佳肴的"和而不同",岂不正有着异曲同工之妙!

笑也有种种,微笑、大笑、苦笑、冷笑、奸笑……法国作家马赛尔·帕尼奥尔将笑分为两大类:"有时是善意的,这就是积极、健康、令人舒适的笑;我笑,因为我感到比你、比他、比全世界的人都优越……此外,笑往往还是恶意的,这就是消极的、无情的、悲伤的笑,是复仇、鄙视、报复的笑;我笑,因为你比我低劣……"那么,大观园的这幅"百笑图"又如何归属呢？这里，不仅有园中人之于刘姥姥的优越与高傲，也有园中人对于刘姥姥的鄙视与嘲弄。这岂不说明，不同的笑有时也互为表里、互相统一吗？笑虽有性质之不同，但并未从根本上影响这短暂的和谐性。

大观园的"百笑图"，呈现在贾政出差之后，又岂独偶然？这个刚刚制造了震惊贾府的暴力事件——"笞挞"宝玉——的"假正"先生，他的存在，不仅不会产生和谐，其所制造的只能是高压下的"稳定"，产生的只能是恐怖中的"秩序"。而这种"稳定"与"秩序"不仅与"和谐"不相容，而且是对人性、智慧、才情、青春的敌视与摧残。也许"稳定"可以"流水作业"，也许"秩序"可以"批量制造"，然而，社会稳定与人心稳定、社会秩序与人心秩序毕竟性质不同，而没有人心稳定与人心秩序，怎么能称之为"以人为本"？但是，和谐并不排斥权力。如果说贾母是荣国府的最高统治者，那么，凤姐就是荣国府的实际掌权人。而贾母的雍容宽厚，凤姐的机智幽默，也构成了"百笑图"的基本要素。凤姐的贪婪固然危害和谐，而这恰恰说明，只有权力的不当运用，才是破坏和谐的负面因素。

大观园的"百笑图"并不能掩盖其"内囊却也尽上来了"的实质。为什么保尔·瓦莱里说"笑就是拒绝思考"，不仅仅因为库尔达沃发现了"孩子比成人笑得更爽快、更厉害，笨人比聪明人更爱笑"的道理。大观园这短暂的欢乐祥和局面，为什么发生在贾政暴打贾宝玉到贾琏偷情鲍二家的这两场暴风雨的中间地带？荣国府里没人去思考已经积重难返的内部矛盾和日趋拮据的财政危机，仍然只贪图这"瞬息的繁荣"，满足于"一时的欢乐"，高枕无忧地咏菊、咏蟹、咏海棠，仍然津津有味地吃茶、吃酒、吃茄鲞。"生于忧患，死于安乐"，"忧劳可以兴国，逸豫可以亡身"，这样的话对于他们，不过北风过马耳。即使秦可卿托梦警示凤姐"乐极生悲"、"盛筵必散"，也是枉费心机。

　　笑是一种社会现象，只有高朋满座时才笑得痛快。假如不是几个太太小姐在大观园中，而是一个民族在新世纪里，每日沉浸在莺歌燕舞的空气中，整天陶醉于欢声笑语的氛围里，那么，浩如烟海的谚语只有一句千真万确，这就是：人越多越热闹！

节哀

"节哀"这个词可以是主谓结构,当然也可以是动宾结构,但在本文则是前者而不是后者,反映的乃是过节的悲哀感受而不是吊唁函电的用语。过节本是欢宴之日,乐游之期。春节不用说了,金吾禁驰,赏灯夜饮,火树银花,星桥铁锁,此为元宵胜况;金风送爽,玉露生凉,丹桂香飘,银蟾光满,则为中秋佳景,哀从何来呢?看官且慢,本文既谓之节哀,自然是有些来历的。

维经济搞活之元,对外开放之期,公款宴游之季,大观园的公子小姐们闲来无事,忽一日议及这过节问题,四姑娘惜春年幼,不免作稚儿之语:"我从小喜欢过节,往往年节刚过,就又扳着指头算着何时到下一个年节,仿佛所有的欢乐都在这节里了。可是,宝姐姐,你说这节到底是怎么回事呢?"宝钗道:"妹妹有所不知,这节指的是节令、节日,并不独年节为然的。古以立春、立夏、立秋、立冬及二分、二至为八节;后分一年为二十四节。唐王右丞亦有诗云:'独在异乡为异客,每逢佳节倍思亲。'可见这节的渊源已是很久的了。"一直细听她们说话的黛玉不禁笑道:"宝姐姐果然学识渊博,不过你岂知今人过节的规矩?现今的节日当然有不少是必要的,如植树节、教师节等,这些倒也罢了,另外还有为古董设的节,如武术节、文物节;有为地产设的节,如琉璃节、烟火节;有为花卉设的节,如荷花节、玫瑰节;还有为水果设的节,如荔枝节、西瓜节等,至于那不便分类的,名目就更多了。如果按节的数量之巨,品种之繁,总是要称得上世界之最了。可见当今之人想象力真真是丰富至极的。"三姑娘探春原是"海棠诗社"的发起人,听了黛玉的话,不禁灵机一动:"姐妹们天天在园子里玩,也只有一个海棠诗社,实在太清淡腻烦了些,我们何不也仿效外面的情形,设几个节日热闹热闹,一来姐妹们也好免去些寂寞,二来呢,也显见得我们园子里安定繁荣,反正银子也都是官里出。"宝玉性急,抢着道:"好主意,好主意。既如此,先从怡红院开始,我那院内有一株'西府海棠',也叫'女儿棠'的,可先设一个'海棠节'。屋里呢,不过是些琴剑悬瓶、古董玩器,不妨再设一个'古玩节'。三妹妹那里,我代你说了吧,自然是要设'文具节'和'梧桐节'了。"蘅芜苑这处房子本来"无味的很",宝钗尚未开口,探春道:"宝姐姐院里虽清雅素静,但却遍植名卉异草,那些芭兰、金葛、紫芸、青芷,都可设置节令的。如果再加上'文化'二字,更显得典雅正经。"宝钗善解人意,自然不会说什么。紫菱洲和蓼凤轩无甚特色,迎春、惜春一时也未想出什么设节的名目,正在暗自着急,只听宝玉嚷道:"可别忘了那位'槛外人',妙玉那里倒有两个上好的名头,不用岂不可惜?"众人未及发问,宝玉接着道:"栊翠庵是佛门圣地,院内有红梅一枝,只此就可设两个很叫得响的节日,一曰'红梅节',一曰'佛文化节'。"众人笑道:"只是显得妙玉师傅也六根未净。"探春道:"大家闹了这半日,总共凑了多少个节了?"宝玉扳着手指算道:"怎么才这几个!人家外面是每日有节,我们这样人家总不能比他们还差吧!"

薛蟠的文学观

林姑娘原本伶俐,她看着宝玉发愁的样子,笑道:"这有何难!稻香老农(指李纨)院子里分畦列亩,有着数不尽的菜花佳蔬,鸡鸭鱼鹅。按照外面的规矩,什么名目不能利用,什么借口不能过节,黄鸡、白鹅都是名头,茄子、辣椒都可设节,岂有无名目过节之理。实在不行,我那里也还可以凑一个'竹文化节'呀!"大家都笑了。李纨道:"就是这样吧,序齿我大,你们都要依我的主意。从明日起,我先做东道,首先举办'土豆文化节'。依次类推,每日一节。凤丫头原兼着诗社的'监社御史',筹备过节需要购买鲜花、彩纸、螃蟹、鹿脯的,我们让她多给点银子,来个'银子搭台,节日唱戏'。不过一年365节,只怕给的官银不够使费,那就让丫头婆子出点'份子',过节虽与下人无关,但主子过节,奴仆出钱也不算越例,只要大家欢喜,老太太高兴就好。"不数日,黛玉突然咯血不止,卧床不起。急请张太医,诊断为"节日劳累之症",及至紫鹃拿得药来,只得一些参须,道是官银亏空,无钱买药了也。于是就有了下一回的"苦绛珠魂归离恨天"。

"文学食品"

"吃文化在中国",是一个十分深刻的命题。的确,在我国,无论天上飞禽、林间走兽、水中鱼鳖、土里昆虫,已统统被列入吃的范畴,且齿舌所至,已开始蚕食或鲸吞文化领域,以此之故,所谓"吃文化"也已变得名副其实。文学作品是最基本的文化成果,这种文化中可"吃"的部分就是笔者所称的"文学食品"。

在我们这样一个文明古国,首先使国人引以为自豪的文学成就当然是诗歌,先秦的《诗》、《骚》不用说了。到了唐代,我国的诗歌艺术即已达到古代文学之巅峰;诗,"可以兴,可以观,可以群,可以怨",当然也可以"吃",比如杜诗圣的《绝句三首》(其三)就是一道绝好的"文学食品"。四五根长豇豆,中间放着切成两片的咸鸭蛋黄,此之谓"两个黄鹂鸣翠柳"。在一只蓝色瓷盘上,把切碎的咸蛋白放成一条线,名之曰"一行白鹭上青天"。"窗含西岭千秋雪",不过一盘豆渣,豆渣一盘,诚可谓意象兼备。而"门泊东吴万里船",则是一汪清水中浮着两瓣鸭蛋壳,就更是形神一统。这种名为"唐诗菜"的"文学食品",形式固然可观,只是内容悭吝得可以。

薛蟠的文学观

　　作为一种文学样式，诗歌当然有其鼎盛时期。明清以降，小说以其卷帙浩繁，内涵广博，而挤占了大部分的文学殿堂。这一时期，不能不提到罗贯中的《三国演义》，在这样一部基于史实的文学作品中，更不会匮乏"文学食品"。请看运用缩微术设置于餐碟之中的一个恢宏场面：浩浩长江，云遮雾障，箭镞如雨。一叶小舟，布幔草束，迎箭而行。那形神毕肖的小船、利箭、草卒，其实是由鳜鱼、冬笋和蛋松制作而成。这道名菜——"草船借箭"中的"草卒"、"利箭"中不中吃另当别论，仅此原料就比"唐诗菜"丰盛，更要命的是其形式绝非为一般平民所共有。

　　当然，在我国文学宝库中占据重要地位的《红楼梦》，也绝对不会比"三国"寒酸。据说，在北方某大城市，"红楼宴"早已正式投产，诸如"老蚌含珠"、"怡红瑞雪"、"银耳鸽蛋"、"胭脂鹅脯"等已经应市，听说其中还有一道使乡巴佬刘姥姥叹为观止的以茄子为主料和十来只鸡配制而成的名叫"茄鲞"的名菜。当然这是属于"荣国府"级的高档次品类，我们"吃文化"的主体，也大致由这个档次所构成，基本上不具备大葱蘸酱层次的小家子气。

　　鲁迅先生似乎对于"吃文化在中国"之类的说法不大恭维，他在《马上支日记》中指出，被中外人士称颂的"说是怎样可口，怎样卫生，世界上第一，宇宙间第几"的中国菜，其实，"并非国民的常食"，"应该是阔人、上等人所吃的肴馔"。按照先生的观点，所谓"吃文化"，不过是"阔人"的文化（据说，近来在一些地方，阔人文化已演化为"公人"文化，未详，不议），当然，这是题外话。不过，这里的"阔"，照最浅显的意义来解，恐怕主要指的是消费者对这种文化的承受力，比如，原料之珍奇、价格之高昂、制作之繁难等。能不能找出一种原料既易得，价格较低廉，加工亦简单的文化来吃呢？答案是肯定的。被林语堂先生

"文学食品"

作为"理想小说"的代表作所推崇的《镜花缘》中提供的食品就避免了"红楼宴"的奢华弊病。除了原料的大众化,烹调技术也较为简单,极有可能跻身于"窄人"文化之圈范。其中一道食品名曰"豆面",其烹调程序、吃法及功能如次:"用黑大豆五斗,淘净,蒸三遍,去皮;用火麻子三斗,浸一宿,亦蒸三遍,令口开,取仁,去皮;同大豆各捣为末,和捣作团如掌大。入甑内,从戌时蒸至子时,至寅时出甑,午时晒干,为末。干服之,以饱为度,不得再吃别物。第一顿7日不饥,第二顿49日不饥,第三顿300日不饥,第四顿2400日不饥,不必再服,永不饥了。不问老少,但依法服食,不但辟谷(不用吃五谷杂粮),且令人强壮,容貌红白,永不憔悴。"(见该书第四十六回)相形之下,"草船借箭"或"红楼宴",只能满足少数阔人(或"公人")的味蕾或皮囊,却与一般"窄人"无干。如有哪家餐馆、饭店正式推出这一源于"理想小说"的理想食品——"豆面",向公民提供多少"卡路里"是次要的,尤其重要的是解决了因人口爆炸而引发的粮食危机这一"第一号中国问题"。

然而,成吗?

沽名且去沽名,钓誉尽可钓誉,实在犯不着把文学作为菜谱。作为文学研究,这不是研究的正途,而是研究的迷路。更确切点说,这种"吃文化"肯定不是学者的发明,倒极有可能是食客的灵感。

薛宝钗的批评艺术

长期以来，我们多是对被批评者强调"有则改之，无则加勉"，而对批评者的要求却宽容得多，客气得多，那就是"言无不尽，言者无罪"，至于"言"的效果如何，被批评者一般不大敢于计较，因为批评者的出发点总是"惩前毖后，治病救人"的。如果对批评者的态度、方式、场合、时机等提出异议，就难免有吹毛求疵之意，甚至还有了讳疾忌医的嫌疑，这种情况在政治生活不正常的单位和部门特别明显。偶翻《红楼梦》"蘅芜君兰言解疑癖"一节，感到宝姑娘的某些做法，对我们开展批评，似乎不无裨益。在一次欢迎刘姥姥的酒宴上，众姐妹在大观园饮酒行令，林黛玉怕罚心切，慌急之中，失口吐出了《牡丹亭》、《西厢记》中的两句唱词。鉴于当时的社会氛围，《牡丹亭》、《西厢记》两剧，均属深闺禁书，闺阁中人如不合偷看了这类禁书，轻则指斥为不守闺训，重则"打的打，骂的骂，烧的烧"。尽管这样的诗句远称不上淫词艳曲，但仍属于离经叛道的行为。宝姑娘对林妹妹的批评，针对的就是这件事情。

在这里，宝黛姐妹围绕贾宝玉的爱情纠葛是应提及的。无论是"木石前盟"也好，还是"金玉良缘"也罢，她们之间在较长时间内一直存在着隔阂与矛盾，至于矛盾闹到何种程度，"宝钗借扇机带双敲"一节曾有描述。有鉴于此，对于林妹妹这一"政治性"错误，宝姑娘至少有这样几种方案可供选择：（1）事不关己，高高挂起。（2）幸灾乐祸，暗中得意。（3）打小报告，落井下石。（4）与人为善，批评帮助。她的可贵之处就在于选择了后者。在并非嫡亲姐妹且又心存芥蒂（也可以说是情敌）的两个姑娘之间，针对一个敏感问题开展批评，这不仅需要雍容大度的胸怀，而且需要高层次的批评艺术。薛姑娘处理这一事件，至少下列几点，确有足资借鉴之处。

一曰地位的选定。宝钗和黛玉是同龄人，她们之间只有年龄上的"宝姐姐"和"林妹妹"之分，却没有家族中的上下、尊卑、主仆之别。宝钗对黛玉的批评，完全是出于对同龄姐妹的劝谕，既不同于政老爷教训宝玉，也不同于王夫人呵斥金钏。众人之中唯有宝钗觉察了黛玉的错误，当然是以她自己也曾看过该书为前提的。当黛玉央求她："好姐姐，你别说与别人，我以后再不说了。"宝钗便款款地告诉她："你当我是谁，我也是个淘气的。"这种平等态度，较之那种以"长"者自居，我打你通、我说你服的居高临下的批评，效果自然要好得多。

二曰时机的抉择。黛玉的过失，是在行酒令时无意中产生的。她在比上一句"良辰美景奈何天"之后，宝钗听了，只是"回头望着她"，当时并未声张，而是事情过去以后，在路上相遇，将她邀入蘅芜院中进行单独交谈的。如果当着众人的面，就严厉地指斥黛玉，"为何阅读黄色读物"，以显示自己对"阶级姐妹"的高度负责，这对于极其"小性儿"的林姑娘来说，自然是不堪忍受的，批评的效果当然也就谈不到了。

三曰气氛的感染。宝钗在和黛玉谈话时，很懂得要创造一种良好的谈话气氛。在"颦儿，跟我来"之后，宝钗坐下，笑道："你跪下，我要

薛蟠的文学观

审你！"完全是轻松、亲切的口吻。整个谈话过程，宝钗是在四个"笑道"中进行的，黛玉也是在两个"笑道"之后心悦诚服地接受了批评。

四曰节度的控制。批评要有节制，既不能得理不让人，抓住辫子不放，也不可无限上纲，硬压对方"正确对待"。在批评中，宝钗很注意观察黛玉的表情，掌握火候，点到即止。在指出黛玉的错误后，"见她羞得满脸飞红，满口央告"，宝钗"便不肯再往下追问"，而是拉她坐下吃茶，然后结合自己的经历，谈了对读书的看法，"说的黛玉垂头吃茶，心下暗服"，从而解除了黛玉对自己的误会，缩短了两人的心理距离。

凤姐生日察人情

　　《红楼梦》卷四十三"闲取乐偶攒金庆寿"一节，描写了凤姐做生日的生活场景。应当说，这个生日做得是十分豪华、十分排场的，凤姐作为贾府的"总经理"，生日能安排到这个档次，与其身份也大体相宜。尤其是内中充斥的人情味儿，令人叹为观止。

　　按照中国人崇尚含蓄的生活态度，凤姐过生日"讲排场"，一般不会主动要求，生日安排的规格取决于凤姐在家庭中的人情和脸面。首先是老祖宗的重视。如果说凤姐是贾府的"总经理"，那么，贾母则是"董事长"，只有老祖宗才是贾府真正的最高领导人。给凤姐过生日，首先来自于贾母的提议和支持，也只有她的提议，才具有如此之大的号召力。贾母向王夫人交代："我打发人找你来，不为别的。初二日是凤丫头的生日……咱们大家好生乐一日。"王夫人马上表示："既是老太太高兴，何不就商议定了。"王夫人如此，遑论其他人！其次，来自于大家的"捧场"。这"捧场"之所以加上引号，是因为捧场更是人情的检阅台，且表现也各式各样：凑份子是贾母提议的，"众人谁不凑趣儿"，此其一；"也有和凤姐儿好的，有情愿这样的"，此其二；"也有畏惧凤姐儿，巴不得奉承的",此其三;"况且都是拿的出来的",此其四。再次,来自于凑份子这样一种机制。如同现在"动员捐献"一样,有老祖宗的率先垂范,还有谁敢坚持不定指标的"自愿"呢?人情的力量是强大的,据不完全统计,一天之内,就凑出了150两有余,按贾母的话说:"一天戏酒用不了。"然而,如果按照刘姥姥的"经济学",20多两银子就够庄稼人过一年,那么,这150多两银子,又该给多少庄稼人"送温暖"?

贾母亲自为凤姐做生日,出于人情,凤姐本人不能不表示,由于贾母对"寡妇失业的"李纨格外同情,意欲代她凑上这12两银子,凤姐便假模假式地表态:"生日没到,我这会子已经折受的不受用了,我一个钱也不出,惊动这些人,实在不安,不如大嫂子这份我替他出了罢。"就是她婆婆邢夫人听了也说"很是"。

然而,作为生日活动"总导演"的尤氏,仅仅对活动经费初步"审计",就发现了问题——内中并没有李纨的。而替李纨出这一份,则是凤姐红口白牙当众宣布的。甚至在尤氏"审计"之前的几分钟,她还公然撒谎:"都有了,快拿了去吧,丢了我不管。"对于凤姐的作弊行为,尤氏态度本来十分坚定:"昨日儿你在人跟前做人,今儿又来和我赖,这个断然不依你!"然而,凤姐具有对付尤氏的更多手段和资源:"我看你利害,明日有了事儿,我也'丁是丁,卯是卯'的,你也别抱怨。"不要以为尤氏与凤姐的对话如同纪委对贪官,充斥其中的还是人情,只不过本书作者对年轻妯娌之间的语言风格作了生动的描述而已。对于凤姐的作弊行为,尤氏其实并没有多少应对的能力与本钱,于是她使出了只有女人才会使用的手腕儿,当着凤姐的面儿,随手把已经成为"公款"的银子,从中取出一份退给平儿:"只许你主子作弊,就不许我作情儿。"而这"作弊与作情"本来我是准备用来作为本文题目的。

份子既然凑了来，就成了"公款"，凤姐既然敢将"公款"装进私囊，尤氏就敢将"公款"卖作人情。她到贾母处商议，十分大方地将"人情"退给鸳鸯；她到王夫人处闲话，又非常慷慨地将"人情"退还彩云。就是周、赵两位姨娘，她也把银两逐一退回，二人不敢收，尤氏以非常同情的口吻说："你们可怜见的，哪里有这些闲钱！"二人自然"千恩万谢"，又是两份分量很重的人情。

不要小看了尤氏做人情这件事，她于不经意之间，已经做了最优选择。为什么给平儿做人情？且不说凤、平本为妻妾，原是一家，而且，平儿还是荣国府"大内总管"凤姐的"总钥匙"。鸳鸯与彩云，分别是荣府"最高领导"与"次高领导"身边的工作人员。周、赵二位何以也在尤氏的关照范围之内？须知周姨娘和赵姨娘是政老爷合法的"二奶"、"三奶"，而且赵姨娘还是探春小姐的生母。为这类半奴半主的姨娘做个人情，反倒显得尤氏惜老怜贫，"深入群众"。

论辈分，尤氏是贾母的孙媳妇；论门户，她却是宁国府中人。虽属同族，本非一府。让她执掌凤姐的生日活动"导演"大权，从负面来说，倘若种种关系难以摆平，倘"导演"技术或有差池，日后两府之间何以相处？从正面来说，利用这种机会，慷荣府之慨，"羊毛出在羊身上"，卖放人情，收买人心，结交权势，笼络亲情，也为日后做足了修桥铺路的题外功夫。由此看来，这样的"作情"与凤姐的"作弊"岂非也是"大巫"与"小巫"？

水仙庵里"混供神"

虽然在一些学者笔下,《红楼梦》中的贾宝玉是一个封建制度的叛逆者,然而,封建制度的叛逆者并不等于唯物论者;虽然贾宝玉不懂唯物论,然而,并不等于他在信仰问题上没有自己的见解。在《红楼梦》卷四十三"不了情暂撮土为香"一节,凤姐生日之际,贾宝玉与焙茗私自潜出府门,来到城外,在水仙庵默祭先是被其调戏、后被其母(王夫人)逼死的丫环金钏。在这里,我们不去分析其作为"多情种子"的感情世界和伦理观,只就他在庵中关于"供神"的一番议论评说几句。

贾宝玉指出:"我素日最恨俗人不知原故混供神,混盖庙。"贾宝玉所恨的不是一般意义上的"供神"与"盖庙",而是"不知原故"的"混供"而已。那么,他为什么"素日最恨"这"二混"呢?他从一般和特定两个方面作了阐述。

从一般意义上讲,"这都是当日有钱的老公们和那些有钱的愚妇们,听见有个神,就盖起庙来供着,也不知那神是何人"。供神、盖庙是要有条件的,首先是要有钱。那么,什么人才会干这种事呢?那就是"有钱的""老公们"和"愚妇们"。上了年岁的女人多迷信,上了年岁的男人也不例外。但若望文生义,这"老公",恐怕不能排除开支"公"款的香客们。

水仙庵里"混供神"

从特定意义上讲,因这庵里供着洛神,故名水仙庵,而贾宝玉认为:"古来并没有个洛神,那原是曹子建的谎话,谁知这起愚人便塑了像供着。"贾宝玉的话并非全无道理。虽然这洛神不是曹子建所创制,而是来自于上古的神话传说,但曹植笔下确有"翩若惊鸿,婉若游龙","仿佛兮若轻云之蔽月,飘飘兮若流风之回雪"之描述,毕竟这只是文采的渲染,并不能增加洛水之神的真实性。

贾宝玉认为"混供神"、"混盖庙"的基本原因是,"因听些野史小说,便信真了"。其实,这只是一种渠道。中国是一个多神的国度,芸芸众神,也有"海龟派"与"土鳖派"之分,不仅有"内生"的玉皇、老君、龙王……而且有"外来"的上帝、真主、佛祖……不过,这些神大多来自宗教。在中国人的精神生活中,还有许多神来自于自然与社会。来自于自然的,不仅有河神、山神,而且还有山精树鬼、狐仙蛇妖。这一类我把它们称为"自然之神"。来自于社会的,多是一些历史上的明君贤臣,虽然也是肉眼凡胎,终于也被神化起来,如孔丘(大成至圣文宣王)、关羽(关帝圣君)等。这一类我把它们称为"社会之神"。

宗教问题是一个复杂的精神文化现象,作者力拙,不敢置喙。但在中国,所谓的"自然之神"与"社会之神",它们的形成大都与民众的愚昧直接相关。人死了,亲属们烧香礼拜,也是人之常情;如果其他人都来烧香礼拜,而且形成了社会效应,这死人恐怕已非凡人;其中的情分,当然也就不是人情、亲情,而是社情、舆情了。倘若某人尚然健在,就被当作什么"星体"顶礼膜拜,供奉如仪,从而成为事实上的"神",那么,此人不仅不是凡人,而且很可能就是当世的"猛人"了。正常的人,一旦被异化为神,总是因为人们与其产生了某种"位差"。某人的高大威猛,往往是因为人们跪着仰望的结果。这种跪着仰望的姿势,是一切

133

"造神运动"的标准动作。贾宝玉批评的"混供神"是否包括此类情况，不得而知，但是其见识显然比那些"老公"和"愚妇"高出一个层次。

如果说贾宝玉是反对盲目崇拜的先驱，也并不尽然。在时间上，大约与《红楼梦》相差不远，也有几则批评"混供神"的例证。某财神庙有楹联曰：

> 只有几文钱，你也求，他也求，给谁是好？
> 不做半点事，朝来拜，晚来拜，教我为难！

如果说这位财神爷尚且以"神"自居仅表现了某些"伟大谦虚"的话，那么，下面这位"司命殿"的主人，就以现身说法的方式，道出了它本身也属被"混供"的真话，也有楹联为证：

> 你求名利，他卜吉凶，可怜我全无心肝，怎出得什么主意？
> 殿遏烟云，堂列钟鼎，堪笑人供此泥木，空费了多少钱财！

庙里的神祇，宝像庄严，金身威武，然而，构成它们的建筑材料却无非砖石泥土，即使高级一点，也不过木构铁制而已。金身包裹着铁木，彩绘掩盖着泥土。外强中空，"全无心肝"，这副对联不仅是对"混供神"的写照，而且具有了破除迷信的现代意义。

贾宝玉并非无神论者，他虽然对"混供神"、"混盖庙"颇有微词，然而，他并不否认神的存在。尽管他平日"最厌这水仙庵"，但"今日却合着我的心事"。什么"心事"？不过是将投井自尽的金钏作为"水仙"来祭奠，祭祀地点则是在井台上。

棋道与牌规

陈毅同志曾为一本弈书题词道:"棋虽小道,品格最尊。"的确,下棋、打牌虽系茶余饭后的玩赏之技,多"不入流",但棋有"棋道",牌有"牌规",且大都体现了平等公正、优胜劣汰的精神风格。由此可见,循"棋道"、遵"牌规",乃题中应有之义,这不独以棋枰、牌场之输赢为然,亦可显示为人处世之品格。南京莫愁湖公园有一"胜棋楼"。相传在大明洪武年间,太祖朱元璋曾与大将徐达对弈于此。一日,两军对阵,自晨至午,不分输赢。突然,朱连吃徐二子,这位"淮右布衣"得意之余问道:"将军何有此疏漏?"这位徐将军竟不以为意,站起身来请皇上"统观全局"。原来他已在棋盘之上用棋子布成"万岁"二字。朱元璋惊喜之余,当即拍板,将这座楼及整座园林赐给徐达。下棋不循"棋道",在体现公平比赛的棋枰之上做政治手脚,看来其用心之处的确超出了一局棋的输赢。

不过,就其表现手法而言,徐达的方式则有过于直露之嫌,其技艺还远够不上炉火纯青的程度,《红楼梦》卷四十七有一段贾府打牌的描述。王熙凤在技巧的把握上就比徐达技高一筹。贾母一行五人,"洗牌告

薛蟠的文学观

么","斗了一回",贾母的牌已"十严",只等一张"二饼"。凤姐正待发牌,发现了鸳鸯递示的暗号,立刻心领神会,但她并没有为了让贾母"十严"刻意奉上一张"二饼"的表露,而是"故意踌躇了半响",却笑着说:"我这一张牌定在姨妈手里扣着呢,我若不发这一张,再顶不下来的。"在这里,违反"牌规",为讨得贾母的欢心,而有意为她发牌,是其真实的内心底蕴。而在实施这一计划时,却又以"我发错了"加以掩饰,以表示她发出"二饼"并非出于什么故意,而"老祖宗"之"十严"则是由于"老祖宗"的牌运大吉。捣鬼术真可谓无缝之天衣。

然而,捣鬼有术、有效,却有限。薛姨妈在看到凤姐的牌时就当即挑明:"只怕老太太满了。"可见这一手并没有瞒过所有的人。不过事后凤姐说了这样一句话倒是意味深长的。她指着贾母平素放钱的木箱子对薛姨妈说:"那个里头不知玩了我多少去了。这一吊钱玩不了半个时辰,那里头的钱就招手儿叫它了。"由上述这个牌局可以想见,凤姐的钱输到贾母的钱箱里去,颇有些"周瑜打黄盖"的味道。由此可见,凤姐的确有着聪明过人的地方,这也正是小说作为文学作品高于生活的明显例证。

文学作品之高于生活,是以源于生活为基础的。生活中有这样的原型吗?有。不过,这原型我是在《红楼梦》成书200多年后的现实生活中找到的,而成书之前的资料,孤陋寡闻,只好暂付阙如了。据《文汇报》载,一位厂长去年曾在麻将桌上输掉了1000多元,而且其原因并非"运交华盖"、"手气不佳"。正如他自己所说:"你哪里知道,这牌我是只好输,不好赢的。"何以如此呢?此君的牌友虽非明太祖之类的高层次,也绝非等闲之辈,他们"或手把贷款之门,或权掌原料之路,或法夺产销之道",为企业生存计,只得给他们加点儿"润滑剂"。无奈如今肃贪倡廉,受贿有罪,行贿无门,灵机一动,只得独辟蹊径。这"名为联络感情，实质暗送钱财"的"麻将新法"，即其全部内容。效果如何呢？据说每当牌友瘪瘪的钱袋鼓起之时，总是有求必应，批条的批条，合作的合作，眉开眼笑之间，生意成交了，原料落实了，销路打开了。真是"万应灵丹"！或曰这不有违"牌规"吗？然则遵循"牌规"哪有如此奇效！当然，这作为对策的一项新发明，也使纪检部门深感头痛。

由此可见，"棋道"的扭曲，"牌规"的变形，恰恰说明某些当局者的人格不正。在上述的棋客和牌友中，不循"棋道"，不遵"牌规"，何以能够毫无顾忌，那是由于他们中存在不同层次的需要所致。这就为某些心术不正的人提供了机遇。徐达和凤姐尽管输了棋或牌，但在讨得皇上和贾母的欢心之际，一个得到了整座园林，一个则稳把贾府的管理权。某些牌友棋客的"个中三昧"确有不便与外人道的难言之隐（如那位厂长同志）。所以说，当局者迷有时并不准确。在棋枰牌场上，不循"棋道"，不遵"牌规"，却相当清醒地盘算着小我的私利，岂一个"迷"字所能解的？

林黛玉的创新意识

林黛玉小姐是"红楼"之魂，没有林黛玉的《红楼梦》，如同没有了诸葛亮的《三国演义》，书未了而情已尽。林黛玉不仅因与贾宝玉的"木石前盟"、生死相爱而使全书丘壑曲致，跌宕起伏，而且林黛玉本人还是一个十分优秀的年轻女诗人。

在林黛玉小姐的文学生涯中，有三个标志性事件，一是悲题《葬花吟》（卷二十七），一是魁夺菊花诗（卷三十七），再就是重起桃花社了（卷七十）。而有关她的诗论的描写，则集中在卷四十八"慕雅女雅集苦吟诗"一节中。香菱想学诗，向黛玉请教，两人在开了几句关于拜师的玩笑后，黛玉就向香菱谈了她对诗词创作的基本看法。

对于诗词之论，作者才拙，虽写过几首旧体诗，但在曹雪芹这样的文学巨匠面前，实在不堪提及，但我觉得，曹雪芹先生借黛玉之口所发表的诗论，主要还是以七言律诗为对象的。黛玉故意以师自居，把写诗说得轻描淡写，也许旨在摆一下大诗人的架子："不过是起、承、转、合，当中承、转，是两副对子，平声对仄声，虚的对实的，实的对虚的。"（律诗遣词本应虚对虚，实对实。此处的虚实之论，当系舛误。——引者注）从黛

林黛玉的创新意识

玉的这段诗论，说明写诗是有一套规则的，而且规则十分严格。

如果林黛玉小姐是个教条主义者，她完全可以从历代经典作家那里引用一些"曾经指出"，比如，宋代范德机先生在《诗法》中"曾经指出"："作诗有四法，起要平直，承要春容，转要变化，合要渊永。"比如，明代胡震亨先生在《唐音癸签》卷三引杨仲弘的"曾经指出"："七言律有起、有承、有转、有合。起为破题……承为颔联……转为颈联……合为结句……"然后，"由此可见"，发表一通诗词发展如何源远流长，诗词理论如何博大精深，诗词规则如何不可逾越，诗词创作如何高不可攀的高论，如此一来，至少可以吓退一大批香菱这样的初学者，至少一大批香菱这样的初学者就会知难而退。

然而，在林黛玉小姐看来，这些规则都不应成为问题，她对香菱说："若是果有了奇句，连平仄虚实不对都使得的。""词句究竟还是末事，第一是立意要紧。若意趣真了，连词句不用修饰，自是好的，这叫做'不以词害意'。"正是在林黛玉小姐这些不经意的叙述中体现了她鲜明的创新意识。在她认为，规则是必要的，没有了起、承、转、合，没有了平仄虚实，也就没有了诗。这说明，她并没有一概地否认写诗的基本规则。此为其一。规则虽然是诗的一部分，但规则只能服务于诗，诗却不能屈就于规则。此为其二。立意为本，词句为末。词句应服从于立意，词句应服务于意趣，而不能本末倒置，更不可以词害意。此为其三。正是因为林黛玉小姐向其灌输了这些创新意识，因此，香菱得出结论："如今听你一说，原来这些规矩竟是没事的，只要词句新奇为上。"可见，什么老师教出什么学生，创新意识或者作为创新意识之载体的时代精神，是多么易为香菱这样的时尚青年所接受。倘若黛玉再世，登上"百家讲坛"，一定会比某些充满"冬烘意识"、大讲"糟粕心得"的"国学超女"

139

薛蟠的文学观

更受欢迎。

可惜，在当时，这样的"冬烘超女"就已经存在。薛宝钗小姐在拟菊花题时（参见卷三十七"蘅芜院夜拟菊花题"一节），就对湘云这样说："诗题也不要过于新巧了。你看古人中，那里有那些刁钻古怪的题目和那极险的韵，若题目过于新巧，韵过于险，再不得好诗，终是小家子气。诗固然怕说熟话，更不可过于求生；只要头一件立意清新，措词就不俗了。"还有更为糟粕的"冬烘先生"，别说诗词创作了，就是已被视为"经"的《诗》也不许看，只允许在经典著作中讨生活。该书卷九"训劣子李贵承申饬"一节，贾政曾批评贾宝玉："那怕再念三十本《诗经》，也都是'掩耳盗铃'，哄人而已。……什么《诗经》、古文，一概不用虚应故事，只是先把《四书》一齐讲明背熟，是最要紧的。"在这一点上，倒是与当今的一些"国学大师"、"国学超女"的主张十分一致。

我们在这里强调黛玉小姐的创新意识，有两个倾向需要防止：第一不可将其神圣化，第二不可将其妖魔化。所谓神圣化，就是说黛玉小姐的诗论，反映的虽然是她的创作主张，但并不是她与生俱来、先知先觉的文学追求，在创作倾向上，其实也有着相应的历史渊源。明代李东阳先生在《怀麓堂诗话》中就有："律诗起承转合，不为无法，但不可泥。泥于法而为之，则撑柱对待，四方八角，无圆活生动之意。然必待法度既定，从容闲习之余，或溢而为波，或变而为奇，乃有自然之妙。"所谓妖魔化，就是说，黛玉小姐虽然主张写诗时不可受平仄虚实之限制，并不等于创作根本无视规则，一味追求标新立异，甚至邪魔外道。作为律诗，虽然强调立意，强调句奇，然而，律诗基本的特征，如字数、用韵等，却是必须遵循的。如其不然，林黛玉岂不成了赵丽华，七言律岂不成了"梨花体"！

石呆子也是"钉子户"

今年（2010年）"两会"期间，一条"最牛钉子户"的新闻充斥于平面媒体和虚拟空间。"钉子户"问题的实质，本是两个平等交易主体之间的关系，即使一方没有交易愿望，也不好称之为"钉子户"的。只有交易双方因地位悬殊，而弱势一方不肯屈就时，才会被赋予带有贬义的"钉子户"的称谓。这本来是一个极不正常的现象。按照这一概念，在《红楼梦》中，石呆子也就成了一个"钉子户"。

在该书卷四十八，平儿向宝钗讨借棒疮药，顺便提及了贾琏挨打的"新文"，这"新文"即缘于石呆子的"钉子户"事件。石呆子收藏着二十把古扇，贾赦要强行购买，无奈这石呆子死活不卖，继而贾雨村出面，不惜动用政府权力，收拾了石呆子，将古扇强行收缴，并送到贾赦府上，"钉子户"问题就这样解决了。

从当事双方来看，一方是荣国府的大老爷、当朝一等将军贾赦，另一方是一个"穷的连饭也没的吃"的无业游民石呆子。这已经说明了双方谈判地位和交易身份的不对等。从交易的标的来看，石呆子的二十把旧扇子，"全是湘妃、棕竹、麋鹿、玉竹的，皆是古人写画真迹"，贾琏也感叹，这批古扇"原是不能再得的"。正因如此，石呆子才会奇货可居。从交易的意愿来说，贾赦对这批古扇昼思夜想，志在必得，于是就让其子贾琏威逼利诱，千方百计做工作，贾琏"已经许他五百银子，先兑银子，后拿扇子，他只是不卖"。石呆子公开声明："我饿死冻死，一千两银子一把，我也不卖"，并声称："要扇子先要我的命"，倒是极像现实中的"钉子户"。从事件发展结果来看，贾赦与石呆子虽然属于平等的交易主体，有道是"有钱难买不卖的货"，然而，正因为贾家势大，才会"半路杀出程咬金"。那个靠夤缘附势、投靠贾家而发迹的贾雨村，为了讨好贾赦，竟然运用公权力，"讹他（石呆子）拖欠官银，拿他到衙门里去"，并作出裁决，"所欠官银，变卖家产赔补"，遂将这批古扇抄来，作了官价，用来孝敬贾赦，而那可怜的石呆子，"如今不知是死是活"。

　　古扇的买卖，作为一种正当的交易行为，交易双方只能按照平等自愿、诚实守信的原则去协商，出售的一方完全具有对于自己财产完整的处置之权。作为一项基本的交易规则，贾赦不能因为喜欢人家的扇子而倚仗权势强取豪夺，石呆子对自己的扇子漫天要价或者拒绝交易都无可指责。面对石呆子这样的"钉子户"，按照买卖双方平等自愿的原则，连平儿这样的"亚太太"也说："这有什么法子？"就是贾赦这样的权贵，据平儿的口述："老爷（贾赦）没法了，天天骂二爷（贾琏）没能为。"可见，贾赦本人也是认可这些交易规则的。

　　古扇的买卖如果仅止如此，可能不了了之，因为"钉子户"本身并不违反交易规则。然而，"钉子户"问题成为事件，绝非交易行为所能解释。正如现实生活中许多"钉子户"成为事件一样，其背后或者官商勾结，或者官商一体，或者公权干预，只有在这种情况下，交易一方往往成为权力的刀俎，而交易的另一方则往往成为权力的鱼肉。在古扇风波

石呆子也是"钉子户"

中,贾赦成了前者,石呆子成了后者,其根本原因不仅在于贾赦系豪门巨室,还在于半路冒出一个"饿不死的野杂种"贾雨村。他为了巴结权势,而直接破坏交易。在这方面,贾雨村作为一个"没天理"的权力化身,他有着丰厚的资源可以利用,可以动用朝廷的公共权力以权谋私,可以利用官方身份栽赃诬陷、陷人以罪,可以使用国家机器将人拿到衙里,投入狱中……而这一切丑恶行径,他都可以"打击不法商贩"、"保护公共利益"、"维护社会稳定"的名义,变得师出有名或冠冕堂皇,至于石呆子之类的合法财产、身家性命等,都不在他的考虑之内。

在"钉子户"风波中,值得注意的是贾琏和平儿的态度。贾琏对贾赦称赞贾雨村能干提出反驳:"为这点子小事弄的人家倾家败产,也不算什么能为。"虽然因此挨了贾赦一顿臭揍,但他毕竟说的是人话。而平儿在向宝钗叙述"钉子户事件"时,处处流露出对贾雨村的鄙视和不齿,表明了她岂止作为一个通房丫头的见识。当年美国指责苏联:"核武库再强大也赶不走价值规律。"而在贾府这样的深宅大院,居然也有人懂得基本的交易规则。

薛蟠"下海"

据说，《断背山》已在内地禁映，原因在于其同性恋情节不合国情。其实，在中国名著《红楼梦》中，同性恋的情节就所在多有。秦钟与香怜，宝玉与琪官（蒋玉菡），薛蟠对柳湘莲，都有这种倾向。只不过，薛蟠此番看走了眼，反被柳湘莲暴打一顿，于是才动了"下海"的念头。

薛蟠家族因系"皇商"，本在"商海"，按说薛蟠不存在"下海"问题，只因其终日"斗鸡走马，游山玩景"，"一应经纪世事，全然不知"，他其实只能算是一只"陆栖动物"。因此，他的"下海"就有了一定的认识价值。

先说他"下海"的内在动机。薛蟠家族本系"护官符"中"丰年好大雪"之"薛"，家中有百万之富，薛公子本人又"户部挂虚名，支领钱粮"，因此，就其实质来说，他本系"官商"，既无"下海"的利润冲动，又无"下海"的政治动机。在《红楼梦》卷四十八"滥情人情误思游艺"一节中，薛蟠在城北苇塘被柳湘莲一顿饱揍，三五日后，"疼痛虽愈，伤痕未平"，时近年底，他见在本"公司"打工的一些农民工意欲算账回家，于是动起了心思。一是自己"长了这么大，文不文，武不武，虽说

薛蟠"下海"

做买卖,究竟戥子、算盘从没拿过,地土风俗,远近道路,又不知道",虽说身在"商海",毕竟"旱鸭子"一个。二是自己"挨了打,正难见人","天天装病,也不是事",倒不如与本家当铺总管张德辉外出做趟买卖,不论赔赚,"且躲躲羞去"。薛蟠的心理动机非常坦率,他的"下海"既不是为了"解放思想,更新观念",也不是为了"精简机构,减员增效",目的很简单,就是以做买卖为幌子,摆脱挨打后怕见人的尴尬情状而已。

次说"下海"的正式理由。"内心活动"是一码事,"正式声明"是另一码事,这于国人已是司空见惯。这个呆霸王在其母妹面前,并不总是混账一气,他所提出的理由,大体上也符合人情事理和经商规则。首先,他决心"成人立事,学习买卖",以免总被人说"不知世务,这个也不知,那个也不学",表面上看,似乎也体现了一个年轻人好学上进的优良品质。其次,要求外出经风雨,见世面,招牌冠冕堂皇,而且理直气壮:"我又不是个丫头,把我关在家里,何日是个了手?"当然要回避因他动了"龙阳"之兴,饱受苦打而"无法见人,外出躲羞"的真实目的。薛蟠久居深宅,户部挂名,也应算作机关公务人员,主动请缨,到商海锻炼,毕竟还是应当鼓励的。再者,"那张德辉又是个有年纪的",且"和他是世家","东西贵贱行情,他是知道的"。"有年纪"意味着阅历丰富;"是世家",决定了办事可靠;知道"贵贱行情",说明他有经商经验,可谓万无一失。

再说"下海"的客观条件。薛宝钗深知其兄的行径,对其母亲说:"若只管怕他不知世路,出不得门,干不得事,今年关在家里,明年还是这个样儿。"薛蟠之流出入深宅大院,整日浑浑噩噩,浮浪闲逛,能有什么出息。一旦出去了,"左右没了助兴的人,又没有倚仗的人,到了外

145

薛蟠的文学观

头，谁还怕谁，有了的吃，没了的饿着，举眼无靠"，自然会长进一些生存的本事。因此，她认为，薛蟠的要求还是"名正言顺"的。这就从政治上提供了保障。虽然当时没有"实践出真知"、"磨砺长才干"的说法，但薛宝钗作为闺阁小姐，有此见识已属不易。彼时没有"停薪留职，保留待遇"或者"干好了在公司发财，干砸了原机关接受"之类"双保险"政策，然而，"下海"锻炼总是要冒点风险、付点代价的，因此，薛宝钗建议："就打量着丢了一千、八百银子，竟交与他试一试。"薛姨妈在作出这个决策时也认为："花两个钱叫他学些乖来也值。"用现在的话说，这是必须付出的"学费"。这是从政策上提供的保障。不特如此，在其母的特意关照之下，临行之际，专门安排了"薛蟠之奶公老苍头一名，当年谙事旧仆二名，外有薛蟠随身常使小厮二名"，共五名"保姆"，雇了三辆大车，单拉行李使物，又雇了四个长行骡子。这就是为其提供的物质保障。不过，这已不像是外出经商，简直是护送高级官员出国。

薛蟠"下海"的结果如何呢？该书卷六十六"冷二郎一冷入空门"一节，只说薛蟠一行在外四五个月，贩了货物，返程途中，路经平安州，遭遇强盗，将货物劫去。可见，"平安州"里也不平安。所幸巧遇柳湘莲，赶走歹徒，夺回货物。至于买卖是赔是赚，书中未曾言明，大概也是"只算政治账，不算经济账"的。虽然弄点土仪分送大观园中诸人，但薛蟠毕竟不惯风霜，不服水土，一进京时便病倒在家，请医调治。

"怀古诗"的争论

有人说，《红楼梦》是一部"百科全书"，的确如此，即就文化而言，且不说其诗词、酒令、灯谜之蔚为大观，薛宝钗的"画工"（卷四十二），林黛玉的"诗论"（卷四十八），都有可观之处，而于史论，曹雪芹先生着墨不多，却提出了一个很有价值的重大问题。

《红楼梦》卷五十一"薛小妹新编怀古诗"一节，曾有一番争论。薛宝琴自小随其父游历山水，见多识广，与大观园姐妹相聚，写了十首怀古诗，其中的《赤壁怀古》、《交趾怀古》、《钟山怀古》、《淮阴怀古》、《广陵怀古》、《桃叶渡怀古》、《青冢怀古》、《马嵬怀古》八首，因其所涉曹操、马援、周颙、韩信、隋炀帝、王献之、王昭君、唐明皇故事，故无争议，只是《蒲东寺怀古》与《梅花观怀古》两首，涉及的只是文学作品，因此，薛宝钗提出了异议，"前八首都是史鉴上有据的，后二首则无考"，为凑满"怀古"十首之数，她向宝琴提议："不如另作两首为是。"然而，宝钗小姐的提议，却被黛玉指为"胶柱鼓瑟"、"矫揉造作"，而且黛玉的观点得到了探春与李纨的赞同或附议。

大观园诸人的争论，从现代人的观点看问题，实际上是关于历史研

薛蟠的文学观

究方法的争论。而"论从史出,寓论于史"的方法论,在当时亦不隔膜。然而,所谓的史,在历代统治阶级眼里,指的都是正史,即以《资治通鉴》、"二十四史"为代表的编年史或断代史。然而,许多有识之士却将"二十四史"称为历代帝王的"家族史"或"起居注",有的则将其称为封建统治集团的"相斫史",或者干脆将整部封建史称为"脏唐臭汉"、"弱宋腐明"。书中的薛宝钗是主流意识形态的代表人物,她所说的"史鉴",显然指的是正史。

怀古诗的创作,不涉及"史从证来"这个环节,"怀"也是"论",也有一个"论从史出"的问题。既曰"怀古",则"古必有之"或"史必载之"。如果不然,则是"无征之论"或"无稽之谈"。因此,宝钗小姐的观点,并非无的放矢。

社会现实,往往比"研究院所"或"专家沙龙"接触的史料更为丰富。任何历史都是当代史,任何朝代的统治者,对于历史资料的传承,都有两种基本的选择,即允许流传和记忆的,禁止流传和记忆的。前者,在史料,或无中生有,或添油加醋,旨在美化或强化;在古迹,或大加营缮,或重起台基,旨在教化或固化。后者,在史料,或文过饰非,或毁灭罪证,无非焚毁或篡改;在古迹,或置之不顾,或肆意毁弃,目的是使人淡化或遗忘。于此之外,则根据朝廷的胃口,制造一批"于史无考"但"于治有益"的伪史传、假古董,甚至以红肿为桃花,把脓汁当酥酪,粉饰帝王,歌颂极权,化腐朽为神奇,变丑恶为美善,毒化社会,愚弄百姓。此类"事迹",无代无之。

李纨女士的意见对此也提供了注脚。她指出:"古往今来,以讹传讹,好事者竟故意的弄出这古迹来以愚人。""关夫子一身事业,皆是有据的,如何又有许多的坟?"而且,"不止关夫子的坟多,自古来有名

"怀古诗"的争论

望的人，那坟就不少。无考的古迹更多。"正因为关夫子的"忠义"有利于统治阶级的"治道"，因此，不仅造坟、建庙，而且封了"关帝圣君"这类只有皇帝才可使用的名号。这类的历史当然属于允许流传和记忆的部分。

在李纨和林黛玉的意见中，关于《西厢记》与《牡丹亭》的评论，值得注意。由于《西厢记》、《牡丹亭》两书被视为"淫词艳曲"，如同《红楼梦》本身一样，曾经长期列为"禁书"。因此，李纨才有了"邪书"的说法，而黛玉小姐则心虚地声明："不曾看这些外传，不知底里。"然而，李纨认为："如今这两首诗虽无考，凡说书唱戏，甚至于求的签上都有。老少男女，俗语口头，人人皆知皆说的。"因此，应当视为"有史可考"的范畴，而且史学家也向来认为，在中国历史上，一些"外传"、"野史"，比起屡经官方篡改和虚构的正史，往往更能反映历史的本来面目。而这恰恰是被禁止流传或记忆的部分。

大观园诸人关于"怀古诗"的争论，其结果是四比一，这说明，曹雪芹先生对"正史"作为"论从史出"的唯一依据，似乎并未肯定。在林黛玉、李纨二人发表了以上看法之后，"宝钗听说，方罢了"。但并不表明薛小姐赞成了她们的观点，只是她在实践"与世无争"的做人哲学而已。

大观园不是历史研究所，林黛玉、李纨等人不是历史学家，但她们关于历史问题的说法，即使在今天仍然有着一定的现实意义。

大观园的开放意识

《红楼梦》中的大观园,原本是一个封闭的园林体系,是为恭迎元春省亲而突击建造的"形象工程",带有强烈的政治性。园林之内,不仅有山、水、泉、石这类的自然风光,也有鸡、鸭、稻、菽之类的田园景色,然而,这些都是为了体现主人身份、地位的亭台楼榭的点缀与修饰。如果说园林主人们是以这样的方式构建城乡协调发展的经济社会生态的话,那么,在精神文化层面则更加重视。大观园甫告竣工,贾政即带领宝玉和众清客相公,到各处门楣遍题匾额楹联,启用之际又让贾蔷从姑苏采买了戏子、尼姑、道姑各十二个。如此一来,大观园内,无论政治、经济、文学、艺术、宗教各个门类,都得到了全面体现,朱门高墙之内,可谓"万般皆备于我"。这座匠心独运、巧夺天工的园林,与计划经济年代"大而全"、"小而全"的发展典型庶几雷同。

在这样一个"桃花源"式的园林里,人们对于外部世界是没有什么兴趣的。《红楼梦》成书之际,虽然已届康雍乾"盛世"的尾声,但在英伦三岛,早已发生了工业革命。不过,大观园里对此并不知晓,也无人关心,照样吟诗、饮酒、吃螃蟹,照样弄权、赌博、包二奶。如果说大

大观园的开放意识

观园的主人们与外国事物完全隔膜，也不尽然，他们作为上层社会的成员，在他们的生活中，已经率先见识了不少进口物品。别的不说，他们穿有哆罗呢，吃有西洋鸭，药有依弗哪，玩有自鸣钟。然而，消费品的进口化，并不等于就有了开放意识。如果说，"爪哇国"只是来自俗语，"四大部洲"源自佛教，不足以构成现代世界的地理概念，那么，在他们的言谈话语中，毕竟也曾提及波斯（伊朗）、暹罗（泰国）、俄罗斯和福朗思牙（法国）。

这说明，至少在他们的意识里，已经"感觉"到，在"天朝统驭万国"、"天朝抚有四海"之外，还有羌狄蛮夷，而且蛮夷之邦也有一些好东西。可见，他们已经具备了初步的"开放意识"。《红楼梦》中关于国外事物的描述在卷五十二比较集中，这起因，又缘于薛宝琴进入大观园。而这个曾有过境外旅游经历的姑娘，对于大观园诸人的"开放意识"显然起了一定的催化作用。然而，他们的"开放意识"是什么层次呢？其一，居高自傲。王熙凤给黛玉小姐送了两瓶进口茶，问口感如何？宝玉插话："我尝了不好，也不知别人说怎么样。"凤姐道："那是暹罗国进贡的。我尝了不觉怎么好，还不及我们常喝的呢。"（卷二十五）对于荣国府这样的"钟鸣鼎食之家，翰墨诗书之族"，或许免不了"天朝意识"，对于周边国家，没有平等贸易的政策，只有岁纳朝贡的惯例。作为朝廷近臣的贾府，享受点儿贡品是完全可能的。其二，消费主义。晴雯病重，久治不愈，麝月去取鼻烟，宝玉揭开盒盖，里面是个西洋珐琅的黄发赤身女子，两肋又有肉翅，里面盛着些真正上等洋烟。晴雯只顾看画儿，宝玉催促道："闻些，走了气就不好了。"（卷五十二）西洋人何以黄发，西洋女子何以"赤身"，女子何以长着"肉翅"？"晴雯只顾看画儿"，说明她对这外来事物多少有些好奇和兴趣，而宝玉却只关心鼻烟的功能

薛蟠的文学观

与效用,至于"天使"或"安琪儿"的文化背景,贾宝玉这类有文化的人都不关心,何况他人!国人向来的规矩是,外邦的器物技能可以享用,外邦的制度文化视为禁区,这恰是清廷败亡的根本玄机。其三,不求甚解。天将下雪,贾母便命鸳鸯将一件孔雀毛氅衣送给宝玉,衣服很豪华,金翠辉煌,碧彩闪烁,贾母说:"这叫作'雀金呢',这是俄罗斯国拿孔雀毛拈了线织的。"(卷五十二)然而,俄罗斯地处高寒,并非孔雀产地,贾母此说,颇为可疑,极有可能弄错了俄罗斯的地理方位,拟或根本不知道俄罗斯到底在哪里。其四,以己度人。薛宝琴这位见多识广的姑娘,"八岁时随其父到西海沿上买洋货,遇到一个真真国的女孩子……带着倭刀也是镶金嵌宝的。……有人说他通中国的诗书,会讲'五经',能做诗填词"。至于这"西海沿"在何处,是印度洋还是大西洋,真真国在何方,是古真腊(柬埔寨)还是今荷兰,西海人何以带倭刀(日本刀)?不知所云。以国人的好恶评价万端,以本国的标准度量世界,则是国人历来的心理。于是,这位洋妞之所以可爱,只因其会作中国诗。宝琴根据记忆背诵了那个女孩的诗作后,评论说:"若论外国的女子,也难为他。"众人也说:"难为他!竟比我们中国人还强。"(卷五十二)

《红楼梦大辞典》的序言指出,曹雪芹创作《红楼梦》,约在乾隆初年。而此后不久乾隆皇帝对英国马戛尔尼使团说:"天朝物产丰盈,无所不有,原不藉外夷货物以通有无。"大观园的设计建造,体现的不也是这样的思想吗?这个古老帝国封闭的大门是被英国的坚船利炮打开的,而大观园封闭的大门则是被朝廷的查抄使臣打开的,不亦悲夫!

平姑娘的和谐观

看《红楼梦》，对平儿这个人一直感觉不错，她在荣国府属于好人堆儿中的一员。尽管李纨说她是王熙凤的"总钥匙"，但我觉得她在荣国府中所发挥的作用，虽然微不足道，但基本是正面的。

伟人讲，没有矛盾就没有世界。大千世界尚且如此，荣国府里，一个个乌眼鸡似的，恨不得你吃了我，我吃了你，更是矛盾的漩涡。因此，在荣国府建立和谐社会，基本上是不可能完成的任务。尽管如此，面对盘根错节的矛盾和尔虞我诈的冲突，解决起来，却至少有两种思路：一种是采取硬的办法，"打一顿，撵出去，配小子"，将矛盾压下去，表面上莺歌燕舞，鲜花着锦，实际上是百鸟噤声，万马齐喑，矛盾积压下来，越积越深，以致最后不可收拾。王熙凤走的就是这个路子。贾府后来的结局，也证明这个路子是失败的。另一种路子是采取软的办法，抹平裂痕，抚平创伤，表面上风和日丽，一片承平，其实矛盾仍在，问题依旧。至于裂痕如何形成，缺口如何弥合；创伤何人造成，如何追究责任，则不予追问，平安无事，一团和气，不但留下隐患，且耽误了解决问题的时间。平姑娘走的就是后一种路子。平姑娘的路子，并非只是出于一个大丫头的感性认识，该书卷六十二她还曾谈过一段这样的理性认识："大事化为小事，小事化为没事，方是兴旺之家。若是一点子小事便扬铃打鼓，乱折腾起来，不成道理。"这段感慨，大约可以看作她处理家政事务的和谐观。

平儿丢了虾须镯，事后查明系怡红院（贾宝玉的住处）的小丫头坠儿作的案。请看平儿的顾虑有多"周全"：一则担心宝玉脸上挂不住，本来宝玉是"争胜要强的"，"偏是他的人打嘴"；二则担心"老太太、太太听了生气"；三则袭人、麝月这些大丫环"也不好看"。于是采取了两个措施，一是"千万别告诉宝玉（坠儿的主子），只当没有这事，总别和一个人提起"；二是对荣国府的管理者王熙凤瞒而不报，且编了一套谎话，称镯子原来"丢在草根底下，雪深了，没看见。今儿雪化尽了，黄澄澄的映着日头，还在那里呢，我就拣了起来"。平儿的苦心，只是讨好了宝二爷，"宝玉听了，又喜，又气，又叹：喜的是平儿竟能体贴自己的心；气的是坠儿小窃；叹的是坠儿那样伶俐，作出这丑事来"（卷五十二）。在这一案件中，平儿作为事主，由于她模糊事件性质，放弃责任追究，大观园又没有及时采取像样的整改措施，以致不久又发生了更为严重的同类案件——王夫人房中的丫环彩云偷了主人的茯苓霜。

这一案件不仅牵涉到丫环玉钏、芳官、五儿等人，也牵涉到作为半个主子的赵姨娘和贾环。应当说，按照王熙凤的临时授权，平儿在处理这一案件时，态度是慎重的，调研是深入的，证据也是充分的。在这一过程中，虽然有说情的，有送礼的，有添油加醋的，也有奉承讨好的，但她排除了各种干扰，终于查明了事实真相。然而，处理的过程，并不等于处理的结果。出于"不肯'打老鼠伤了玉瓶'"、避免伤害探春脸面的心理，加上宝玉的一再建议，这一案件的责任最终由宝玉主动"应了"。正是由于宝玉身份的特殊性，案件于是不了了之。这样一来，虽然解脱了所有相关人员的责任与干系，虽然再次体现了平姑娘平息事端的

平姑娘的和谐观

水平和能力，然而，凤姐的担忧并不是多余的，"将来若大事也如此，如何治人。还要细细的追求才是"。平儿的观点却是："何苦来操这心！'得放手时须放手'，什么大不了的事，乐得施恩呢。……没的结些小人仇恨，使人含恨抱怨。……如今趁早儿见一半不见一半的，也倒罢了"（卷六十一）。在这种情况下，就是一向狠毒爽利的王熙凤也只好如此了。

如果说上述两起案件涉及的只是贾府奴仆或下属的话，那么，在与贾府主子有关的问题上，平儿的"身段"就更加柔软了。平姑娘本是凤姐的丫环，同时也是贾琏之妾，当她发现贾琏在生活作风方面的问题时，为了防止凤姐查出物证，同样采取了遮掩的态度。平儿的一再掩饰，不仅没能使得贾琏有所收敛，而且从"多姑娘"到"鲍二家的"（卷二十二、卷四十四），多发的风流丑闻，说明贾二爷已是变本加厉，终于发展到背着家族与家庭私娶尤二姐的重大事端。虽然平儿深知此一问题的严重性，及时向凤姐作了汇报，但贾琏一再在同一块石头上栽跟头，不能说与平姑娘前期对他的纵容没有一点关系。正是因为贾琏犯下这一被凤姐称为"背旨瞒亲，仗财依势，强逼退亲，停妻再娶"的大罪状，加之凤姐倚仗权势，干预司法，逼死张华、尤二姐等情，在朝廷查抄荣国府的风波中，构成了重大违法情节，从而加速了荣国府的衰败与没落。

平姑娘在荣国府的身份有点特殊，在主子面前她是奴才，在奴才面前她又是二等主子。她当然没有权力封锁舆论，她也没有条件查封网络，甚至没有凤姐一样的管理手段。因此，她的和谐观也就无法得到贯彻。应当说，平姑娘作为贾府成员，是希望家族和谐的，但由于其和谐观的核心是文过饰非，息事宁人，摆平关系，掩盖矛盾，因此，这种和谐观并不能真正导致和谐，这与当今一些地方官员只把"和谐"与"稳定"等同起来，如出一辙。

史太君的创作观

这位"太君",不是抗战影视中大日本皇军的"太君",而是《红楼梦》中那位德高望重的老寿星。贾母在荣国府,养尊处优,颐养天年,较少过问家事,当然也不存在什么创作问题。

但由于贾母时常听书看戏,见多识广,虽然老太君不从事创作,不等于她老人家没有创作思维,不懂创作规律。在卷五十四"史太君破陈腐旧套,王熙凤效戏彩斑衣"中,通过老太太对一些曲目的评点,可以看出她的创作思维或创作观,甚至远在一些时人或后人之上。

先说创作模式。艺术创作总是存在不同的创作模式,正是由于模式的多样化,才构成五彩缤纷的艺术世界。就艺术样式而言,有文学、绘画、书法、戏剧等;就文学形式而言,有诗歌、散文、小说、剧本等,即使剧本创作,也有不同的艺术形式,而不能如同"文革"中的"三突出",搞得大家倒了胃口。荣国府过元宵,夜宴听曲,贾母要求先审一下曲目,表演者称,"这是一段新书",讲的是"残唐五代的故事",叫做《凤求鸾》。不等介绍完,贾母笑道,"不用说,我已猜着了",并指出:"这些书就是一套子,左不过是些佳人才子,最没趣儿。……开口都是乡

史太君的创作观

绅门第,父亲不是尚书,就是宰相,一个小姐,必是爱如珍宝。这小姐必是通文知礼,无所不晓,竟是'绝代佳人'。只见了一个清俊男人,不管是亲是友,想起他的终身大事来……"由此可见,即使在当时,也存在创作模式的死板和僵化问题。本书作者将此称为"陈腐旧套",可见这种模式并非什么新东西,甚至在荣国府这样的上流社会也不受欢迎。这种人物模式化或情节模式化的创作手法,从表面看,似乎是创作者思想懒惰、墨守成规或才思枯竭、江郎才尽的表现,但是,假如运用这种近似《套中人》的思维方式来观察人生和社会,就会出问题。比如,推动改革如何成了"资改派",研究改革的会议如何成了"西山会议",《物权法》如何就一定"违宪",民主、法治、人权、平等如何成了戈氏的"新思维"等,之所以得出这种结论,正是由于仍将某些"陈腐旧套"当作绳墨万端的金科玉律。

次说价值追求。任何一种创作,除了对于外在形式的追求,肯定要反映作者的价值准则和审美情趣,或雅俗或善恶之类。即从"政治正确"的角度看问题,贾母认为,《凤求鸾》这类的曲目也很成问题。她针对一些剧目中,佳人一见才子,就不顾礼法,想起终身大事,"父母也忘了,书也忘了,鬼不成鬼,贼不成贼,那一点儿像个佳人?就是满腹文章,做出这样事来,也算不得是佳人了。比如一个男人家,满腹的文章,去作贼,难道那王法就看他是个才子,就不入贼情一案不成"?贾母在这里所作的是价值判断。作为荣国府的"老祖宗",她的价值理念虽然代表了贾府的"主旋律",但仍然具有社会的、历史的特点。其实,对任何艺术形式来说,价值追求恐怕都是必要的。然则,在当时当地呈现"正值"的价值追求,比如"祚永运隆"、"圣君明臣"、宫廷权争以及关于才子佳人的说法和观念,不顾时代的发展、社会的变迁,不加选择地移到今天,

157

甚至体现出比曹雪芹更为古远、陈腐的历史观，而且当仁不让地占领官方影视频道，这样的价值追求只能体现为"负值"效应。

再说内在逻辑。在以形象塑造为主的艺术创作中，无论语言、情节还是思维，都必须遵循基本的思维逻辑。如果逻辑不通，情理不合，自相矛盾，不但谈不上什么艺术感染力，而且会增加受众的反感，进而有损作者的清誉。贾母以其丰富的社会阅历，也看出了此类剧目在逻辑方面存在的问题。贾母指出："既说是世宦书香大家小姐……自然大家人口奶妈丫鬟伏侍小姐的人也不少，怎么这些书上，凡有这样的事，就只小姐和紧跟的一个丫头？你们自想想，那些人都是管做什么的，可是前言不答后语不是？"贾母在这段议论中，所称的"前言不答后语"、"自己堵自己的嘴"，都是从逻辑方面进行的批评。可见，她对艺术创作中的逻辑思维并不外行。以反映现实生活为内容的作品，如果逻辑不通，情理不合，处处驴唇不对马嘴，并不能说明作者在以"高于生活"而"干预生活"，只能反映作者的弱智与低能。比如当前以抗战为题材的影视，不可一世的日本侵略者总是被一个或几个中国孩子耍得束手无策。按照这样的逻辑，八路军的山地游击，国民党的"正面战场"，乃至美军的太平洋作战，岂不都成了小题大做。试图以这样的作品"塑造人"、"教育人"、"引导人"、"武装人"、"激励人"、"鼓舞人"、"感染人"的种种努力，只会徒增笑料。

这些模式僵化、价值扭曲、逻辑错乱的作品，是如何出笼的呢？贾母分析道："编这样书的人，有一等妒人家富贵的，或者有求不遂心，所以编出来糟蹋人家。再有一等人，他自己看了这些书，看邪了，想着得一个佳人才好，所以编出来取乐儿。"说穿了，都是因为不便与外人道的"名利"思维在作祟，正是在这个意义上，凤姐将贾母的这通议论称为《辨谎记》，倒也合乎实际。

"时宝钗"

平常我所翻阅的《红楼梦》，有两个版本，一为庚辰本，一为程甲本（我说的版本，并非什么珍本、善本，只是后人基于上述版本校释批注的一般出版物），两个本子，翻阅之时，两相对照，倒也有些意思。

比如，程甲本卷五十六"敏探春兴利除宿弊，贤宝钗小惠全大体"，在庚辰本中，就变成了第五十六回"敏探春兴利除宿弊，时宝钗小惠全大体"。两个回目，一字之差，即一个作"贤"宝钗，一个作"时"宝钗。这里的"时"，在我看来，并没有什么时尚、时髦的"小资"风习，当然也没有与时俱进的微言大义，但却有截然相反的两种评价，一是说薛宝钗协理荣府家政不得其时，招人嗤笑，其行径几乎与卫国新妇无疑；一是说薛宝钗颇识时务，与王夫人配合默契，从而预示了"宝二奶奶"的光明前景。

卫国新妇的故事见于《战国策》卷三十二：

卫人迎新妇，妇上车，问："骖马（注：两侧的马），谁马也？"御曰："借之。"新妇谓仆曰："拊骖，无笞服（注：服，中间的

159

薛蟠的文学观

马)。"车至门,扶,教送母(注:送母,伴娘):"灭灶,将失火。"入室见白,曰:"徙之牖下,妨往来者。"主人笑之。此三言者,皆要言也,然而不免为笑者,早晚之时失也。

下面再看一下这个"时宝钗",是否与之有点儿相似。书中所描写的情节,其实从第五十五回"辱亲女愚妾争闲气,欺幼主刁奴蓄险心"就开始了。薛宝钗协理荣府家政,有被动与主动两个层面。

被动的层面:王夫人见凤姐病情一时不能痊愈,探春与李纨暂难谢事,园中人多,恐失于照管,特请了宝钗来,并作了详细交代。按常理,宝钗本系亲戚,不应经管荣府家事;何况宝钗原是一个极会处事、"不干己事不张口,一问摇头三不知"的人,王夫人为什么向宝钗提出这一要求,宝钗为什么欣然接受,这里面的确有一些超乎常理的东西在,那就是对于"宝二奶奶"的憧憬与期待。

主动的层面:由于荣府家事繁杂,探春、李纨每日在"议事厅""现场办公",宝钗则每日在上房值班监察,辛苦是一定的,然而,"每于夜间针线暇时,临寝之先",宝钗还要"坐了小轿带领园中上夜人等各处巡察一次"。按照旧礼教,一个待字闺中的千金小姐,不避嫌疑、积极主动地执行夜间巡察任务,此种举动,并不让于卫国新妇,何况王夫人并未赋予她此项职责。

在本回目中,凤姐与平儿曾就大观园诸人多所评论,曾经指出:"林丫头和宝姑娘,他两个倒好,偏又都是亲戚,又不好管咱家务事。况且一个是美人灯儿,风吹吹就坏了;一个是拿定了主意,'不干己事不张口,一问摇头三不知',也难十分去问他。""都是亲戚"是一层,涉及伦理关系;"一问摇头"是另一层,涉及处事方式。然而,对于此时的宝姑

"时宝钗"

娘，以凤姐之精明，何以竟然失去了识别力？冯其庸先生在《瓜饭楼重校评批〈红楼梦〉》中这样解释："于此可知王夫人心意，亦可知宝钗心意矣。"以此观之，所谓宝钗之"时"，其所涉及的绝非卫国新妇之类的低等过失，而是对于"预备役"和"实习期"的心有灵犀、心知肚明、心照不宣的"识时务"之举。

宝钗这种基于现实功利的"时务哲学"，在分析社会事务时，按说她会采取"与时俱进"的学术态度，然而，此后不久（第五十六回）她曾笑着批评探春说："你才办了两天时事，就利欲熏心，把朱子都看虚浮了。你再出去见了那些利弊大事，越发把孔子也看虚了！"三姑娘果然是一个有性格的人，她笑道："你这样一个通人，竟没看见姬子书？当日《姬子》有云：'登利禄之场，处运筹之界者，窃尧舜之词，背孔孟之道。'"姐妹之间，本系玩笑，然而，这却充分表现了宝钗姑娘对于程朱理学、孔孟之道的尊崇和信奉，同时也深刻揭示了宝钗姑娘的"两面人"特点，而贾宝玉厌恶的恰恰是这种沽名钓誉、国贼禄鬼。由此可以看出，这已经潜伏了"金玉良缘"的婚姻悲剧。

大观园建设"节约型社会"

大观园建设"节约型社会"至少是一个伪命题,看看秦可卿葬礼的泼天靡费,看看贾元春省亲的极度奢华,看看大观园宴饮的大肆铺张……谁能相信荣宁二府能建设什么"节约型社会"?

这一设想产生于李纨、探春与宝钗这个临时"三人小组"主持荣府家政之始。"三人小组"的核心人物是探春,她在制订改革方案时,不仅赢得了王夫人的支持,也得到了凤姐的默许,同时,也有宝钗等人的协助。建设"节约型社会"的构思,在贾府存在一定的社会基础。《红楼梦》卷五十三,贾珍就贾府的败落局面,向其佃户乌进孝作过这样的形容:"黄柏木作磬槌子——外头体面里头苦。"在卷五十五,凤姐也曾向平儿说过:"家里出去的多,进来的少……若不趁早儿料理省俭之计,再几年就都赔尽了。"由此可见,对于建设"节约型社会",并非探春等人的"新思路",实在是不得不尔的无奈和迫切。

在该书卷五十六"敏探春兴利除宿弊"一节,探春一方面了解到贾府内部管理上的种种弊端,另一方面又通过其他途径得知了赖大家的实行承包制的初步经验,"除他们带的花儿、吃的笋菜鱼虾,一年还有人包大观园建设"节约型社会"

了去,年终足有二百两银子剩",不禁感叹道:"一个破荷叶,一根枯草根子,都是值钱的。"宝钗笑道:"真真膏粱纨绔之谈。你们虽是千金,原不知道这些事,但只你们也都念过书,识过字的,竟没看见过朱夫子有一篇《不自弃》的文么?"

宝钗举出的《不自弃》,如同改革初期有人发现马克思也曾炒过股票,从而为开放股票市场提供了合法性一样,至少也为探春等人的承包制提供了理论依据。朱夫子是什么人?朱夫子即大名鼎鼎的朱熹先生,他是程朱理学的代表人物,是"当代"的"孔孟之道",也算是圣人之徒。本回目后有注云:清刻本《朱子文集大全类编》卷二十一《庭训》中有《不自弃》一篇;又有注云,或说此文为托名之作,并非朱熹所著。在清钱泳《履园丛话》卷七中,又有唐权文公(权德舆,字载之)也有《不自弃》的说法。总而言之,她们的做法,至少是圣人或者古人"曾经指出"了的。仅仅为了控制公子小姐的些许开支、日常花费,薛宝钗何必搬出圣人之训、古人之言呢?李纨嘲笑她热衷"对讲学问",她解嘲道:"若不拿学问提着,便都流入世俗去了。"正是因为上升到"曾经指出"的理论高度,才有了"由此可见"的现实合理,这样,在老爷、太太那里才好交代。

《不自弃》有云:"顽如石而有攻玉之用,毒如蛇而有和药之需。粪其秽矣,施之发田则五谷赖之秀实;灰既冷矣,俾之洗浣则衣裳赖之以精洁。食龟之肉,甲可遗也,南人用之以占年;食鹅之肉,毛可弃也,峒民缝之以御腊。类而推之,则天下无弃物矣。"并由此得出结论说:"夫天下之物,皆物也。而物有一节之可取,且不为世之所弃,可谓人而不如物乎!"

顽石、毒蛇、龟甲、鹅毛乃至秽粪、冷灰这些看来毫无价值、本属垃圾的东西，都有使用价值，人们又岂可暴殄天物？如果不能做到"物尽其用"，岂非"人而不如物乎"！这一理论似乎是"与时俱进"的，不仅符合"节约型社会"的要求，甚至具有发展"循环经济"的意思。任何关于社会建设的方案，都可以视为一项改革。探春主政之始，蠲除哥们儿的学杂费，停发姑娘们的脂粉钱，如果说改革这类重复开支尚属于俭省节支的范畴，那么，她要在大观园进行的承包制，则属于开源节流了。按照"天下无弃物"的思想进行的改革，并不涉及荣府的整个管理体制，列入"节约型社会"规划的，只有大观园中的花卉竹木、菜蔬稻稗、禽鸟兔鹿之类。改革的范围有限，从而也就减少了改革的阻力。这个"三人小组"在设计改革方案时，倒是费了不少脑筋，甚至可以说考虑得相当周密。在经营上，老祝（谐音"竹"）妈管竹林，老田妈管稻田，老叶妈管蘅芜院与怡红院长叶的花木……为实行承包制，曹雪芹先生因事设"人"，且专业对口，自无不妥；在分配上，探春小姐不仅包产到户，而且实行利益共享，以最大限度地惠及众人；在经费上，减少管理层次，避免层层盘剥，财权局部独立，以减少既得利益者设置的阻力。然而，探春的努力，改革的效果，未见多么辉煌，整个荣国府倒是"从兹后，步步下坡路"。

由此可见，这种立足"物质不灭"、"物尽其用"思路的改革，并不能挽救贾府的危局。贾府上下，主子们骄奢淫逸，奴才们尔虞我诈，即就王熙凤这个荣国府实际上的掌权人来说，骄横跋扈，贪赃枉法，终于导致大观园被朝廷抄检。荣宁二府"忽喇喇似大厦倾，昏惨惨似灯将尽"，"岂天意乎，非人事也"，岂是节省几个脂粉小钱、减少区区竹木之费所能挽回的？

探春的改革

改革开放肇始,家庭承包初起,就有人借探春的改革说事儿,这是我最初看到的将"红楼"故事与现实联系起来的写法。就实说来,探春等人的改革(见该书卷五十六"敏探春兴利除宿弊"一节),是很不彻底、很不系统、很不深入的。这次改革只限于大观园的花草竹木,至于贾府的管理体制、家族关系、典章制度、社会价值等,这类涉及政治体制和意识形态层面的东西,是一概不能动、也不敢动的。所谓兴利除弊云云,兴的只是小利,除的也只是小弊而已。

然而,任何有利于发展与进步的改革都是值得肯定的。如果不是求全责备,探春这种责权利相统一的改革,也的确调动了劳动者的积极性,从而收到了比较明显的预期效果。

任何改革,要想得到人们的支持,就必须有利于增加人们的利益。人们只有从改革中真切地得到实惠,才会增强生产过程的责任感,才会提高生产成果的关切度,才会真正关心和支持改革。该书卷五十九"柳叶渚边嗔莺叱燕"一节,从丫环春燕的谈话中,可以真切地感受到这一点:"幸亏有了这园子……家里省了我一个人的费用不算外,每月还有

薛蟠的文学观

四五百钱的余剩……这一带地方上的东西都是我姑妈管着,她一得了这地,每日起早睡晚,自己辛苦了还不算,每日逼着我们来照看,生怕有人遭蹋……你还掐这些花儿,又折他的嫩树,他们即刻就来,仔细他们抱怨。"这是一个改革参与者的视角。

而从改革旁观者的视角,也同样可以证明这一改革的实际效果。在该书卷六十七,怡红院的大丫环袭人来到沁芳桥畔,"看见那边葡萄架底下,有人拿着掸子,正在那里掸着什么。走到跟前,却是老祝妈"。袭人问她做什么?老祝妈道:"我在这里赶蜜蜂儿。今年三伏里雨水少,这果子树上都有虫子,把果子吃的疤瘌流星的,掉了好些下来。姑娘还不知道呢,这马蜂最可恶的,一嘟噜上,只咬破三两个儿,那破的水滴到好的上头,连这一嘟噜都是要烂的。姑娘,你瞧,咱们说话的空儿没赶,就落上许多了。"袭人道:"你就是不住手的赶,也赶不了许多。你倒是告诉买办,叫他多多做些小冷布口袋儿,一嘟噜套上一个,又透风,又不遭蹋。"婆子笑道:"倒是姑娘说的是。我今年才管上,哪里知道这个巧法儿呢。"在这段对话中,老祝妈承包后的责任感与初次承包的没经验,可谓绘声绘色。袭人姑娘也许并非出于支持改革的自觉,她向老祝妈提供的果品管理技术,倒也并非凭空杜撰,这种技术笔者在胶东半岛也曾见到过。

前面提到的,无论是改革的参与者,还是改革的旁观者,都是贾府的佣工或下人,而贾府其他的主子们对这场改革是如何评价的呢?在该书卷六十二,宝玉对黛玉提及探春时说:"你不知道呢,你病着时,她干了几件事。这园子也分了人管,如今多掐一根草也不能了。又蠲了几件事,单拿我和凤姐姐作筏子。最是心里有算计的人,岂只乖呢!"黛玉道:"要这样才好。咱们也太费了。我虽不管事,心里每常闲了,替他们

探春的改革

一算，出的多，进的少，如今若不省俭，必致后手不接。"这说明，探春的改革，在贾府主子之间，并非没有分歧。从宝玉的口气中，很难得到肯定的印象，这是因为宝玉本身就是既得利益者。而从黛玉的评价中，似乎又赞赏有加，这可能是因为旁观者清。

作为这场改革主导者，这位敢作敢为、办事干练、被人称为"玫瑰花"的三姑娘，是个有远见、有抱负、有作为的年轻女性。她在改革之初就曾宣示："我但凡是个男人，可以出得去，我必早走了，立一番事业，那时自有我一番道理。"（卷五十五）然而，她的改革似乎已被她的命运所注定，这个"才自精明志自高，生于末世运偏消"（卷五）的才智不凡、生不逢时的姑娘，果不其然，在她因父母之命远嫁海疆之后（卷一百），大观园的改革立马停摆了。已经实践证明行之有效的改革措施遭到废止，大观园终于实现了旧制度的复辟，"园中出息一概全蠲，各房月例重新添起，反弄得荣府中更加拮据。那些看园的没有了想头，个个要离此处……以致崇楼高阁，琼馆瑶台，皆为禽兽所栖"（卷一百二）。由此可见，旧体制的顽固惰性与强大惯性，单靠探春小姐个人的努力，"积重"是肯定"难返"的。对于贾府已经土崩瓦解的局面，仅剩的清客相公程日兴看得很明白："我在这里好些年，也知道，府上的人那一个不是肥己的？一年一年都往他家里拿，那自然府上是一年不够一年了。……那一座大的园子，人家是不敢买的，这里头的出息也不少，又不派人管了的。……这都是家人的弊。"（卷一百十四）

探春的改革是悲壮的。她通过一项十分有限又十分有效的改革，试图挽救贾府的颓势，无疑是贾府全面改革的试验田。然而，这种在"螺蛳壳中做道场"的改革，旧的体制可能容忍，但却不可能深化。这一改

167

薛蟠的文学观

革之所以如此悲壮,从根本上讲,是由于改革本身的匹马单枪、孤军深入。这种单纯依靠改革者个人意志的改革,只要探春主政,人在政举,人在改革在;一旦探春远嫁,必然人亡政息,人亡改革亡。这几乎是社会的定则和历史的规律。

薛宝钗的分配政策

因为社会上出现了分配不公,人们开始寻找疗治这一社会弊病的验方。方案是多种多样的,有人独辟蹊径,专门考察了薛宝钗的分配政策。

凤姐患病期间,王夫人指定李纨、探春、宝钗三人临时主持工作。这样,大观园的管理体制,就从凤姐的"个人独断型",变为李纨、探春、宝钗"三驾马车"的"集体领导型"。这个临时管理机构的核心,是"才自精明志自高"的探春姑娘。

此前的探春作为旁观者,对贾府弊端感同身受,因此,虽然只是临时主事,为了实现自己的抱负,为了挽救贾府的颓势,探春作出了积极的努力。《红楼梦》卷五十六"敏探春兴利除宿弊",说的就是探春的改革故事。

就大观园的改革本身来说,似乎没有多少新意,其实质与形式,都近于我们改革之初的联产承包制。想一想当初我们曾经遇到的阻力,在200多年前清代文人曹雪芹的笔下,对改革作出这样的探索,已经是弥足珍贵了。

然而,任何改革,无论是经济的、政治的、文化的、社会的,都会涉及既有的利益格局。大观园的这场改革，也同样是利益格局的调整，所以，探春改革之始不仅开罪了前任领导者凤姐，也得罪了自己的生身母亲赵姨娘，至于吴新登家的那些偷懒耍滑之辈更是不在话下。但是，改革的优越性也是显而易见的："一则园子有专定之人修理花木，自然一年好似一年的，也不用临时忙乱；二则也不至作践，白辜负了东西，三则老妈妈们也可借此小补，不枉年日家在园中辛苦；四则亦可以省了这些花儿匠、山子匠并打扫人等的工费，将此有余，以补不足，未为不可。"一、三两条属于"开源"，二、四两条则属"节流"，改革方案较好地体现了经济与社会、人与自然的和谐发展。

探春在改革中的主导作用是显而易见的，而宝钗的作用也同样重要，此回目还有一句："贤宝钗小惠全大体"，于此可见一斑。对于宝姑娘的分配政策，在评价上是有异议的，有人将之称为"平均主义"、"大锅饭"，甚至有人指责其为"小恩小惠"、"收买人心"，尽管如此，宝姑娘在分配问题上所持的基本原则，还是应当肯定的。

一是公平分配的原则。如前所述，改革虽然对于大观园的"开源节流"具有毋庸置疑的优越性，但在改革的启动阶段，毕竟只有几位承包人直接受益。针对这一问题，宝姑娘指出："如今这园里几十个老妈妈们，若只给了这个，那剩的也必抱怨不公。"作为承包者，"他们既辛苦了一年，也要叫他们剩些，贴补自家。虽是兴利节用为纲，然亦不可太啬"。同时，这些承包人也不能"稳吃三注"，"一年竟除这个之外，他每人不论有余无余，只叫他拿出若干吊钱来，大家凑齐，单散与园中这些妈妈们（未参与承包的）"，"他们虽不料理这些，却日夜也自在园中照看"。

二是照顾弱者的原则。大观园并非只是公子小姐的乐园，这里其实是一个等级森严的微观社区。其中不仅有着主子、奴仆的尊卑之别，就

薛宝钗的分配政策

是奴仆本身，也分成了若干等级。特别是一些从事苦累脏险活计的下层奴仆，更是大观园的弱势群体，他们如同早期的"农民工"，正是他们的辛劳，才保证了大观园的正常运转。宝钗认为，大观园虽然实行联产承包，一些弱势群体的利益也是必须关照的，比如，园子里的那些不管"大雨大雪"专门负责"关门闭户，起早睡晚"的当差之人，那些为保障小姐们出行专门从事"抬轿子，撑船，拉冰床"的小子们，"一应粗重活计，都是他们的差使；一年在园里辛苦到头，这园内既有出息，也是分内该沾带些的"。

三是利益共享的原则。改革的目的是为了发展，但发展的目的却并不总是为了改革。只有改革成果惠及众人，才能保证改革的原动力，也才能保证大观园的整体和谐。也许宝姑娘出身皇商的缘故，她敏锐地注意到了这一点："如此一行（指改革），外头账房里一年少出四五百银子，也不觉得很艰啬了；他们里头却也得些小补；这些没营生的妈妈们，也宽裕了；园子里花木，也可以每年滋长繁盛；你们也得了可使之物，这庶几不失大体。"五个"也"道出的是改革的成效，她同时指出，不光"穷百姓、富财政"不可取，假如"凡有些余利的，一概入了官中，那时里外怨声载道，岂不失了你们这样人家的大体"？而且，分配不公也同样不利于和谐，"如今这园里几十个老妈妈们，若只给了这个，那剩的也必抱怨不公"。

接着，宝钗姑娘作了进一步分析：假如分配政策不公平，改革成果并未惠及群众，"你们只顾了自己宽裕，不分与他们些，他们虽不敢明怨，心里却都不服，只用假公济私的，多摘你们几个果子，多掐几枝花儿，你们有冤还没处诉说"。这如同我们曾经的人民公社，这就不仅是影响群众参与改革的积极性了，而且已经危及整个社会的稳定。假如分配

薛蟠的文学观

政策是公平的,"他们也沾带些利息,你们有照顾不到的,他们就替你们照顾了"。这样一种各得其所,各尽其力,覆盖广泛的社会保障政策,对于世道人心,对于社会和谐,自然会产生良性效应。

然而,无论探春的改革方案还是宝钗的分配政策,都存在太大的局限性,他们所要保障的,"不过是园里的人的动用","不过是头油、胭脂、香、纸……再者,各处笤帚、簸箕、掸子并大小禽鸟、鹿、兔吃的粮食"。可以肯定地说,这种无人授权的改革实验是没有结果的,如果不触动贾府的体制问题,类似大观园的大兴土木,贾元春的豪华归省,秦可卿的泼天葬礼,就不可避免,探春、宝钗的"小儿科",根本无法挽救贾府乃至整个封建社会"忽喇喇似大厦倾,昏惨惨似灯将尽"的必然命运。

柳嫂子走后门

如同英语的短语,汉语中也有许多常用语,其含义与字面意思相去甚远,"走后门"就是一例。作为一种社会现象,这个词汇出现在20世纪70年代初,"文革"其时已是强弩之末,"批林批孔"仍在蹒跚运行,但各种社会弊端已在逐渐显现,"走后门"成风就是表现之一。不过,这种扭曲的社会行为并不是"文革"的发明,在《红楼梦》中就有不止一桩这样的例子。

贾宝玉是荣国府根正苗红的接班人,攀上了宝二爷,面子里子全有,前途也一片光明,因此,贾府的下人巴望着能进怡红院,到宝二爷身边做奴隶,那是一种相当期待的心理。柳家的在大观园厨房主事,负责公子小姐的饮食服务工作,这为她接触大观园上层社会提供了极好的机会。柳家的有个女儿,年方十六,叫做五儿。该书卷六十称,只"因素有弱疾,故没得差",至今仍是待业青年。因工作之便,这柳嫂子与怡红院的丫环芳官经常接触,于是,她打算走芳官的"后门",为女儿在怡红院谋个差事。凡曾走过"后门"的人都明白,要通过"走后门"达到目的,办成某事，必须具有相应的条件和机缘，没有这些条件和机缘，"后门"在哪里恐怕都找不到门径。柳家的找芳官就具备几个相应的要素。一是就动机来说，女儿待业，亟须安排，况又听说怡红院差轻人多，且宝二爷向来对丫环不错，将来孩子肯定有个好归宿。何况，能攀上宝二爷这样的高枝，对于她这个下人来说，那是莫大的幸运。二是芳官在梨香院唱戏时，柳家的就是戏班的差役，而且对芳官等人多有照顾，处得不错。现在求她办事，料她帮忙不成问题。三是芳官现在怡红院应差，与宝玉朝夕相处，作为宝玉身边工作人员，在做工作方面具有独特优势。四是怡红院的丫环恰巧缺编，补充缺额正是时机，正如芳官对五儿所说："正经还少两个人的窝儿，并没补上……如今要你一个也不算过分。"五是自己的孩子完全符合怡红院的"进人"条件，书中称，这五儿"虽是厨役之女，却生得人物与平（平儿，王熙凤的丫环）、袭（袭人，贾宝玉的丫环）、鸳（鸳鸯，贾母的丫环）、紫（紫鹃，林黛玉的丫环）相类"，说明小姑娘模样儿长得标致，具有先天优势。几种条件和机缘凑在一起，就有了办成的可能。

不过，"走后门"也是一种学问，愚笨如我者，即使钱财备好，也未必能送进府里去，更别说能办成什么难度系数相应的事项。柳家的似乎先天就有这种本事，而这种本事则往往透着一种势利。且看她是如何"看人下菜碟"的（她本来主事厨房，如此说法，倒也贴切）。

所谓"走后门"，本非"应然"之事，多系"或然"之托。既是属于可办可不办的范围，主要是看"感情投入"或"物质投入"的程度或力度，必须让被求者感到某种程度的情真意切、盛情难却或却之不妥，只有这样，才能提高办事的把握与效率。既然柳家的有求于宝二爷，因此，在向芳官打了招呼之后，怡红院的大事小情，都要当作"头等大事"；宝二爷的丫环小厮,都要实施"重点照顾"。她利用工作之便,对怡红院件件"政策倾斜",处处"待遇优先",这让迎春的丫环莲花儿很看不过眼:"前日春燕来说,晴雯姐姐要吃芦蒿,你怎么忙得还问肉炒鸡炒?春燕说荤的不好,才另叫你炒个面筋儿的,少搁油才好,你忙得倒说自己'发昏',赶着洗手炒了,'狗颠屁股儿'似的,亲捧了去。"原因无他,盖春燕、晴雯二人都是怡红院的丫环。

柳家的很明白自己的身份,她没有资格直接去求宝二爷,只有芳官才是她的"关系人"。她的事能否办成,办得快慢,关键取决于芳官的积极性。因此,她对芳官更是处处逢迎,多方关照。一次,芳官对她说:"柳婶子,宝二爷说了,晚饭的素菜,要一样凉凉的酸酸的东西,只不要搁上香油弄腻了。"柳家的马上笑脸奉承,热情相邀:"今儿怎么又打发你来告诉这么句要紧的话呢?你不嫌腌臜,进来逛逛。"芳官进得厨房,这柳家的如同商场的"促销小姐",热情得手忙脚乱、满脸堆笑,先是端出一碟热糕热情款待,又现通开火为其"炖口好茶"。讨好芳官不为别的,她心中所念的就是自己的事情,果然,"见人散了",她接着就问芳官:"前日那话说了没有?"

"用着的靠前,用不着靠后",似乎是"走后门"的行内哲学。在这点上,柳家的表现尤其露骨。以迎春小姐为例,同样是大观园的主子,同样是她的"孝敬对象",缀锦楼与怡红院就差了"节气"。莲花儿作为迎春的丫环,对柳家的公开表示了抗议,"前儿要吃豆腐,你弄了些馊的","今儿要鸡蛋,又没有了",气的莲花儿从厨房翻出鸡蛋,柳家的又声称:"通共留下这几个,预备菜上的浇头。""预备遇急儿的。"又指责莲花儿:"你们深宅大院,水来伸手,饭来张口,只知鸡蛋是平常物件,哪里知道外头买卖的行市呢?"只因迎春是大老爷(贾赦)那边的人,

薛蟠的文学观

本系庶出，且又懦弱，因此，在她眼里，分量就减轻了不少，身份也就矮下去半截。

五儿的工作最终是"调成"了，不能说这与柳家的这套善于钻营、工于心计、出于势利没有关系。这中间，虽然她和女儿险些被牵涉进一桩盗窃案，好在有"判冤决狱平儿行权"，总算没出大的问题。

秦显家的上任记

未曾作文,先要解题。我原以为,在男尊女卑的传统社会中,女子出嫁要随夫姓,这种情况只有中国才有。其实不然,中国的乒乓球女单冠军何智丽,嫁到日本,改名小山智丽,因为她当时的丈夫叫小山英之;正在竞选美国总统的纽约州参议员希拉里·克林顿,一看名字就知道她与前总统克林顿的"特殊关系"。《红楼梦》中的"秦显家的",就是秦显的老婆。从这个名字也可看出,中国与外国确有不同,如"张王氏",还保留了本姓;而"秦显家的",则连本名也被忽略了,在丈夫名讳之后,只剩下了"家的"。在华北农村,仍有这样的称呼。

如果仅仅因为这个连平儿都"不大相熟"的女人,本来没有话说,只因她曾经兴头一时的"官场经历",就值得写一篇文章。在大观园里,为公子小姐备饭,是一个重要而风光的岗位。因厨房主管柳家母女涉嫌与一桩盗窃案有染,大观园的管家娘子林之孝家的——又一个"家的"——趁机将这个原本在"南角子上夜的"秦显家的派到园里,担任了厨房主管。

管理厨房官职不大,但大小是个官。既是官,就要履行官场的程序,遵循官场的规矩,而这个秦显家的虽身为奴仆,一旦当起官来,却无师自通，毫不含糊。曹雪芹先生是大家，他在卷六十二只用了四个"又"，二百字，就栩栩如生地塑造了这个一时得意的"半日京兆"的种种丑态。

"又查出许多亏空来"。官员履新，第一桩要紧的事，是办理接收手续。办理接收，先要查清账目。好在厨房不管资金，于是，她着力在"接收家伙、米粮、煤炭等物"上下工夫。一般说来，新官的政绩，最希望在前任的"烂摊子"上创造出来，秦显家的似乎深明此道。通过深入细致的工作，终于被她"查出许多亏空来"，"粳米短了两担，长用米又多支了一个月的，炭也欠着额数"。查出前任的漏洞，就可以为自己下一步的施政带来许多主动：搞砸了，是前任留下的基础太烂；搞好了，则是本届施政的能力超强。同时，为自己施政期间也从事鼠窃狗偷的勾当预留了空间。

"又打点送林之孝家的礼"。谁提拔的干部为谁负责，这个道理，在大观园里似乎也通用。而且新任的官员，首先是动用公帑打点上司，甚至惠及衙役。这似乎是古已有之的规矩。林之孝家的提拔了她，她就是林家线上的人，何况林家又交给她"肥差"一桩。这种栽培、重用之恩，不能只用红口白牙来感谢，同时，这也为进一步抱紧粗腿、攀紧高枝奠定基础，于是她"悄悄的备了一篓炭，一担粳米在外边，就遣人送到林家去了"。林家运用权力为她提供了资源，她用资源回报林家的权力。这大约就是"'政治''经济'学"中"权钱交易"一章的基本要义吧。

"又打点送帐房的礼"。应当说，秦显家的很有头脑，"打点帐房"正是她的过人之处。做了厨房主管，免不了与财务部门打交道，与账房搞好关系，多捞巧占，虚支冒领，走个黑账，洗个黑钱，自然多了一条门路，多了一处照应。查处贪渎大案，发现一条规律，权力主管与财务主管往往通同作弊，狼狈为奸。后者或是前者的喽啰，前者或是后者的伙计。说不上这就是秦显家的提供的早期经验。

秦显家的上任记

"又预备几样菜蔬请几位同事的人"。秦显家的似乎很有现代意识。她的新职既不是来自徒具形式的群众选举,也不是来自黑箱剪裁的民意测评,但她知道,要想在厨房站住脚,这里的同事也是得罪不得的。于是,收买人心的工作,并不是可有可无的事情。因此,她不仅"预备几样菜蔬"请大家撮一顿,而且发表了情真意切的"就职演说":"我来了,全仗列位扶持。自今以后都是一家人了,我有照顾不到的,好歹大家照顾些。"

曹雪芹先生的四个"又",形象生动地叙述了秦显家的"走马上任"四部曲。读到这里,不禁掩卷叹息。从秦显家的生活的那个年代算起,为何由封建官场滋生的此种遗风余绪,即使在现代社会仍然不绝如缕。《康熙大帝》的主题歌唱道:"真想再活它五百年",如果这个老鬼仍然健在,这该是一个多么黑暗与可怕的世界。此其一。在大观园中,秦显家的只是一个微不足道的小人物,只是一介奴仆。按照阶级斗争学说,她所属的群体应当是贾氏贵族的掘墓人。然而,何以这些奴仆一旦得势(如果主持厨房也算得势的话),竟然如此仿真地拷贝了她的主子?此其二。作为下人,秦显家的见到主子整日腐败糜烂、花天酒地,少不得暗中骂娘。为何一旦自己有了条件,也同样欲火中烧、欲壑难填?这是否"大官大贪,小官小贪,不是不贪,无缘沾边"的注脚呢?此其三。篇幅所限,余不一一。

似乎要为小说留下一丝光明,曹先生在书中没有让这种人得逞。秦显家的刚刚作完"就职演说","正乱着,忽有人来说:'你看完了这一顿早饭,就出去罢。柳嫂儿原无事,如今还交与她管了。'秦显家的听了,轰去了魂魄,垂头丧气,登时偃旗息鼓,卷包而出。送人之物白丢了许多,自己倒要折变了赔补亏空"。风光短暂,兴头仓促,还没咂摸出"当官"的滋味,就被罢免了,而且"赔了夫人又折兵",真是可怜又活该!

179

诉讼导演王熙凤

　　与有些人看《红楼梦》见"易"、见"淫"、见"排满"不同，毛泽东作为阶级斗争大师，他从中看到的却是阶级斗争，因此，他把《红楼梦》称为"中国封建社会的百科全书"。在该书卷六十八、六十九，从王熙凤为除掉尤二姐所"制造"的官司来看，这个观点不能说没有道理。

　　在封建社会中，"普天之下，莫非王土；率土之滨，莫非王臣"。因此，朝廷的"王法"就是帝国的"国法"，帝国的"国法"也就是皇帝的"家法"。法律的性质如此，法律也就只能服务于以皇帝为代表的统治阶级。在这种情况下，所有的法律机关不过是维护"王法"的"看门狗"，而皇亲国戚、王公大臣，作为"王法"的主人，就有可能将法律玩弄于股掌之间。正是因为这些社会前提，王熙凤才有可能出任"诉讼导演"的角色。

　　这场官司的案由并不复杂，主要起因于王熙凤的老公贾琏私娶"外室"，弄了个"二奶"（不确，平儿算什么？）尤二姐，如同现在的贪官，多有"二奶"、"小蜜"、"情人"一样。但在贾母看来："什么要紧的事！小孩子们年轻，馋嘴猫儿似的，那里保得住不这么着。"（卷四十四）贾母说的是贾琏与鲍二家的偷情那档子事。这次却不同，用王熙凤的话说，

秦显家的上任记

"又预备几样菜蔬请几位同事的人"。秦显家的似乎很有现代意识。她的新职既不是来自徒具形式的群众选举，也不是来自黑箱剪裁的民意测评，但她知道，要想在厨房站住脚，这里的同事也是得罪不得的。于是，收买人心的工作，并不是可有可无的事情。因此，她不仅"预备几样菜蔬"请大家撮一顿，而且发表了情真意切的"就职演说"："我来了，全仗列位扶持。自今以后都是一家人了，我有照顾不到的，好歹大家照顾些。"

曹雪芹先生的四个"又"，形象生动地叙述了秦显家的"走马上任"四部曲。读到这里，不禁掩卷叹息。从秦显家的生活的那个年代算起，为何由封建官场滋生的此种遗风余绪，即使在现代社会仍然不绝如缕。《康熙大帝》的主题歌唱道："真想再活它五百年"，如果这个老鬼仍然健在，这该是一个多么黑暗与可怕的世界。此其一。在大观园中，秦显家的只是一个微不足道的小人物，只是一介奴仆。按照阶级斗争学说，她所属的群体应当是贾氏贵族的掘墓人。然而，何以这些奴仆一旦得势（如果主持厨房也算得势的话），竟然如此仿真地拷贝了她的主子？此其二。作为下人，秦显家的见到主子整日腐败糜烂、花天酒地，少不得暗中骂娘。为何一旦自己有了条件，也同样欲火中烧、欲壑难填？这是否"大官大贪，小官小贪，不是不贪，无缘沾边"的注脚呢？此其三。篇幅所限，余不一一。

似乎要为小说留下一丝光明，曹先生在书中没有让这种人得逞。秦显家的刚刚作完"就职演说"，"正乱着，忽有人来说：'你看完了这一顿早饭，就出去罢。柳嫂儿原无事，如今还交与她管了。'秦显家的听了，轰去了魂魄，垂头丧气，登时偃旗息鼓，卷包而出。送人之物白丢了许多，自己倒要折变了赔补亏空"。风光短暂，兴头仓促，还没咂摸出"当官"的滋味，就被罢免了，而且"赔了夫人又折兵"，真是可怜又活该！

179

诉讼导演王熙凤

与有些人看《红楼梦》见"易"、见"淫"、见"排满"不同，毛泽东作为阶级斗争大师，他从中看到的却是阶级斗争，因此，他把《红楼梦》称为"中国封建社会的百科全书"。在该书卷六十八、六十九，从王熙凤为除掉尤二姐所"制造"的官司来看，这个观点不能说没有道理。

在封建社会中，"普天之下，莫非王土；率土之滨，莫非王臣"。因此，朝廷的"王法"就是帝国的"国法"，帝国的"国法"也就是皇帝的"家法"。法律的性质如此，法律也就只能服务于以皇帝为代表的统治阶级。在这种情况下，所有的法律机关不过是维护"王法"的"看门狗"，而皇亲国戚、王公大臣，作为"王法"的主人，就有可能将法律玩弄于股掌之间。正是因为这些社会前提，王熙凤才有可能出任"诉讼导演"的角色。

这场官司的案由并不复杂，主要起因于王熙凤的老公贾琏私娶"外室"，弄了个"二奶"（不确，平儿算什么？）尤二姐，如同现在的贪官，多有"二奶"、"小蜜"、"情人"一样。但在贾母看来："什么要紧的事！小孩子们年轻，馋嘴猫儿似的，那里保得住不这么着。"（卷四十四）贾母说的是贾琏与鲍二家的偷情那档子事。这次却不同，用王熙凤的话说，

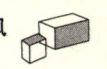

这叫"国孝家孝之中,背旨瞒亲,仗财依势,强逼退亲,停妻再娶"。贾琏罪错在先,凤姐诉讼在后,而且这套说辞也确能成立。不如此,这官司就"制造"不出来,当然也就体现不出王熙凤导演诉讼案件的水平。

先是"制造"原告。一般说来,没有原告构不成官司。凤姐唆使张华告状,告的是自己老公,且又极其主动,又是送银子,又是拟罪名,但这张华只是一个成日嫖赌,"不理生业"的"无业人员",他虽然未必知道贾琏乃当朝一等将军贾赦之子,但可能耳闻贾府即"贾不假,白玉为堂金作马"之"贾",因此,这张华"深知利害"而"不敢造次"。凤姐得知,反骂张华是"癞狗扶不上墙的种子"。在她的遥控指挥下,张华这个窝囊的原告,让他告谁他就告谁,让他说啥他就说啥,让他干啥他就干啥。让张华告自己的老公,绝不是什么"荣誉"之事,那么,凤姐意欲何为呢?目的比较单一,"不过是借他一闹,大家没脸"(卷六十八),目的达到了,张华就丧失了利用价值,于是就让旺儿寻找机会将他治死,或通过官司,或暗中算计,以"剪草除根,保住自己的名誉"(卷六十九)。

次说"制造"被告。由凤姐指定、由旺儿承办的这场官司,贾琏作为被告,却是完全处于一种尴尬位置。说起来,贾琏与凤姐本是同床共枕的夫妻,然而,贾琏的罪名却是凤姐拟定的。罪名再重,并不可怕,正如她自己所说:"就告我们家谋反也没事的。……若告大了,我这里自然能够平服的。"(卷六十八)在凤姐眼里,什么"王法"、"察院",依仗自家的权势与财势,没有什么局面不能控制,没有什么关系不能摆平。按照凤姐的指使,未经法庭同意,旺儿竟然全权代理这场官司。有意思的是,旺儿作为被告代理人,竟然步步积极,处处主动,不仅主动动员张华去告状,主动给原告张华送银子,主动将自己作为同案被告,主动迎接青衣(法警)上门拘传,而且主动将贾蓉一并列为同案犯。对他来说，好像出庭担任被告如同出席一个重大仪式，如同授予一个重要荣誉，如同接受一个重磅封赏。而这一切都在预设的方案之中，都在可控的程度之内，而这一切也都服务于凤姐精心设计的阴谋与机关。

再说"指挥"察院。察院作为朝廷的审判机关，不仅畏于贾家的权势，而且与凤姐的至亲王子腾——九省都检点——相好，在这种情况下，察院的审判行为接受凤姐的"指挥"（指挥二字实在不用加引号），成为凤姐手中的提线木偶就是极其正常的事情。至于察院如何不敢传贾府主子，只能传其"家人"，青衣如何"不敢擅入"贾府之门，见了"贾仆"如何"好哥哥，你去吧，别闹了"（卷六十八），足以见得，察院在贾府面前是如此卑躬屈膝，腿短筋软。凤姐将贾蓉列入同案被告，"察院听了无法，只得去传"；凤姐要其"只虚张声势"，察院于是就"惊唬而已"；凤姐让王信前去打点，察院对张华就"也没打重"；凤姐挑拨张华索要原妻，察院就将尤二姐判给张华。在凤姐面前，察院形同奴仆：凤姐吆来喝去，察院唯命是从。作为权贵的"看门狗"，察院在讨得主人欢心之后，也得到了两块肉骨头，一块是凤姐给的三百两，一块是贾蓉给的二百两。

凤姐在本案中如同一部电视剧的大腕导演，运筹于帷幄之中，决胜于贾府内外，指挥若定，举重若轻，轻车熟路，游刃有余，不光耍了原告，而且吃了被告，就是国家的审判机关也成了她的奴仆和丫环。经此一案，不仅管住了"馋嘴猫"夫君贾琏，镇住了"皮条客"贾珍、贾蓉，逼走了"倒霉蛋"张华父子，治死了"肇事者"尤氏二姐，而且在贾母和众人面前还博得了好名声，甚至连她的对立面也不约而同地表示感激。不特如此，就是在经济上她也不曾吃亏，为了控制局面，本来她只付出了三百二十两的成本，反而诈称花了五百两的代价，从而从尤氏手里又小赚了一百八十两，可谓物质、精神双丰收。

吞金

《红楼梦》中的尤二姐,"觉大限吞生金自逝";广西桂林某珠宝有限公司的李文军吞吃戒指险些丧命(见1989年4月18日《中国青年报》),说的都是吞金。

黄金,除了尤二姐所知道的"可以坠死"的特性外,在经济学上,它所以成为一般等价物,是因为它还具有价值高、易切割、便携带的特性。尤二姐在实践它的"可以坠死"的特性之时,大抵是不曾斟酌它的价值高低的。而李文军在吞下钻石戒指之际,也许只懂得它的价值特性,至于它可否"坠死",也许不曾顾及,于是也就演出了一幕"胃里淘金"的滑稽剧。

与李文军贪财吞金相近的还有一例。唐太宗贞观元年,李世民问侍臣:"吾闻西域贾胡得美珠,剖身以藏之,有诸?"侍臣曰:"有之。"上曰:"人皆知彼之爱珠而不爱其身也;吏受赇抵法,与帝王徇奢欲而亡国者,何以异于彼胡之可笑邪!"李某吞金,贾胡剖身藏珠,形式不同,性质则一,大抵都是忘记了"吞金毙命"之古训。李世民的深刻之处,在于将剖身藏珠与官吏受贿加以联系和对比,从而给予贪图贿赂者以警醒和震击。由此推演，这吞金现象就不仅仅局限于将黄金置于胃囊之中，官吏受贿就是其衍化形式。曾被中纪委通报的湖南省财政厅翟宝元等9人，一口吞下了包括6条项链、13枚戒指、4副耳环在内的价值14219元的大批黄金，就是一个典型的例子。

　　列宁曾这样说过，人类在进入共产主义之后，将在世界主要城市的街道上用金子修建几个厕所。他特别补充道，现在还不行，至少在商品交换的条件下还不行。为什么呢？因为此系黄金建成，即便是厕所，也难免被翟某之流吞了去。在只知爱金，而不知爱其身的人那里，还有什么洁净不洁净？

懦小姐的管理经

《红楼梦》卷七十三有"懦小姐不问累金凤"一节，这个懦小姐，就是被兴儿称作"二木头"（卷六十五）的贾迎春。作为一个千金小姐，要以现代的管理才能、管理理念、管理哲学来要求她，纯粹瞎扯。但就其姊妹来说，比如，三妹探春在临时主持大观园工作期间所表现出来的魄力和才干，迎春二姐绝对望尘莫及。

在贾母等入朝守制和凤姐病倒之后，贾府内外管理混乱，门禁懈怠，以致发生了园内私会、下人聚赌等事件。而聚赌的发起人，恰恰是迎春的乳母（奶妈）。这个对迎春小姐曾经有过哺育之恩的妇人，不仅热衷于赌博，而且偷走了迎春的心爱饰物——攒珠累丝金凤，拿去典了作赌本。按照封建礼教，自己奶大的主子也是主子，奶妈再有功也是奴才。因此，作为奴才，聚众赌博，偷窃主人，在大观园应当是一起十分严重的"政治事件"。对于这一事件，迎春小姐是如何处置的呢？贾雪芹八十回本的《红楼梦》行将结束，直到此时，迎春的性格特点才有了比较典型的描写与揭示，从其性格特点和处世准则出发，她奉行了"四不原则"。

一是不报告。丫环绣桔反映，迎春的攒珠累金凤"不知那里去了"，虽然怀疑被奶妈偷走，但又拿不准，要迎春去问一声。迎春道："何用问，那自然是他拿了去摘了肩儿了（还了赌债）。"这说明，迎春是明知金凤下落的。对于性质如此严重的问题，绣桔提出了具体建议：赶快"到二奶奶（凤姐）房里，将此事回（汇报）了，他或着人要，他或省事拿几吊钱来替他赎了。如何"？然而，迎春却道："省事些好。宁可没有了，又何必生事"，拒绝向"组织"报告。如果不是探春及时赶到，势必错过解决问题的时机，被盗的金凤也就会失去着落。

二是不求情。迎春奶妈聚众赌博东窗事发，受到贾母的追查，并等待处理。其儿媳玉柱儿媳妇找迎春为其求情，要迎春"看着从小儿吃奶的情分"，到贾母那里，"讨一个情，救出他来才好"。迎春回道："要等我去说情儿，等到明年，也是不中用的。"迎春对平儿也这样说："他们的不是，自作自受，我也不能讨情，我也不去加责就是了。"迎春夙昔就是一个省事、怕事、躲事，但凡遇事，往往大事化小、小事化了、息事宁人的主儿。且不论其奶妈犯了错，怕因去求情而"讨臊"，就是什么好事，找迎春求情帮忙，怕也找错门户。

三是不管理。大观园的管理自有规矩，奴才有错，主子并非无责，至少无光。正如邢夫人所说，即使奶妈犯了法，主子姑娘也完全应当管教。但迎春姑娘却认为，"只有他说我的，没有我说他的"，从而放弃了管理的责任。紫菱洲是迎春小姐的闺房，不是什么人都可以擅自闯入的公共场所。但据丫环绣桔反映："你不知我们这屋里是没礼的，谁爱来就来！"而这玉柱儿媳妇正是看准了迎春素日懦弱，名为求她讨情，其实胡搅蛮缠，强词夺理。在此情况下，一方面是玉柱媳妇儿无理取闹，一方面是绣桔窝囊受气，病中的司棋也起来为绣桔帮腔，迎春"劝止不住"，"自拿了一本《太上感应篇》去看"。真真可笑可怜！

四是不追究。奶妈出了如此严重的问题，迎春本来应当追究责任，提出处理意见，以儆效尤，防止再犯，而不应畏首畏尾，甚至试图在《太上感应篇》中找答案。《太上感应篇》旨在劝善惩恶，宣扬因果报应。在这点上，她的见识比起黛玉就差了很远。黛玉指出："真是虎狼屯于阶陛，尚谈因果。若使二姐姐是个男人，这一家上下这些人，又如何裁治他们？"且不说教育不能代替管理，倘若迎春将此作为一种教育手段，比如组织丫环、仆人深入学习，认真领会倒也罢了，然而，迎春仅仅用它来内心自省，自己认命。因此，面对如此严重的事件，她就没了主意，只说："至于私自拿去的东西，送来我收下；不送来，我也不要了。太太们要来问我，可以隐瞒遮饰的过去，是他的造化；若瞒不住，我也没法儿。你们若说我好性儿，没个决断，有好主意可以八面周全……任凭你们处治，我也不管。"

可以想见，金凤的问题，假如没有探春的直接干预，假如没有平儿的直接办理，肯定是没有结果的。在这一事件中，不仅金凤难以收回，种种不法之行，谁是谁非，如何处置，都会成为一笔糊涂账。由此可见，且不说让迎春小姐治国理政或经营企业，即或让她管理几天大观园，答案都是不言而喻的。她在一首谜底为"算盘"的谜语中说："天道人功理不穷，有功无运也难逢。因何镇日纷纷乱？只为阴阳数不同。"（卷二十二）一个生性懦弱、缺乏主见、崇信宿命、被动处世的人，已经注定了人生的悲剧。

大观园的扫黄运动

只因傻大姐捡了一个五彩绣春囊，在大观园貌似安定祥和的氛围里引发了一场风化危机（卷七十三）。这个绣着男女裸体之形的"工艺品"，在今天实在算不了什么，但在虽然只有"两个石头狮子干净"（卷六十六）的荣国府，在小姐丫环聚居的大观园，按照当时的道德规范，出现此类东西，显然应当高度重视，于是就出现了卷七十四的"惑奸谗抄捡大观园"一节。

大观园的扫黄运动，绣春囊只是偶发因素，并不能说明大观园已经出现了"黄"水横流、"黄"尘蔽天的局面，其实质，不过是荣国府中主子与奴才（如王夫人与晴雯）、主子与主子（如邢夫人与凤姐）、奴才与奴才（如王善保家的与大观园的丫环们）之间各类矛盾日益激化与发展的必然结果。正如探春所说，在这个大家庭内部，"一个个都像乌眼鸡似的，恨不得你吃了我，我吃了你"（卷七十五）！正是这种矛盾的存在与发展，才是导致这个封建大家庭事故多发、危机四伏、逐渐衰败的基本原因。

在整个扫黄运动中，王夫人以荣国府"正确路线的代表"自居，负

大观园的扫黄运动

有维护大观园内部秩序与外在形象的重要使命。但在扫黄问题上,她并不为那些小姐丫环们的命运担心,其所考虑的却是如何保证贾宝玉"身处红粉,一尘不染":"好好的宝玉倘或叫这蹄子勾引坏了,那还了得!"(卷七十四)贾宝玉是贾家的命根,是荣府的希望,只要能保证贾宝玉不出问题,保证荣府事业后继有人,一些年轻丫环的命运是无足轻重的,赶走晴雯,逐走四儿,撵走诸官,就是这场扫黄运动的辉煌成果,而这些辉煌成果却是以许多善良女孩的生命和血泪构成的。由此可见,正是由于王夫人貌似正确的昏庸与颠顸,才有了王善保家的这一干奸谗的得势与作祟,从而在大观园制造出一系列的冤假错案。

王善保家的是这场扫黄运动的骨干,煽风点火,挑拨离间,添油加醋,唯恐天下不乱,她仗着王夫人的支持,靠着邢夫人的信任,陷害晴雯,庇护司棋,报复老张妈,狐假虎威,狗仗人势,在大观园制造了一个"黑色黄昏"。奴才一旦得势,在迫害其他奴才方面,似乎比其主子更加阴损刻薄。在这种情况下,王熙凤反倒成了陪衬与随从,反而显得可笑与可怜。王善保家的"政治迫害",理所当然地受到大观园中正直人们的抵制与唾弃,晴雯的倾箱倒匣,探春的响亮耳光,就是明证。历次极端运动的骨干分子,往往是由社会的浊流构成的。王善保家的虽然把大观园的小姐丫环们搞得鸡飞狗跳,人心惶惶,然而,她的最终结果却往往可悲又可笑,真正让其丢人现眼的恰恰是她自己的外孙女。扫黄运动伊始,很是严肃认真,但一涉及自己的亲朋,就往往走形式,在其文过饰非的措施未能得逞的情况下,不仅从其外孙女司棋的衣箱中搜出了男人的绵袜与缎鞋,而且还有男人送给她的"信物"(同心如意)与"情书"(红双喜笺)。尴尬又难堪,丢人又现眼,只有在这种情况下,才有机会观察到这类角色的多重嘴脸:"王家的只恨无地缝儿可钻",只好自

189

薛蟠的文学观

打耳光:"老不死的娼妇,怎么造下孽了!说嘴打嘴,现世现报!"(卷七十四)

在这一事件中,最值得称道的应是探春小姐。她不仅痛快淋漓地给了阴谋与丑陋一记响亮的耳光,痛心疾首之余,竟然阐述了一段可谓"警世通言"的社会法则,当然这也确实反映了她内心深处的痛惜与无奈:"可知这样大族人家,若从外头杀来,一时是杀不死的。这可是古人说的,'百足之虫,死而不僵',必须先从家里自杀自灭起来,才能一败涂地呢!"(卷七十四)这个"才自精明志自高,生于末世运偏消"(卷五)的侯门小姐,她所揭示的道理,何止适用于这场黑白颠倒的扫黄运动,何止适用于危机四伏的大观园,何止适用于千疮百孔的荣国府,岂不也是近代中国历史的缩影吗?

晴雯之死

晴雯之死，主要情节在《红楼梦》卷七十七"俏丫环抱屈夭风流"一节，而致其死的原因，本书卷五"太虚幻境""薄命司"的判词颇多迷信色彩，这个"心比天高，身为下贱"的姑娘，"风流灵巧招人怨，寿夭多因毁谤生"，其结局似乎已经命定了；而在卷七十四"惑奸谗抄检大观园"一节，则展示了较为具体的情节。虽然从根本上说，晴雯是死于腐朽僵化的封建礼教制度，但是大观园内嫉贤妒能、恶美仇直、谄上欺下、尔虞我诈的恶劣风气，却是导致晴雯之死的直接原因。而恶奴王善保家的谗言陷害，"副小姐"袭人的告密中伤显然脱不了干系。

我非"红学家"，但我隐约感到，贾宝玉为纪念晴雯撰写的《芙蓉女儿诔》（卷七十八），并非曹雪芹先生借"贾'屈原'"和"女'离骚'"之口卖弄才情，这篇诔文似乎在阐明一个主题，似乎预示了荣国府的发展宿命。贾宝玉在诔文中，对于晴雯死因，可谓纸笔含泪，情辞带血。"高标见嫉，闺闱恨比长沙；贞烈遭危，巾帼惨于雁塞。"——是从抽象的、间接的角度进行的分析；"偶遭蛊虿之谗，遂抱膏肓之疾。"——是从具象的、直接的角度进行的分析。导致晴雯之死的内因是什么？那就

191

是她本人的"高标"及"贞烈",而外因则是庸主及恶奴的"见嫉"、"遭危"或"蛊虿之谗"。王善保家的向王夫人进谗言道:"晴雯那丫头仗着他生的模样比别人标致一些,又生了一张巧嘴……在人跟前能说惯道,抓尖要强。"(卷七十四)袭人则对宝玉说:"太太是深知这样美人似的人,心里是不能安静的,所以很嫌他。"(卷七十七)宝玉则偏偏认为,晴雯"虽生得比人强,也没什么妨碍着谁的去处;就只是他的性情爽利,口角锋芒,竟也没见他得罪了那一个"(卷七十七)。由此可见,晴雯的倒霉,是因其"美",因其"直",因其"能"(见卷五十二"勇晴雯病补雀毛裘"),而这似乎成了庸人、丑人、谄人面前的镜子,恰恰反衬了人家的无貌、无能与无德,这就是晴雯倒霉遭殃的必然原因。虽然宝玉认为,晴雯质贵金玉、体洁冰雪、神精星日、貌色花月,以至于"姊娣悉慕媖娴,妪媪咸仰慧德",然而,这"悉慕"与"咸仰"却是不可能的,倘如此,庸人、小人、坏人岂不失去了生存空间?甚至宝玉在看到海棠枯萎而通过"第六感官"得知晴雯死讯时,只因举了一些圣人、贤人、名人如孔子、诸葛亮、岳飞及杨贵妃、王昭君与树木花草灵异的例子,就激起了袭人姑娘这个已经当稳了的奴才的嫉妒心:"那晴雯是个什么东西?就费这样心思,比出这些正经人来!……他总好,也越不过我的次序去。就是这海棠,也该先来比我,也还轮不到他。"(卷七十七)

诚如宝玉所说:"诼谣謑诟,出自屏帏;荆棘蓬榛,蔓延窗户。"这说明,宝玉深知导致晴雯之死的"诼谣謑诟"、"荆棘蓬榛"就在屏帏之中,窗户之下,就在自己身边,同时还说明,妒风盛行,谣诼遍地,也并不局限于大观园的屏帏闺阁,而是社会的大环境。古来的教训证明,在中国社会中,"高标峻尚,雅操孤贞"很难生存,只有磨去棱角,折去锋芒,与庸人共舞,同陋习相尚,方为生存之道。而宝玉在诔文中指出的：" 鸠鸩恶其高，鹰鸷翻遭罦罬；薋葹妒其臭，茝兰竟被芟鉏！"这个概括就不仅仅适用于晴雯，其所反映的却是中国社会的普遍现象。宝玉这篇诔文，带有浓重的模仿气息，其模仿的文本正是《离骚》，而《离骚》的主人公屈原，不也是由于这"诼谣诶诟"和"荆棘蓬榛"而自投于汨罗江的吗？其实，这种恶习并非到了《红楼梦》问世的年代才格外肆虐。古人云："木秀于林，风必摧之；堆出于岸，流必湍之；行高于人，众必非之。"（三国魏·李康《运命论》）古人之言总是前代得失的经验之谈。可见，这嫉贤妒能、恶美仇直已是古已有之的，虽然不好断定这类社会病毒于今为烈，但此类现象的确无代无之，无地无之。

在《红楼梦》中，晴雯之"既怀幽沉于不尽，复含罔屈于无穷"，一个重要原因，就是被王夫人指斥为"狐狸精"。虽然在抄检大观园时，晴雯并没有伤风化之事，也无僭越礼教之处，然则，一个"莫须有"的"狐狸精"却构成了迫害晴雯的唯一罪名。这个被冤屈致死的姑娘死前对宝玉说："只是一件，我死也不甘心，我虽生的比别人好些，并没私情勾引你，怎么一口咬定了我是个'狐狸精'。"（卷七十七）然而，靠给王夫人打"小报告"来提升自己地位的袭人姑娘，虽然已与宝玉上过床，试过"云雨情"，反倒被王夫人认为"行事大方，心地老实"，在晴雯被害死之后，不仅开始享受"准姨娘"的工资待遇，而且被内定为宝玉的"预备二奶"。（卷七十八）

通观这篇《芙蓉女儿诔》，在宝玉笔下，他与晴雯没有了主仆间的界限，反而体现了同志式的共识，他完全站在晴雯的立场，对迫害晴雯的恶势力给予了痛切的控诉与抨击："毁诐奴之口，讨岂从宽；剖悍妇之心，忿犹未释！"由于宝玉遣词用语的泛指性质，也可以理解为他是对旧制度、旧礼教的控诉与抨击。也许正是在这个意义上，有人将贾宝玉称为大观园里的造反派与革命者。

王道士的疗妒汤

　　《红楼梦》前后两个作者——曹雪芹与高鹗，大约对中医都有研究，在他们分别创作的前八十回与后四十回，都有关于诊脉与开方的情节。当许多人为今日中国假冒伪劣药品肆虐颇感头疼之时，其实在他们那个年代就"古已有之"。

　　该书卷七十七，王夫人为给凤姐配制调经养荣丸，遍找家中，却没有合用的人参，只得到外面药铺去买。因宝钗系皇商家庭，倒是了解内中猫腻，她说："如今外头的人参都没有好的，虽有全枝，也必截作两三段，镶嵌上芦泡须枝，掺匀了好卖，看不得粗细。"这说明，在当时的药材市场上，以次充好，捆绑销售，已是常见现象。

　　而在卷八十四，大夫为凤姐的小女儿巧姐看病，不仅要用发散风痰药，还要四神散，但必须要有牛黄，而大夫说："如今的牛黄都是假的，要找真牛黄方用得。"只得又央人去薛家找，因薛蟠向与"西客们做买卖"。看来，但凡贵重一些的药材，不论流通环节还是销售环节，都有假冒伪劣的东西。

　　医药行业的假冒伪劣，《红楼梦》卷八十有一个典型情节。宝玉随贾

王道士的疗妒汤

母到天齐庙还愿，在庙中认识了一位卖膏药的王道士。宝玉甫一问及他的膏药及效用，这老道马上现出"江湖骗子"的嘴脸，很职业地做起了广告："若问我的膏药，说来话长，其中底细，一言难尽，共药一百二十味，君臣相际，温凉兼用。内则调元补气，养荣卫，开胃口，宁神定魄，去寒去暑，化食化痰；外则和血脉，舒筋络，去死生新，去风散毒。其效如神，贴过便知。"宝玉"不信一张膏药就治这些病"，老道立刻发誓赌咒："百病千灾无不立效；若不效，二爷只管揪胡子，打我这老脸，拆我这庙，何如？"

这些天，宝玉正为薛蟠娶了一个"河东狮吼"式的妒妇夏金桂而闷昏，便向老道出了一道难题，问："可有贴女人的妒病的方子没有？"老道当即杜撰了一味药——疗妒汤。配料倒也不难，极好的秋梨一个，二钱冰糖，一钱陈皮，水三碗。梨熟为度。每日清晨吃一个，吃来吃去就好了。当宝玉怀疑其疗效时，老道称："一剂不效，吃十剂；今日不效，明日再吃；今年不效，明年再吃。……吃过一百岁，人横竖是要死的，死了还妒什么！那时就见效了。"（这个"油嘴牛头"的话，未必不是事实，可见，嫉妒作为一种病态心理，实在无药可医。）宝玉、焙茗笑过之后，老道倒说了一句实话："告诉你们说，连膏药也是假的。我有真药，我还吃了作神仙呢。有真的跑到这里来混？"

假人参也好，假牛黄也好，甚至连这老道士的"疗妒汤"，这些都属于假药的范围。假药的制作，过去大抵有些行规，无非以次充好，或者以假乱真，但正如老道所说，"横竖这三味药都是润肺开胃不伤人的，甜丝丝的，又止咳嗽，又好吃。"仅这一点，这老道就比今人厚道，绝不似如今的一些人，经营假药，不讲后果，哪管他人倾家荡产，只要自己有钱可赚，轻者致人伤残，重者害人性命；且不似王道士的个体经营，往往打着国家药检招牌以售其假。

　　与假药相伴而生的必然是庸医,而这王道士就是其中之一。他的来历如何呢？"这老道士专在江湖上卖药",说明这老道名义上是太乙门人,其实只是一个江湖野医。那么,他的经营方式呢？无非"弄些海上方治病射利"。"海上方"是些什么方？来自蓬莱仙岛,还是南海普陀？一言以蔽之,"治病"是假,"射利"是真。这老道号称"王一贴","言其膏药灵验,一贴病除",于是就有了一定的知名度。其术有三,一是滥广告。正像宝玉的"第一印象","庙外现挂着招牌,丸散膏药,色色俱备",唯一欠缺的是铺天盖地的电视广告。二是擅游说。如前所述,施展如簧之舌,口吐莲花,无中生有,黄土变金。三是傍大腕。书中说,这老道"长在宁荣二府走动惯熟",这就是老道的真本事了。骗术能够得逞,多因大腕之力。只要亮出宁荣二府的招牌,即意味着他是"高干"的座上宾,这就是"王一贴"行走江湖、骗尽众生的经营诀窍。

荣府追查小字报

小字报的出现，总是社会矛盾积聚的表现。在中国的传统社会中，由于民意难达圣听，百姓耻于诉讼，且恐招致报复，人们往往采用非正式的、匿名的方式，反映积怨，揭露弊端。《红楼梦》卷九十三"水月庵掀翻风月案"一节，反映的就是追查小字报的故事。

小字报贴在荣国府门首，上写着："'西贝草斤'年纪轻，水月庵里管尼僧。一个男人多少女，窝娼聚赌是陶情。不肖子弟来办事，荣国府内出新闻。"小字报揭露了当事人"西贝草斤"——贾芹"窝娼聚赌"的丑恶事实。这贾芹是荣国府的本家，通过凤姐的门子，承揽了管理贾府私庙的美差。但凡通过关系或门子谋得美差者，多会利用新职之便，以谋取私利，首先收回"投资"，然后再捞额外之利。这贾芹就是利用管理寺庙这个特殊岗位，克扣月钱，玩弄女尼，以致闹出了这起小字报事件。

对于这一事件，贾政作为荣国府的当权者，是如何处置的呢？

首先是封锁舆论。如同很多地方官员遭遇突发性事件一样，他们的第一反应往往是极力消除或降低事件的社会影响。在这一点上，贾府中有关人士的反应是耐人寻味的。如果说，作为贾府少主子的贾琏认为这件事"闹出来也不好听"尚且可以理解的话,那么作为贾府中"受压迫阶级"的赖大也说"闹也无益,且名声不好",就不好理解了。平时有点迂腐的政老爷,处理这种事似乎并不外行,一方面,他指令"门上的人不许声张",并"悄悄叫人"再去找寻(小字报);另一方面,则叫赖大派车将那些女尼道姑从庙里一齐拉回荣府,而且一再交代"不许泄漏"消息。可见,封锁舆论,堵住众口,作为处理突发性事件的必要程序,所有的当事者几乎是无师自通。

其次是所用非人。贾政因到衙门替班,无暇顾及此案,遂令贾琏全权处理:"该如何办就如何办了,不必等我。"(卷九十四)虽然也有"务必查问明白"的指示,但基本上只是原则要求。这贾琏也是一个纨绔子弟,他屁股上的屎不比贾芹更少,为了避免产生连带效应,于是他与贾芹、赖大通同作弊,瞒过贾政,试图大事化了——"若混过去就可以没事了"。一方面,他把小字报交给"被举报人"——贾芹,同时又给贾芹出主意,要其"一口咬定没有此事"。同时,对曾在庙中抓了贾芹"现行"的赖大交代,要其向贾政汇报时只说贾芹是"在家里找来的"。贾琏作为处理此案的受托人,既要达到自己的目的,又不愿承担责任,于是他打着贾政的旗号,将矛盾上交,非常谦卑地向王夫人请求指示。其实,他心里想的是,只要"回明二太太,讨个主意办去,便是不合老爷的心,我也不至甚担干系"(卷九十四)。由此可见,贾琏这些豪门子弟,虽然未必干成什么"正事"、"好事",但在干"邪事"、"坏事"方面,并不缺乏心机和本事。

最后是不了了之。按照常理,追查小字报这类的问题,首先要查的是情况是否属实,以便确定问题性质,然后提出解决办法,并追究有关人员责任。查当然是要查的,首先应当查谁呢?赖大建议贾琏:"那贴帖儿的,奴才想法儿查出来,重重地收拾他才好。"(卷九十四)对贾芹如何处理呢?王夫人向贾琏交代,"芹儿呢,你狠狠地说他一顿",这也算是处分。由此可见,这起小字报风波的处理结果变成了这种局面——肇事者贾芹反倒成了没事人,举报人最终可能成为肇事者,而此事件中的受害者——水月庵的女尼和道姑,却被集体"发还""本地"。这些女孩子的命运如何?能否回家?还是落到人贩子手中?书中说:"未知着落,亦难虚拟。"(卷九十四)

因为曾经弄权铁槛寺的劣迹,在这一事件中虚惊一场的王熙凤,倒也真的成为一场"虚"惊。至于那位一本正经的贾老爷,在听了贾琏的汇报之后,对于这样的处理结果,竟然表示默认:"也便撂开手了。"(卷九十四)

贾宝玉与"假宝玉"

《红楼梦》原名《石头记》,书中的男主角贾宝玉降生时嘴里就含着一块"通灵宝玉",它原是大荒山无稽崖下一块顽石。作为一个象征、一个符号,伴随着主人公,贯穿全书始终。

然而,就是这样一块"劳什子",在卷九十四"宴海棠贾母赏花妖"之后,居然丢失了,从而引出了"失宝玉通灵知奇祸"一节。如同当今任何一个单位发生丢失事件一样,如果丢失的东西足够重要,如果丢失的范围足够适宜,如果单位的领导足够糊涂,那么,每个人都几乎难以逃脱"像贼"的嫌疑。由于这块玉来历不凡,因此,丢玉事件在荣国府就不可避免地激起一场波澜,甚至不下于前次发生的抄检大观园,引起了各方不同的反应。

这块玉是贾宝玉更衣时丢失的。丢玉之后,宝玉终日不言不语,没心没绪,表情木讷,神魂出窍,的确如同断了命根子。而怡红院的丫环们,一个个提心吊胆,翻箱倒笼,惊惶失措,如同大难临头。精干的探春姑娘立即下令关闭园门,命家人仔细寻找,并许以"重重的赏银"。憨厚的李纨女士则主张"现在园里,除了宝玉都是男人",索性大家"脱贾宝玉与"假宝玉"

了衣服",实行搜身政策,众人(除了探春)为了洗清干系,竟然纷纷响应。贾环遭嫌疑,因其有着"使促狭"的前科;宝玉编瞎话,目的在于使众人得以解脱。林之孝家的找人测字,因乱解一"赏"字而查遍当铺;邢岫烟请妙玉"扶乩",因青埂峰的隐语而一头雾水。从王夫人的仓皇应对,到赵姨娘的自寻难堪,种种生相,啼笑悲欢,只瞒着贾母和贾政。正在阖府上下惊慌失措之际,贾母得知之后才拿了一个主意,"有人捡得送来者,情愿送银一万两;有人知人捡得,送信找得者,送银五千两",并写出"赏格",广为告之。而贾政在回家路上闻听传言,又见门人张贴启事,颇感不妥,由于此系贾母决定,虽不敢违拗,私下却教人将贴出的告示揭下。然而,此举为时已晚,广告效应已然发酵。

重赏之下,必有勇夫,重赏之下,也必有贪夫。果然就在广告贴出不久,就有人怀揣"赏格"到荣国府送玉来了。贾府的上人或下人当然知道这块玉的重要性,一听有人捡到,从门人到贾琏,从贾母到凤姐,几乎人人"宁可信其真",甚至与贾宝玉日夜厮守、对这块玉比本人还熟悉的大丫环袭人,由于"盼得的心盛,也不敢说出不像来"。只有贾宝玉本人,虽然睡眼朦胧,但毕竟亲历身受,一句"你们又来哄我了",才确定了这块"晶莹美玉"的赝品身份。

不过,在这里也确有疑问。贾宝玉之玉,是宝玉降生时从胎里带来的,其状"大如雀卵,灿若明霞,莹润如酥,五色花纹缠护"(卷八),与薛宝钗的金锁比对时,曾明确地告知,"通灵宝玉"正面刻有"莫失莫忘,仙寿恒昌",反面刻有"一除邪祟,二疗冤疾,三知祸福"的字样(卷八)。虽然"女娲炼石已荒唐,又向荒唐演大荒"(卷八),如此一块"原非凡物,世间本无"的东西,贾府的大小主子们竟连真伪也分辨不出,甚至与贾宝玉最亲近的贾母、王夫人和袭人,今番面对假宝玉,何

201

止"只是颜色不大对",不仅"宝色都没了",莫非对玉上的文字也毫无印象?难道真的如书中所说,"好知败运金无彩,堪叹时乖玉不光"(卷八)了吗?

对于诈送假玉,企图冒领"赏格"的送玉人,贾琏的态度是,"人家这样的事,他敢来鬼混",可以理解地表明了对骗子的憎恨态度。而贾母作为一个久历风霜的老人,则显得十分大度,一方面,十分理解送玉人想趁此捞一笔的企图;另一方面,尽力保全送玉人的脸面,只说这块玉"不是我们"的,而不戳穿其骗局,而且让人将假玉退还并赏其几两银子,只有这样才能对发出的广告起到商鞅的徙木立信作用。

然而,贾琏就是贾琏,他拿了假玉,来到门外,见了骗子,就忘了贾母的叮嘱,他与赖大联手,分别扮了一回红白脸,只把送玉人吓得叩头求饶,鼠窜而去,以致在街上闹动了"贾宝玉弄出'假宝玉'"的社会花絮。

骗局中的婚礼

读《红楼梦》到"瞒消息凤姐设奇谋，泄机关颦儿迷本性"，"林黛玉焚稿断痴情，薛宝钗出阁成大礼"，"苦绛珠魂归离恨天，病神瑛泪洒相思地"三卷，写这篇文章竟不知如何拟标题了。搜肠刮肚，冥思苦索，从大脑内存中调出所有与"骗局"有关的词语，比如尔虞我诈、偷天换日、招摇撞骗、欺上瞒下、瞒天过海、炫玉贾石、偷梁换柱、"挂羊头，卖狗肉"、"明修栈道，暗度陈仓"，仍然无法表达对贾府这场骗局的愤懑之情。

贾宝玉丢了"通灵宝玉"，又陷入迷症之中，打着为他"冲喜"的旗号，如何"越礼"也就不顾了，于是，骗局开始了。

小孩子的瞎话，愚人节的玩笑，乃至为安抚绝症病人所说的善意的谎言，都是可以理解的。独独不可理解的是，统治者打着冠冕堂皇的旗号所进行的瞒和骗，才具有更大的欺骗性、更大的危害性，同时，也才具有更为典型的道德缺失和良心溃疡。

这场骗局的支持者与始作俑者，正是贾母，她作为荣国府的最高统治者，即使实施骗局，也具有得天独厚的权威性、合法性与可行性。贾

薛蟠的文学观

母在贾府具有宗法权威与道德权威的双重身份，这个平日慈眉善目、豁达开朗的老太太，为了封建伦理，为了家族利益，一句话，为了"讲政治"，立刻撕下伪装，露出凶相，即使对平日视为"宝贝儿、心肝儿"的外孙女林黛玉，也显得如此无情和冷酷。

在这里，欺骗不再被作为道德缺陷，"越礼"不再被当作"僭越礼数"，平时坚守的道德信条，整天唠叨的族规家法，都只能服从家族政治的需要。理由是可以找的，"金玉良缘"不再是市井呓语，"冲喜治病"不再是迷信传言，反而认为，这些无稽之谈，却是应天顺人、天遂人愿。

即使设定骗局，也需相应智商。并不是所有的权势者都具有与权势相当的水平和能力。权势者身旁，如同生长着毒蕈一样，通常活跃着一帮"摇鹅毛扇"的"狗头军师"。即以钗、黛这样的"掉包计"，只能出之于"聪明累"的王熙凤，而不可能是贾母或王夫人。为了实施这一灭绝人性、背离伦理的骗局，凤姐只能采取瞒和骗的故伎。瞒和骗是骗局硬币的反正面。这种邪恶、毒辣的"掉包计"，"原只说给宝玉听，外头一概不许提起"，由此可见，瞒是针对舆论而言的，骗是针对事主而言的。对于凤姐给王夫人出的这种异想天开的坏主意，就是贾母也说是"你娘儿两个捣鬼"（卷九十六）。但"捣鬼有术，也有效，然而有限……"（鲁迅《南腔北调集·捣鬼心传》）要想人不知，除非己莫为。舆论又如何封锁得住，傻大姐泄密于黛玉，墨雨漏风给紫鹃，就是明证。

在这场骗局中，贾母、凤姐无疑扮演了可耻的骗子角色。而真正的受骗者倒是被贾母视为珍宝和"心肝肉"的贾宝玉和林黛玉，所不同的是，宝玉身在受骗现场，而黛玉只是被人假冒而已。而薛宝钗不过是骗子施行骗术时手中的"行头"或道具。这个明知宝玉要娶黛玉而非自己，而自己却要冒充黛玉，并通过配合他人行骗以达到自身目的的可怜女人，

骗局中的婚礼

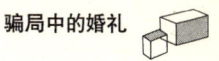

其实是非常可悲的。"金玉"未必就是"良缘",欺骗岂能产生感情。她只能暂时得到宝玉之人,却永远不能得到宝玉之心,即使在宝玉出走之前,她也比"守活寡"好不到哪儿去!

在这场骗局中,另一个充当骗局"背景"的是雪雁。为了使骗局更加真实,为了使骗术更加"逼真",为了使宝玉相信新娘就是林黛玉,骗子们竟然不顾林小姐的死活,硬调黛玉的丫环紫鹃到场充当"造假背景"。在贾母、凤姐的淫威之下,由于黛玉行将咽气,紫鹃难以脱身;跟随黛玉从姑苏来到贾府的雪雁只得"出现场"。于是,这场"掉包计"才真的天衣无缝、无懈可击。然而,这是一场什么样的婚礼呢?

骗局结束了,婚礼落幕了。贾母等人见闻所及是宫灯细乐与傧相赞礼;而宝玉却因为"木石前盟"惨遭破坏而虽生犹死,此所谓"无为有处有还无";薛宝钗倒是得到了"金玉良缘"与虚假名分,此所谓"假作真时真亦假"。与这场婚礼同时进行的是"苦绛珠魂归离恨天"。在万分"凄凉冷淡"的气氛中,"竹梢风动,月影移墙",以贾母、凤姐为代表的骗子们得逞了、胜利了,她们以封建道德和宗法权势扼杀了青春,扼杀了爱情,扼杀了人性,也扼杀了生命,然而,据说她们却完全拥有正确而善良的动机。

鲁迅先生指出:"中国人的不敢正视各方面,用瞒和骗,造出奇妙的逃路来,而自以为正路。在这路上,就证明着国民性的怯弱、懒惰,而又巧滑。一天一天地满足着,即一天一天地堕落着,但又觉得日见其光荣。"(《坟·"论睁了眼看"》)可悲的是,至今仍有许多人还在这条"正路"上"光荣"地堕落着。

警惕李十儿之类

廉政建设，多是对领导者而言的，其实另一类人也很值得警惕，《红楼梦》作为一部社会学百科全书，就有类似的情节。贾政在江西粮道任上被革职一案，就很值得当今的领导者们认真总结一番。皇上念"贾政勤俭谨慎"而"放了江西粮道"。他到任拜印之初，"便查盘各属州县粮米仓库"，严禁"折收粮米，勒索乡愚"。对此他不仅见之公文，而且付诸行动，以至于"州县馈送，一概不收"。然而他既有为政清廉之初衷，何以又被"着降三级"了呢？我以为这与他身边存在李十儿这类人物不无关系。

这李十儿原是贾府家人，随贾政到江西任上也只是从事管门的营生。但此人深通世故，擅长钻营。他"盼到主人放了外任"，只是"指着在外发财的名头"，及至看到贾政呆性发作，自律甚严，"眼见的白花花的银子只是不能到手"，也急了眼，便和同伙合计一番，决计施展一下"十太爷的本领"，以达到让"本主依我"之目的。

首先，当他拿话试探，被贾政痛骂之后，即暗中策动粮道衙门里那些打鼓吹号的、站班喝道的、抬轿放炮的一应执事人等，实行消极怠工，

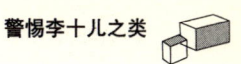

对贾政进行要挟。目的是迫使贾政明白，不让这些人得点实惠，外头这些差使谁办？

其次，在明处，他又从上下两个层次对贾政施展攻心战术。在对上的层面，他首先提出了向节度（贾政的顶头上司）送礼的问题。这一问题的提出，是针对贾政"我这官是皇上放的，不与节度作生日，便叫我不做不成"的糊涂认识而来的。着重说明，由于"京里离这里很远"，节度手里掌着生杀大权，得罪了他，怕是官也做不成的。"就是老太太、太太们，哪个不愿意老爷在外头烈烈轰轰的做官呢！"从而阐明了送礼的必要性。只要对上的礼是该送的，总不能只干蚀本生意，因此下属的贿礼就是应当接受的。一者，"那些书吏衙役……哪个不想发财？俱要养家糊口"。二来，当地乡民因害怕官府的"留难捣蹬"，愿意花几个钱早早了事的当口，这些钱如果你不收，不但"那些人不说老爷好，反说不谙民情"。所以受贿并不是绝对的坏事情，而是符合民意的正义之举。这绝不是唆使老爷与贪官"猫鼠同眠"，因为唯有这样才是上和下睦的重大步骤，也唯其如此，才是识时达务的必要程序。

李十儿不愧为做"思想工作"的高手，为了加强自己意见的说服力，他绝未疏忽正反典型的引导作用。"没看见旧年犯事的几位老爷吗？……老爷常说是个做清官的，如今名在哪里？""现有几位亲戚，老爷向来说他们不好的，如今升的升，迁的迁。"他提纲挈领地指出，凡会做官的就要做到，"民也要顾，官也要顾"，这才是聪明的为官之道。话到此处，不由贾政不开窍。

由于李十儿是以奴才的身份做主子的"思想工作"，大不同于上对下的教育和说服，其难度之大是可想而知的。所以，大凡李十儿这样的人物在给上司做工作之际，除了大批量地掏良心、表忠心之外，还必须具备揣摩领导心理的功夫,分寸、火候要掌握得恰到好处,领导才能看着顺眼,听着舒服,不然怎么能收到入耳入脑的效果?李十儿深知贾政一贯假正经的心理特征,于是他大包大揽,将责任兜到自己头上,"里头的委曲,只要奴才去办,关碍不着老爷的"。贾政闻听此言,也就采取了洁身自好、睁一眼闭一眼的态度,"我是要保性命的,你们闹出来不与我相干"!得到了上司的默许,于是李十儿便"做起威福,钩连内外一气的哄着贾政办事"。可悲的是,在这种情况下,贾政却觉得李十儿办事"事事周到,件件随心"。

在皇上对贾政的处分决定上有这样的话:"姑念初膺外任,不谙吏治,被属员蒙蔽,着降三级,加恩仍以工部员外郎行走。"这里尽管道出了贾政犯错误的基本原因,但却有为贾政开脱之嫌。贾政之所以被革职,他本人也负有不可推卸的责任。我以为他至少有三个错误,即网罗嫡系、任用非人、默许丑行。当然,这里有一个不同于今之人民公仆的根本区别,那就是封建地主阶级的局限性。

追昔抚今,借问有关领导,君侧有否李十儿之身影?

人性丢失在急流津畔

记不清是谁说过一句有些极端的话，但凡当官，只会滋长官性，而会丧失人性；只在撤掉官椅，脱去乌纱之际，才能官性减退，人性复归。《红楼梦》中的贾雨村，就是一个只有官性没有人性的家伙。想当初，他只是一介穷儒，寄居在葫芦庙中，多亏甄士隐资助，方能进京赶考，得中进士，其生存处境始得改变。此后虽宦海沉浮，几番黜陟，但此次调任京兆府尹（见该书卷一百三"昧真禅雨村空遇旧"一节），却是飞黄腾达、志得意满。如同凤雏先生来到"落凤坡"，他这次到基层"调研"，途经知机县，路过急流津，但他并未想过什么"'知机'缩手"、"'急流'勇退"，这种心态对所有的在职干部几乎都一样。

当其待渡之际，漫步破庙，遇到一个老道。这个老道并非别人，正是他发迹之初的恩人甄士隐。然而，贾雨村的反应却是"倒像在哪里见来的，一时再想不出来"。什么叫"受人滴水之恩，自当涌泉相报"，在他这里，恩谊如烟，人情如纸，贫寒时的恩人，潦倒时的救星，早已忘到爪哇国里。贾雨村问老道："或欲真修，岂无名山？或欲结缘，何不通衢？"在他眼里，佛道修行，如同混迹官场，傍"名山"，靠"通衢"，

薛蟠的文学观

与官场上的"抱粗腿"、"攀高枝",大抵是一样的。甄士隐说:"'葫芦'尚可安身,何必名山结舍?……岂似那'玉在椟中求善价,钗在奁中待时飞'之辈耶!"几句话揭出了贾雨村的老底,这说明,甄士隐已经认出了面前的这位高干即是自己曾经接济过的那位负心汉。

但凡高官,对于自己贫寒之际的知情者,大都是心存芥蒂的。贾雨村忌讳葫芦庙,从而打发了一个小沙弥,江青女士忌讳上海滩,以致"造就"了一批"特叛反",就是例证。正是由于这一心理,贾雨村闻此言而"知机",立刻屏退从人,对甄士隐说,"自蒙慨赠到都,托庇获隽公车",说明他旧谊并未全忘,且已明知确系恩公无疑。当此之际,他对甄士隐"要知道'真'即是'假','假'即是'真'"的劝谕,却如春风过马耳。这个心中只仗着贪缘附势、只想着爵禄高登的官迷禄鬼,与甄士隐所谓"我于蒲团之外,不知天地间尚有何物"的看法,岂止反差太大,简直风马牛不相及。

话不投机半句多,贾雨村仅止寒暄几句,随即扬长而去。及至突见破庙起火,"烈焰烧天,飞灰蔽日",虽然担心"莫非士隐遭劫于此"(卷一百四)?然而,官事毕竟大于人情,官差毕竟大于人命,"欲待回去,又恐误了过河;若不回去,心下又不安"(卷一百四)。贾雨村"毕竟是名利关心的人,哪里肯回去看视"(卷一百四)。令人感到气愤的是,他起轿之时,非但没有安排抢险救火,而且要求其从人,"在这里等火灭了,进去瞧那老道在与不在,即来回禀"(卷一百四)。不是要其"迅速救火",而是让其"等火灭了";而"进去瞧"的目的,也只是"关心"一下有无甄士隐的尸首而已。罔顾人命,见死不救,这种情况倒是为宁夏吴忠市副市长的车队将一女孩挤落桥下、溺水淹死,提供了先例。(2001年12月1日《长江日报》)

人性丢失在急流津畔

贾雨村所表现出来的没人味，受到了原为甄家丫环后为贾氏夫人的娇杏女士的指责，夫人埋怨他："为什么不回去瞧一瞧？倘或烧死了，可不是咱们没良心。"（卷一百四）贾雨村甚至还不如他的下属。他向下属提出的要求是，"等火灭了"，再察看现场。而他这位工作人员，"也不等火灭，便冒火进去瞧那个道士"（卷一百四），虽未找到尸首，但却将蒲团拿来作证据。于是贾雨村便以"士隐仙去"为由，对夫人不再提起。

不意在该书卷一百二十，"甄""贾"二人再度重逢。贾雨村因"婪索"之案，"审明定罪，今遇大赦，递籍为民"。官帽丢了，才逐步恢复了人性。先是奉承甄士隐"道德高深"，继而又谦称自己"下愚不移"。此番见到甄士隐，不仅连忙打恭，而且频道寒温。当其问及甄士隐"何前次相逢，觌面不认"时，甄士隐道破原委："前者老大人高官显爵，贫道怎敢相认。原因故交，敢赠片言，不意老大人相弃之深。"人性已经泯灭，恩人也已见弃，见死尚且不救，良心早已喂狗，故人赠言又岂会放在心上！

211

谁为荣府被抄负责

《红楼梦》开篇不久即借贾雨村的门子之口称,贾王史薛四大家族"一损俱损,一荣俱荣"(卷二),道出了封建社会的衰亡史。贾府的衰亡正是四大家族迅速衰亡的组成部分。先是身为皇妃的贾元春薨逝凤藻宫(卷九十五),继之刚升任内阁大学士的王子腾病死途中(卷九十六),然后是薛家官商除名,财产败落(卷一百),接下来就是贾政外任被参"着降三级"(卷一百二),在此情况下,贾府这个曾经不可一世而又罪孽深重的大家族被查抄,就是不可避免的了。

该书卷一百五的回目称,"锦衣军查抄宁国府",但在书中倒是详细描写了荣国府的查抄现场,而对宁国府的查抄过程却一笔带过。

查抄贾家是最高当局的决定,虽有二王(西平王、北静王)恩典,万般轸恤,然而,荣府经此一劫,元气大伤。查抄的结果是贾赦革去世职,并被拘质;贾琏革去职衔,免罪释放;贾赦名下的家资及男妇人等全部造册入官;凤姐的高利贷借券,因涉违禁重利,照例充公;其余虽未尽入官的,早被查抄的人尽行抢去。贾琏历年积聚的东西并凤姐的体己不下七八万金,一朝而尽,怎得不痛。

谁为荣府被抄负责

对于荣国府来说，这显然是一场重大事变、重大灾难。那么，是什么原因所导致，谁又应当为此负责呢？

贾母年迈，贾赦被拘，贾政本应深入分析原因，认真吸取教训，制订整改措施，切实加强管理。然而，大难临头之际，贾政这个道貌岸然、故作正统、昏庸窝囊、水平低下的事实上的一家之长，却采取了率先洗白自己、极力摘脱干系的办法，将所有责任推给别人。然而，贾府被抄，不同于粮道被参，在江西任上，他可以推为"失察属员"、"不谙吏治"，而此次查抄本涉家事，又让何人担责？就只好将责任推给子侄了。

比如，此次抄检发现的最大问题，其实是凤姐发放高利贷的问题。所有的当权者几乎都一样，在他的一亩三分地上，一旦灾难酿成、丑闻曝光，他们首先想到的就是掩盖事实，而当事证俱在，实在无法隐瞒时，就试图推脱责任。甚至当查抄官员当场质问："所抄家资，内有借券，实系盘剥，究是谁行的？"贾政干脆一推六二五："实在犯官不理家务，这些事全不知道。问犯官侄儿贾琏才知。"（卷一百五）直接将责任推给贾琏。当查抄官员走后，贾政为了体现他的治家权威，又反过来责问贾琏："我因官事在身，不大理家，故叫你们夫妇总理家事。……那重利盘剥，究竟是谁干的？"贾琏辩称："所有出入的帐目，自有赖大、吴新登、戴良等登记，老爷只管叫他们来查问。……这些放出去的帐，连侄儿也不知道哪里的银子，要问周瑞、旺儿才知道。"（卷一百六）贾琏也不含糊，直接把球踢给了下人。贾政将责任推给贾琏，是谓长辈推晚辈；贾琏将责任推给下人，是谓主子推奴才，真可谓家风有传！

不仅在放账取利问题上，在其他方面也同样如此。薛蝌听来消息，贾家还有被御史参奏的问题，其中包括平安州奉承京官，迎合上司，虐害百姓。明明是贾政接受薛家委托，为薛蟠杀人一案包揽词讼，他却顿足道:"都是我们大爷(贾赦)忒糊涂,东府(宁府)也忒不成事体。"(卷一百五)本来是他治家无方,放任自流,"我打谅虽是琏儿管事,在家自有把持,岂知好几年头里,已就'寅年用了卯年'的,还是这样装好看"(卷一百六)!似乎他是这次事件的局外人,好像这场变故与他没关系,仿佛只有他才有权责备别人:"我瞧这些子侄没一个长进的。……只恨我自己为什么糊涂若此?倘或我珠儿在世,尚有膀臂,宝玉虽大,更是无用之物。"(卷一百六)平生只检讨过这一句,马上又转而指责晚辈。再英明的领导(长辈),碰上这些不争气的群众(晚辈),也会倒大霉、招大灾。这就是贾政的逻辑。

的确有一类领导,一旦出了问题,立刻上推下卸,且不看场合,不顾效果,而且嘴脸难看,有碍观瞻。然而,许多当权者已顾不了这些,只要让上峰得知,错误均因下属马虎,失误全怪部下愚钝,从而证明本官一贯正确,从来不掉链子,这就是其最终目的。殊不知这只能说明此类人物的心胸狭窄、心理阴暗、心态猥琐,而并不能给其形象和政绩加分。

贾府作为世代钟鸣鼎食之家、翰墨诗书之族,如果都像贾政、贾琏之辈,恐怕也挨不到"五世"。正是从这种对比中,可以看出贾母之胜于其子孙多矣。在卷一百六"贾太君祷天消祸患"一节,贾母对天祈祷:"必是后辈儿孙骄侈暴佚,暴殄天物,以致合府抄检。"一句话道明了贾府日渐衰微的根本原因。"现在儿孙监禁,自然凶多吉少,皆由我一人罪孽,不教儿孙,所以至此。……总有合家罪孽,情愿一人承当,只求饶恕儿孙。"既不强调客观,也不怨天尤人,而是主动承担责任。由此可见,贾母确比贾政、贾琏多了些自我反省,多了些顾全大局,多了些临机清醒。正因如此,才暂时稳定了人心,也才暂时控制了局面。

赵堂官与西平王谁更可恶

最高领导者作出决策，在执行过程中，往往会受到左右两个方面的干扰。当然这里的左右，与目前法国大选中代表左右两派的罗亚尔和萨科奇的主张是两码事。《红楼梦》卷一百五"锦衣军查抄宁国府，骢马使弹劾平安州"中，皇上对贾赦作出了革去世职、查抄财产的重要决定。贾赦的罪行是严重的，一是强占民女，凌逼致死，涉嫌故意杀人；二是私相放贷，高利盘剥，违反金融政策；三是包揽词讼，徇私枉法，已有干预司法之实。虽然这些罪行的直接责任应当列在贾琏夫妇和贾珍父子名下，但贾赦却是第一责任人。在这一点上，朝廷对于贾赦的处理并无不妥。然而，皇上的决定，能在多大程度上得到落实呢？其实，这主要取决于来自西平王与赵堂官左右两个方面的作用。西平王（当然还有北静王）这位王爷，因与贾府的交情和瓜葛，对于"贾赦交通外官，依势凌弱，辜负朕恩，有忝祖德"的罪行及影响，曲设借口，委婉折扣，高举轻放，百般回护。如果说西、北二王的干扰来自右的方面，那么，锦衣堂赵全唯恐天下不乱，总想事情闹大，野蛮执法，乱中取利，这类的干扰就带有左的性质了。

薛蟠的文学观

赵堂官奉旨查抄贾府，带有典型的倚仗圣旨擅作威福的性质。且看他在进入贾府时的神态。面对"敕封荣国府"的牌匾和贾府内的崇楼高阁，琼馆瑶台，倘在平日，作为锦衣堂的小头目，谅也不敢无礼。而今则不同了，"赵堂官满脸笑容，并不说什么，一径走上厅来。……总不答话"，一副口含天宪、神秘莫测的表情，众人一看，就知"来头不好"。西平王就不同了，他见贾府筵席未散，很通达地告诉贾政："且请众位府上亲友各散，独留本宅的人听候。"西平王刚刚宣完圣旨，赵堂官一迭声叫："拿下贾赦，其余皆看守。"并立即"传齐司员，带同番役，分头按房，抄查登帐。西平王恐查抄失控，向赵全交代："闻得赦老（贾赦）与政老（贾政）同房各爨的，理应遵旨查看贾赦的家资，其余且按房封锁。"赵全立即"站起来"说："贾赦贾政并未分家。闻得他侄儿贾琏（正是贾赦的儿子）现在承总管家，不能不尽行查抄。"并主动要求亲自查抄赦、琏两家。不能说赵全的话完全没有道理，但其带有明显的一网打尽的意图。西平王吩咐："不必忙，先传信后宅，且请内眷回避，再查不迟。"一言未了，赵堂官一行如狼似虎，闯入内宅，分头查抄去了。当查出"御用衣裙"（元春之物）及"一箱借票"（凤姐之弊）时，未等西平王说话，赵堂官当即表态："好个重利盘剥！很该全抄！"很有点僭越的味道。当听说北静王将到，赵堂官心中窃喜，他正为西平王屡屡制止他的蛮横而不满："我好晦气，碰着这个酸王。如今那位来了，我就好施威。"当北静王向其传达了"惟提贾赦质审，余交西平王遵旨查办"的旨意，赵全不禁凉了半截，他的一帮随从一见这个阵势也颇感无趣，继而被尽行逐出，至此西平王才松了一口气："我正与老赵生气。幸得王爷到来降旨，不然这里很吃大亏。"而北静王说得更直白："不料老赵这么混帐。"尽管如此，由于赵堂官的怂恿，"里面已抄的乱腾腾的了"。值得

赵堂官与西平王谁更可恶

注意的，倒是邢夫人的家人在慌慌张张向贾母报告中的措辞："老太太，太太，不……不好了！多多少少的穿靴带帽的强……强盗来了，翻箱倒笼的来拿东西。"锦衣官是穿制服的强盗，强盗是不穿制服的锦衣官。这在历史上并不算特例。

那么，当西、北二王赶走了老赵，对荣府的罪证是如何处置的呢？王爷对贾政说："方才老赵在这里的时候，番役呈禀有禁用之物并重利欠票，我们也难掩过。"这只是向嫌犯表明了不得不公事公办、但请担待的意思。但下面的话性质就变了，如果说"这禁用之物原办进贵妃（元春）用的，我们声明，也无碍"已近于辩白的话，那么，"独是借券想个什么法儿才好"这样的语气，就有点为之开罪的味道了。

赵堂官这类穿着制服的强盗，对于贯彻皇上的旨意，往往凭借尚方宝剑，作威作福，变本加厉，大搞扩大化，以便趁火打劫，火中取栗。这类人成事不足，败事有余，从左的方面破坏政策的实施，因而是可恶的。而西、北二王，似乎出于唇亡齿寒、兔死狗烹的心态，谙熟太极手段，长于软性应对，往往官官相护，力求大事化小，小事化了，从右的方面破坏政策的执行，同样是可恶的。两种行径，一左一右，一硬一软，一黑脸一红脸，性质不同，形式不同，效果却如出一辙，那就是削弱了朝廷决策的权威性，破坏了国家法律的严肃性，表面上导致了皇上旨意的信号失真，实际上致使朝廷决策的扭曲变形。这就是我在查抄荣国府事件上所产生的感悟。

义侠包勇

高鹗先生的续书，败笔不少，但有一些小人物，在他的笔下倒也写的有头有尾、栩栩如生。

包勇这个人物，出现在《红楼梦》卷九十三"甄家仆投靠贾家门"一节，他作为甄府的工作人员，因甄府败落而被主人甄应嘉（"真应假"）介绍到贾府来"打工"，说得好听点儿，类似"临时帮助工作"，说得难听点儿，叫做"安排下岗职工"。

贾政接受包勇，原本十分勉强。贾政看完甄应嘉先生的书信之后，颇感为难，"这里正因人多，甄家倒荐人来，又不好却的"。吩咐手下："叫他见我，且留他住下，因材使用便了。"及至见了包勇，也只是说："等这里用着你时，自然派你一个行次儿。"

包勇的到来，即使在家奴的层次上，两相对比，也可以看出甄家之"真"与贾家之"假"。包勇在贾府不长的工作经历，所表现出来的正直、忠勇、敬业的义侠品格，与贾府家人吃喝嫖赌、吃里爬外的狗彘德行，恰恰构成鲜明对比。

以贾政一贯的"假正"，他对甄应嘉这类犯了错误的领导干部，似乎

义侠包勇

有些瞧不起。包勇刚到贾府，贾政找他谈话时就曾指出："你们老爷不该有这事情，弄到这步田地。"是不解、不屑，还是鄙视、鄙夷，不得而知。然而，世事如棋，贾政也并不比甄应嘉好到哪里去。不久后，贾府被抄，世职被夺，且兄侄流放，贾政自己竟也"弄到这步田地"，只有此时他才无话可说。

一般说来，一旦权门失势，才可体会到世态炎凉。即使这是通常的世态人情，人们仍然对贾雨村这类忘恩负义的人物不能原谅，"他本沾过两府（荣宁二府）的好处，怕人说他回护一家，他便狠狠的踢了一脚。所以两府里才到底抄了"。荣府得势时，巴结逢迎；荣府倒霉时，落井下石。这种无耻小人，即使在当时，也为街巷舆论所不齿。包勇闻听此言，心中顿生不平之气，"天下有这样负恩的人！……我若见了他，便打他一个死，闹出事来，我承当去"。说来也巧，恰在当街碰上贾雨村的车驾，包勇大声喝骂："没良心的男女！怎么忘了我们贾家的恩了？"而此时的贾政，正运交"华盖"，害怕惹事，反而责骂了包勇一顿。（卷一百七）以此可见包勇之正直。

贾母一死，阖府上下忙于治丧，一片忙乱。忙乱之中，不仅引发了内贼的乱中取利，也招致了外盗的趁火打劫，同时亦凸显了包勇这类人的乱世忠贞。在该书卷一百十一"狗彘奴欺天招伙盗"一节中，贾府老奴周瑞的干儿子何三，勾结社会上的盗贼，趁贾府之乱，翻墙撬锁，劫掠财物。而不被贾府欣赏、不受贾府重用的包勇，虽然被贾府婆子骂为"黑炭头"、"横强盗"，仍然在委屈中敬业，在误解中尽职。在贾府几重大门形同虚设之际，正是这位包勇，独仗忠勇，不惧贼众，力退群贼，保卫荣府，最终打死了内贼何三，暂时保住了惜春妙玉，不仅为后来的案件查证提供了铁证，而且为贾府避免了更大的损失。以此可见包勇之

219

薛蟠的文学观

忠勇。

但凡诚实、正直之人，往往为庸人所不容。包勇刚来不久，就赶上贾府被朝廷抄家。当此之际，趋炎附势之徒避之唯恐不及，即使家奴也是如此。唯有包勇，"倒有些真心办事"（卷一百七）。当他对荣府奴仆欺瞒主子，怠于职守"时常不忿"之时，那些小人反去贾政、贾琏处打他的"小报告"，说他"终日贪杯误事"。就是贾府主子对他也没好感。甚至已病入膏肓的凤姐，也把包勇说成"甄家荐来的那个厌物"、"讨人嫌的东西"（卷一百十二）。小人的诬陷，庸众的误解，并不可怕，可怕的是主要领导者的是非不分。包勇本为荣府打抱不平，当街骂了贾雨村："他不念旧恩，反来踢弄咱们家里，见了他骂他几句，他竟不敢答言。"充满正义感、自豪感之时，贾政却听信小人谗言，责骂包勇"喝酒闹事"，派他去看那已经荒芜了的大观园。（卷一百七）

当包勇的主子甄应嘉"蒙圣恩起复"来贾府拜望之际，书中说，"贾政便因提起承属包勇"。此时，这位甄老爷却因属意甄宝玉、贾宝玉之"罕异"，而"不暇问及那包勇的得妥"（卷一百十四）。对于包勇而言，甄、贾二位老爷，都是他的直接领导。作为"现职领导"的贾政，未能为他"帮助工作"期间的表现作出公允的"鉴定"；作为"前任领导"的甄应嘉，对他在荣府"帮助工作"的"得妥"并未给予必要的关心。这几乎是所有身为下属的极其不幸的处境。

妙玉的悲剧

在"太虚幻境"中,警幻仙姑所谓"新制《红楼梦》十二支"中关于妙玉的曲文不长,抄录如次:

[世难容]美如兰,才华馥比仙。天生成孤癖人皆罕。你道是啖肉食腥膻,视绮罗俗厌;却不知好高人愈妒,过洁世同嫌。可叹这,青灯古殿人将老;孤负了,红粉朱楼春色阑。到头来,依旧是风尘肮脏违心愿;好一似,无瑕白玉遭泥陷;又何须,王孙公子叹无缘?(卷五)

细读这曲文,其中的关键词有"美"、"洁"、"才"等字,而且还隐含着一个"雅"字。

本文标题为"妙玉的悲剧",那么何谓悲剧呢?鲁迅先生将悲剧定义为"将人生的有价值的东西毁灭给人看"(《再论雷峰塔的倒掉》)。"美"、"洁"、"才"、"雅",自然都是"人生的有价值的东西"。然而,随着妙玉的毁灭,"美"、"洁"、"才"、"雅"也就同时毁灭了。因此,我将其称为妙玉的悲剧。

先说其"美"其"才"。妙玉可谓才貌双全。曲文的首句就是"气质美如兰，才华馥比仙"，由此可见一斑。妙玉的身世是在大观园刚落成时由贾府管家林之孝家的介绍的，她称赞妙玉"文墨也极通"，"经典也极熟"，"模样又极好"（卷十七）。三个"极"字将妙玉的才与貌作了高度的概括。妙玉之才在卷七十六"凹晶馆联诗悲寂寞"一节中，有着充分的体现。黛玉、湘云联诗，妙玉续作十三韵，且"题笔一挥而就"，黛、湘二人"皆赞赏不已"，黛玉说："可见我们天天是舍近而求远。现有这样诗仙在此，却天天去纸上谈兵。"从书中情节看，妙玉的悲剧，则正为其容貌所累，就是劫持她的贼盗，也因"见有个绝色女尼"而起了歹念。（卷一百十二）

次说其"雅"其"洁"。妙玉之"雅"，从贾母一行到栊翠庵品茶一节可见。妙玉待茶，茶具讲究成窑杯、官窑碗，茶叶讲究六安茶、老君眉，用水讲究"旧年雨"、"梅花雪"，至于各种名称怪异、字体生僻以至在电脑字库中也无从查找的极其罕见的古玩奇珍之类的茶具，更是让林黛玉这样的绝代女诗人也成为"大俗人"（卷四十一）。妙玉这一套由一系列特定的硬件和软件组成的茶文化，较之当今市场流行的茶道有过之而无不及。何况在中国历史上，茶文化本身就是一种高雅的文化活动。至于妙玉之"洁"，则难免产生争议，不仅包括"洁身"（讲究卫生），而且包括"洁世"（孤芳自赏）。即就前者而论，这种被人们视为"洁癖"的特例，在本节也有所体现。只因刘姥姥用她的杯子喝了一口茶，她居然嫌其肮脏而将这只十分昂贵的"成窑五彩小盖盅"扔掉。只是由于宝玉说情，她才同意送给刘姥姥以为"扶贫"之用。妙玉这种对待劳动人民的态度，适足成为小资产阶级恶习的典型代表。

妙玉的悲剧

妙玉小姐虽然青灯古殿，身在佛门，带发修行，然而，她毕竟没有绝缘尘世，"六根清净"，"四大皆空"。她虽自称"槛外人"，但她对宝玉仍然产生了少女常有的朦胧好感。妙玉小姐当然也有许多怪癖，这些怪癖至多属于孤芳自赏、厌弃世俗的层次。作为一个气质高雅、才华横溢且至美至洁的年轻女子，她却不知"好高人愈妒，过洁世同嫌"的道理。该书卷五关于妙玉的判词云："欲洁何曾洁，云空未必空。可怜金玉质，终陷淖泥中。"在高鹗的续书中，她被盗贼用闷香熏迷，劫掠而去（卷一百十二）。妙玉不甘受辱，继而被盗贼杀死（卷一百十七）。这个结局令人痛心疾首，哀伤不已。

这是《红楼梦》多幕悲剧中的一幕。撕碎美丽以示人是悲剧，污损圣洁以示人也是悲剧；扼杀才华以示人是悲剧，毁灭高雅以示人当然也是悲剧。这场悲剧之所以尤其令人不能接受，是因为妙玉竟然是被一群极其野蛮、极其丑陋、极其愚昧、极其邪恶的盗贼越墙掳走，劫往郊野，而肆意蹂躏，肆意糟蹋，肆意伤害，肆意毁灭。妙玉作为一个至美至洁的化身，竟然沦落这步田地，竟然落了这样一个死法，这是人类社会对美、对洁、对才、对雅的刻意追求的极大讽刺。才华断送于愚昧之手，高雅毁灭于邪恶之念，美丽沦落于丑陋之厕，圣洁被置于泥淖之地，试问，世界上还有什么悲剧，比妙玉这样的悲惨结局更加令人痛心？世界上还有什么悲剧，较之这一事件对于人类的尊严和良知，造成如此难堪的侮辱和深重的贬损？

巧姐的命运

巧姐是王熙凤的女儿。在《红楼梦》一书中,前后两位作者均着墨不多。由于巧姐年龄太小,所以她的命运基本上是由其母亲的命运决定的。巧姐的厄运,与其母主持家政时的刻薄寡恩、"太过行毒"有关;巧姐的幸运,也与其母在对某些事情上多少还有点儿人情味有关。巧姐虽然年龄尚小,但也被曹雪芹列入金陵十二钗之内,巧姐的判词称:"势败休云贵,家亡莫论亲;偶因济刘氏,巧得遇恩人。"(卷五)这后两句判词,说的就是由于王熙凤一念之间对一个农村老太婆的接济,才为其死后巧姐所遇到的厄运带来转机。

在《红楼梦》中,王熙凤是一个十分复杂的人物,冷子兴对她的评价是:"模样又极标致,言谈又极爽利,心机又极深细,竟是一个男人万不及一的。"(卷二)她不仅有杀伐决断、威重令行的一面,又有机心难测、心狠手辣的一面;她不仅有弄权营私、欲壑难填的一面,又有机智幽默、应付裕如的一面。荣国府诸多事务由她管理,荣国府诸多事项由她决策,荣国府诸多弊端由她造成,荣国府诸多灾变由她酿就。可以这么说,荣国府没有王熙凤就无法运转,荣国府有了王熙凤更难逃厄运。正应了她那

巧姐的命运

句曲文,"机关算尽太聪明,反误了卿卿性命",以至于心劳力绌,众叛亲离,"哭向金陵事更哀"。正因如此,当贾琏随贾政扶贾母之柩南归之际,孤苦伶仃的巧姐差点儿被贾环、王仁等人转手"拐卖"了。

刘姥姥一进荣国府,正值其"烈火烹油,鲜花着锦"的鼎盛之期,刘姥姥忍耻张口,告难求帮,在王熙凤居高临下、施舍赐予的口吻之下,得到二十两银子,即使如此,刘姥姥第一次"打秋风",就取得了如此丰硕的成果,仍然十分满足。(卷六)刘姥姥二进荣国府,凭借自己的机智与"村愚",博得了贾母的欢心;虽然被王熙凤当作"玩物"和"活宝",但由于刘姥姥的巧于配合,毕竟以此得到了不少实惠。(卷四十一)这个农村老太婆感念王熙凤的两番际遇,当贾家被抄、荣府衰微之际,老太太仍然不忘旧恩,特从乡下赶到城里,看望王熙凤和荣国府诸人。而此时的王熙凤已是病入膏肓,生命垂危了。(卷一百十三)

中国古代思想家孟轲曾将"富贵不能淫,贫贱不能移,威武不能屈"(《孟子·滕文公下》),作为正心、修身的"浩然之气"。按照这样的标准,刘姥姥这个人物显然存在差距。这个老寡妇按照自己的社会经验,认为荣国府"瘦死的骆驼比马大",因此,为改变家境的贫困,只得攀附高枝,忍耻张口,求得他人施舍,这显然不符合"贫贱不能移"的要求,但作为一种求生本能,尚无伤大雅。在荣府被抄、世职被夺、家境颓败之际,荣国府的远近亲朋、疏密故交,早已避而远之,一时之间,荣国府也就门庭冷落、车马萧索了许多。而刘姥姥的三进荣国府,正是在这个时间点上进行的。也许就是在这个意义上,冯其庸先生称:"贫贱布衣刘姥姥,依然青山如旧,不变故人之心,此真贫贱不移也!"(《瓜饭楼重校评述〈红楼梦〉卷十二》)这个评述虽差强人意,但也难能可贵了。

刘姥姥的到来,给弥留之际的王熙凤以极大的精神慰藉。这个一生

225

机变奸诈的女人，见到了这个淳朴厚道的庄稼人，方为自己曾经有过的一丝善心、一点余德而感到宽慰。在该书卷五有关巧姐的曲文中有这样两句："留余庆，忽遇恩人"，"幸娘亲，积得阴功"，指的就是这些事情。正是在这种情况下，她将巧姐托付给了刘姥姥，从而解除了自己的后顾之忧。反之，贾环、贾芸、贾蔷与王仁、邢大舅等人，作为荣国府的主子及亲戚，如同寄生在荣国府这棵大树上的蛊蠹与虫蚁，栖息于大树，啃食着大树，从而加速了大树的朽败与干枯。一旦感到大树岌岌可危，叶落根枯，这些"害虫们"就不择手段地开始"吃人"了。他们把手伸向巧姐，则是出于报复与捞钱的双重目的。

在中国的人际关系中，向来有"跑热门"、"走冷门"的分野与争议。"跑热门"者，作为某一类人的生存手段，历来受到世人的诟病；而"走冷门"者，作为一种为人清德，向为人们所嘉许。然而，当今社会，攀高枝、抱粗腿、趋炎附势、攀龙附凤者，仍然不绝如缕。这是人性的悲哀，还是社会的病态？刘姥姥协助平儿将巧姐转移到乡下，不仅使得贾环等人的阴谋未能得逞，就是邢夫人这样的愚昧颟顸之辈，也得到了解脱。（卷一百十九）这个事件的结局是圆满的。贾琏的返回、荣府的复兴，才使得刘姥姥在危难之际为挽救巧姐的命运所做的一切工作，体现出人性的光辉。

"人镜"甄宝玉

唐太宗李世民指出:"以铜为镜,可以正衣冠;以古为镜,可以知兴替;以人为镜,可以明得失。"(唐·吴兢《贞观政要·求谏》)在这里,"铜镜"、"古镜"不说了,只说说这"人镜"。每个人都可以成为他人的"镜子",比较好理解,比如,李世民就将魏征作为他治国理政的一面镜子。但每个人也可以成为自己的镜子吗?齐国的邹忌就是通过镜子发现了自我,所谓自己比徐公还要美,远不是那么回事。(《战国策·齐策一》)

人把自己当作一面镜子,这是认识论上的说法。作为自己的"我",既是自然人,也是社会人;既是物质载体,也是精神载体;既是社会存在,也是社会意识。因此,"我"既是认识的主体,也是认识的客体,也可以说,"我"既是"我"之主体,也是"我"之客体。

曹雪芹在《红楼梦》中就为贾宝玉设立了这样一个镜像。所谓镜像,大概与复印、拷贝、摄影、克隆相差无几,这要求二者之间不仅相貌相像,而且神态行止也要近似。这个镜像的作用,只是作为贾宝玉的"人镜",而这个"人镜",就是甄宝玉。在曹雪芹笔下,甄宝玉(真宝玉)、贾宝玉(假宝玉)并存,甄宝玉只是虚拟角色,贾宝玉才是实体形象;

薛蟠的文学观

甄宝玉似乎是贾宝玉的影子，如影随形，以甄（真）说明着贾（假），以甄（真）证实着贾（假），以甄（真）补充着贾（假）。甄宝玉在该书前八十回只"出现"过三次。第一次，甄宝玉的身世，是通过贾雨村与冷子兴的"演说"出现的，既是"假语村言"，自然不足为据（卷二）。第二次，江南甄府来人送礼，见到贾宝玉，说是与他家的宝玉如何相像，虽然"口说无凭"，毕竟贾府上下知道了还有这样一桩奇事（卷五十六）。第三次，同样在卷五十六，因贾宝玉对着镜子睡觉而与甄宝玉梦中相会，以致梦醒时分，犹自把镜中的自己当作甄宝玉。这种"镜中缘"，同样属于"太虚幻境"。总而言之，在前八十回中，关于甄宝玉的描写，似乎只在印证"假作真时真亦假，无为有处有还无"这句警世通言。

人往往具有自我审视、自我观察、自我超越的心理需要或心理冲动。在这种自我审视、观察、超越的过程中，有时难免把"我"当作一面镜子。儒家学说的"吾日三省吾身"，毛泽东提倡的"自知之明"，共产党内的"自我批评"，廉洁自律要求的"自重、自省、自警、自励"，甚至于"文化大革命"中的"灵魂深处爆发革命"、"狠斗私字一闪念"等，都属于这一种，所谓"脱胎换骨"、"重新做人"这类近似孙行者"元神出窍"或哪吒太子"莲花化身"的说法，不正是这种自我反思、自我改造、自我革命的典型例证吗？

在曹雪芹笔下，贾宝玉将镜子中的"我"当作甄宝玉，这样一种写法，与"甄、贾"宝玉这样两种形象的塑造一样，涉及人的心理领域，涉及人的精神世界，那就是如何把"我"当作镜子，用这种镜子，观察"我"、审视"我"。这样的做法，不仅在前述的朝堂之上曾经作为"主旋律"，就是在文学创作中不是也经常把"我"摆进去，使"我"成为"纪实"乃至"虚拟"的一员吗？而按照考据学家的观点，曹雪芹创作《红楼梦》，所采取的正是这种手法。《红楼梦》也叫《风月宝鉴》，大概就是原因之一。

不知道曹雪芹对甄宝玉的归宿是如何安排的，倒是在高鹗的续书中，使得这个原本虚幻的"人镜"走到了前台。当"甄、贾"（真、假）宝玉二人在卷一百十五真正聚首之际，初时贾宝玉还"以为得了知己"，及至了解到甄宝玉已变成"只可共学，不可适道"的"候补禄蠹"，令贾宝玉这个"潦倒不通世务，愚顽怕读文章"，向来把文章经济、大人先生视为"国贼禄鬼"的膏粱子弟显然是大感意外的。贾宝玉在这个"人镜"那里，希望听到的是"净洗俗肠，重开眼界"、"超凡入圣"的大道理，却不意这甄宝玉推崇的却是"言忠言孝"、"立德立言"，以求"显亲扬名"的"旧套陈言"。

现实之"我"是镜前的实像，镜中之"我"是镜内的虚像。镜中之"我"与现实之"我"具有独特的相似性、相关性和相通性，然而，却不一定具有等同性、等值性与等位性。即使是一面质量上乘的镜子，也难免扭曲或失真，何况"人镜"乎？从这个意义上讲，"证同类宝玉失相知"一节，高鹗的续作并非多余。因为在许多世人眼中，恰恰体现了相反的价值，追求"文章经济"者，方是"真宝玉"，而荣国府这个"富贵不知乐业，贫穷难耐凄凉"的公子哥儿，到底是个"假宝玉"，高鹗似乎要为变造来的"假去真来真胜假，无原有是有非无"这句联语提供注脚（卷一百十六）。

花袭人的"不得已"

过去听说，某些贪官贪污受贿，越陷越深，终于不能自拔，东窗事发后往往有许多"不得已"的理由，感到不可理解。

后又听说，某些政客屡兴冤狱，不予平反，不惜以新错掩旧错，也往往有许多"不得已"的借口，更感到不可理解。

原来以为，这只是当代的事情，乃世风浇漓，人心不古使然。后来读《红楼梦》，临到终篇，看到袭人姑娘的结局，方才恍然大悟，原来这种种的"不得已"也是"古已有之"。在那样一个"昌明隆盛之邦，诗礼簪缨之族"，也有这么一档子事。

袭人姑娘"死不了"，也是因为种种的"不得已"。笔者并非期望高鹗先生一定要为这个"堪羡优伶有福，谁知公子无缘"的丫环确定一个死期，安排一个死所，设计一个死法，而是因为在贾宝玉中了乡魁继而失踪且有前期征兆他已出家的情况下，薛宝钗与袭人作为贾宝玉的家人，必须对自己今后的命运作出选择。按照封建社会的伦理，薛宝钗可以选择守寡，那么袭人呢？虽然在宝玉婚前他们之间就有了事实上的"云雨"关系，而且王夫人早就给了她作为宝玉"准二奶"的经济待遇，但这毕

花袭人的"不得已"

竟是"没有过明路儿的",在此情况下,袭人自忖,"我若死守着,又叫人笑话","若是我出去……实在不忍"。于是就只剩下一个单项选择:"倒不如死了干净。"(卷一百二十)

然而,这个外表谨厚木讷、寡言少语,其实内中暗藏心机、奸诈阴险的"女特务",这个依靠诬陷晴雯、出卖黛玉而赢得王夫人信任的"女间谍",在她供职荣国府的全部生涯中,只有利用主子的心计,而并无殉身主子的节操。丫环队中,只有她与宝玉发生过不正当关系,按照当时的价值观,虽然她已有了"越轨行为",虽然她已成为"不洁之身",但她仍然作为"正确路线"的代表,仍然为"贞洁形象"代言,恪尽职守地监视着大观园中的小姐和丫环,并对宝玉进行着不动声色的思想和感情控制。这个没有情感只有实利、没有伦理只有算计的女人,虽然也曾对宝玉表白她的忠心不二,然而在宝玉出走的当日,她首先盘算的却是自己的出路,所谓"死了干净",只是表面文章而已。在这一点上,无论鸳鸯、司棋、紫鹃还是晴雯,或殉身或殉情,或出家或反抗,按照当时的"主流价值",在人格层面,都比袭人之辈高出几个等次。

为了走出那个单项选择的"死棋",就需要寻找各种借口,于是在她那里也就产生了种种的"不得已"。

宝玉已经出走,宝钗准备守寡,袭人怎么办?守寡这滋味不好受,空房冷炕,日子到底不好熬。可"我若死守着,又叫人笑话","又叫人说我不害臊",为避免别人笑话,或被指为"不害臊",于是,就有了第一个"不得已"。薛姨妈劝说,王夫人做主,将其嫁给蒋家,而这对她正是下台阶的好机会。做人要听劝,做下人更不敢违命,理由显然也属冠冕堂皇。于是,就有了第二个"不得已"。想想宝玉曾对其百般呵护,想想太太曾对其高度信任,匆忙外嫁,毕竟不堪,真该以死相报。然而,

231

"我若是死在这里,倒把太太(王夫人)的好心弄坏了。我该死在家里才是"。因此,在贾府无论如何不能死。于是,就有了第三个"不得已"。无奈到家后,哥嫂对其婚事十分尽心,聘礼、妆奁各种事项一应俱全,细细想想,"哥哥办事不错,若是死在哥哥家里,岂不又害了哥哥呢"!"一缕柔肠,几乎牵断",哥哥家里也不能死。于是,又有了第四个"不得已"。上轿时表面自然要委委屈屈,然而到了蒋家,一见到婚礼隆重,下人尊敬,丈夫承顺,"此时欲要死在这里,又恐害了人家,辜负了一番好意"。好不容易有了归宿,丈夫家里更不能死。于是,便有了第五个"不得已"。何况,次日有了大红、松绿两条汗巾(即宝玉因与琪官交换礼物而遭贾政暴打之物)之巧遇,袭人得知丈夫就是宝玉的朋友蒋玉函,蒋玉函得知妻子就是宝玉的丫环花袭人,天意如此,姻缘前定,袭人姑娘也就"真无死所"了,只好天长地久、好好活着了。

《红楼梦》真是一部奇书,无论前八十回的曹霑,还是后四十回的高鹗,如果说后者在续书时因未得前者原意而"走调"所在多有的话,那么,在花袭人这一形象的塑造上,则基本上采取了大体一致的创作思路。这是两位作者的心有灵犀,还是社会现象的司空见惯,到底已是不得而知了。

后记

  长达 5 年的冗务缠扰结束了，时间于我重新成为了"可支配资源"，于是，利用多年不曾享受的暑假，完成了重读《红楼梦》的夙愿，作为重读的"副产品"，又凑成了几篇"红楼"随笔。

  鲁迅先生评《红楼梦》称："盖叙述皆存本真，闻见悉所亲历，正因写实，转成新鲜。而世人忽略此言，每欲别求深义，揣测之说，久而遂多。"（《中国小说史略》）我是赞成先生这个意见的。读《红楼梦》，我向来对某些"真红学家"、"假红学家"、"准红学家"的劳作不以为然。一些所谓"考证派"、"索隐派"乃至"猜谜派"、"生造派"，"超越"小说或颠覆小说，滥发"揣测之说"，试图"别求深义"，搜罗爬梳，寻章摘句，查谜底，解密码，寻伏笔，觅线索，一部小说几乎变成了秦氏秘史、宫闱秘闻、谜语大全或密码集成。

  小说就是小说，《红楼梦》的真正价值，恰恰在于它是一部伟大的文学作品。笔者正是在这个意义上阅读、欣赏、品味《红楼梦》的。（在这里，有一点需要说明，我所阅读和参照的版本，系北京师范大学 1987 年 11 月根据程甲本校注出版的《红楼梦》四卷本）这样的读法，可能为

薛蟠的文学观

某些故弄玄虚的"红学家"所不屑，然而，我的确从来不曾将《红楼梦》当成什么"秘史"或"谜团"。按照通常的说法，《红楼梦》是中国古代四大名著之一，它是以一部伟大文学作品的价值感动了无数世人，而作为"秘史"或"谜团"，它所"感动"的也许只是一些被称为"红学家"的小圈子。

正因为《红楼梦》本身深厚的文学魅力和深邃的社会价值，20世纪80年代以来，从我初读这部小说之时，就为书中的情节与人物所吸引。阅读欣赏之际，断断续续写了一些读"红"随笔。此番重读是从去年开始的。随着年龄的增长和阅历的增加，也产生了新的理解和感受，于是又写下了一些随感和笔记。已经写出的东西，首先贴在博客里自娱自乐，同时在香港《大公报》、《南方日报》、《杂文报》等报刊陆续发表，去年还有2篇被湖北、辽宁两地出版的年度杂文选集收录。

回头看一下这些随笔，大体采用了以下三种写作格式：一是就"红"说"红"。即通篇只对《红楼梦》的事件或情节进行分析或解读，现实事件或情势未着一字，虽然文章主旨稍显隐晦与曲折，读者自可体会到文章的现实针对性。二是借今说"红"。文章借用某些现实事件或时尚提法作为引子或论据，而分析的对象与主体却是《红楼梦》的事件与情节。这类文章的主旨比较明显或浅露，目的在于对某一社会现象作出评价和分析。三是以"红"证今。文章以当今社会的现象或事件作为分析主体，《红楼梦》的事件或人物只是作为分析工具或材料陪衬。这类的文章较少，但也算其中之一类。

本书所有的文字虽然都以《红楼梦》为话题，但是议论的主题都是"红楼"以外的当今现实。借"红楼佳醪"，浇心中块垒，差可作为文章之本意。这些文章也许会产生指"红"骂"黑"、借古讽今之嫌疑，但作

后记

为一种随笔体的读"红"笔记,也只是一种写作尝试。

整理这些年随手写下的与《红楼梦》有关的读书随笔,已有70篇,十几万字。朋友建议,可以把它们集中起来,出一本集子。我也觉得这是一个不错的主意。一方面,可以使得对这些东西感兴趣的朋友便于查找,同时,自己也免去了放置散乱、极易丢弃之虞。当今时代,杂文式微,时评盛行,此类文字似乎有些不合时宜,然而,此种写作既然旨在批评时弊,倘时弊未曾消失,则文章亦难速朽。就此而言,"据报载"的文字因其过短的"时效性",也许还不及此类文字的"保鲜期"。当然,限于自己的识见与水平,对于这些作品,人们当然也可以见仁见智。

《红楼梦》是一座"富矿",其中蕴藏着取之不竭、用之不尽的丰富宝藏。一部《红楼梦》,从其问世之日起,几乎构成了一个"食物链",寄生着多少以此为生的文人与墨客,考据的、索隐的、续貂的、歪解的,特别是近年来,诸如"红楼饮食"、"红楼建筑"、"红楼医药"、"红楼服饰"、"红楼语言"、"红楼姓氏"等以《红楼梦》为由头的有聊或无聊的名目,层出不穷。当此之际,本人只是借用书中情节发点牢骚而已,此类"雕虫小技",对于大红大紫的"正宗红学家"或"冒牌红学家",不过班门弄斧,当然也构不成什么"抢饭碗"的危机。

在这里,我要特别感谢《求是》杂志社的朱铁志先生不吝赞赏,欣然赐序。同时也感谢为本书出版给予了大力帮助的各位朋友。是为记。

2008年10月于泉城